Danksagung

Mein Dank geht an meine beiden wundervollen Kinder.

Chiara, vielen Dank für deine Geduld, wenn ich die Nacht zum Tag gemacht habe, weil ich immer wieder etwas am Manuskript geändert habe.

Max, vielen Dank für deine kreativen Ideen zum Layout, deine Hilfe und Unterstützung und deine aufbauenden Worte, wenn ich vor einer kreativen Blockade stand.

Walli, Moni, Michèle, Sigrid und Gitta!

Vielen Dank für eure Hilfe, Unterstützung und euren Glauben an mich!

Vorwort

Dove una volta l'anima era nutrita di fiducia e amore,
una persona matura con calore ed empatia.
Stai nella luce e hai fiducia,
le altre persone possono contare su di te.
Ma quando c'è molta sofferenza e cicatrici,
poi purtroppo può anche succedere,
che le persone si perdono.
Se sei ancora tutto solo e forse molto piccolo,
l'anima inizia a urlare.

Anche se la tua anima era così ricca una volta,
poi c'è un colpo d'anima.

Wo einst die Seele mit Vertrauen und Liebe eingespeist,
ein Mensch mit Wärme und Empathie heranreift.
Du stehst im Licht und hast Vertrauen, die anderen
Menschen können auf dich bauen.
Doch wenn es gibt viel Seelenleid und Narben machen
sich darauf ganz breit, dann kann es leider auch passieren,
dass Menschen sich verlieren.
Bist du dann auch noch ganz allein und womöglich noch
sehr klein, fängt die Seele an zu schreien.

War deine Seele einst so reich, kommt es dann zu einem
Seelenstreich.

1

Paola wischte sich den Schweiß von der Stirn. »Was für ein heißer Tag!«, stöhnte sie. Sie fächelte sich mit einer Akte etwas Luft zu, doch die Hitze war unerträglich. Ausgerechnet heute fiel auch noch die Klimaanlage aus.

»*Madonna*!«

Sie hatte einen arbeitsreichen Tag in der Questura verbracht, ordnete zahlreiche Akten und war mittlerweile völlig erschöpft. Eigentlich wollte sie schon viel früher nach Hause gehen, doch dann kam der Vice Questore Dal Molin um die Ecke und bat um eine kurze Unterredung. Diese kurze Unterredung dauerte eine gute Stunde und danach war sie völlig ausgebrannt. Dal Molin wollte ihr doch noch einmal die zahlreichen Delikte der Taschendiebe ans Herz legen.

»Commissario Rossi, denken Sie nur an folgende Schlagzeile: Wieder haben Taschendiebe in unserer schönen Stadt Verona zugeschlagen!«

Er faltete seine Hände und schaute sie mit einem mitleiderregenden Blick an, dann schüttelte er seinen Kopf und sagte: »Sie müssen etwas unternehmen! Die Statistiken sehen besorgniserregend aus.«

Paola seufzte und nickte ihm zu.

Sie saß vor ihm, während er einen Monolog führte, nickte dann und wann, unterstrich es zeitweilig mit einem besorgten Blick. Paola wartete geduldig, bis er sie aus dem Gespräch entließ.

Als sie endlich wieder an ihrem Schreibtisch in ihrem Büro saß, gönnte sie sich einen caffè mit viel Zucker. Ihre Lebensgeister wurden wieder aktiv.

Dal Molin war ein schlaksiger Mann, Anfang sechzig, verheiratet mit einer Frau, die seine Tochter sein könnte. Seiner Meinung nach sollten Frauen an den Herd und sicherlich nicht Commissario werden! Ihre Position hatte sie sich hart erarbeitet, doch er machte keinen Hehl daraus, dass er mit ihr als Frau mehr als nur ein Problem hatte. Trotz ihrer guten Erfolgsbilanz behandelte er sie eher als eine Schreibkraft und nicht als die erfolgreiche Polizistin, die sie zweifelsfrei war. Die beiden hatten in der Vergangenheit zahlreiche hitzige Diskussionen bezüglich ihrer Vorgehensweise. Bislang endete jeder Fall dennoch so, wie sie es sich dachte. Dieser Umstand machte die Zusammenarbeit der beiden nicht gerade leichter.

Ihr Geheimnis, wie sie es letztlich doch immer schaffte, ihn umzustimmen: ›Diplomatie‹ und ihm ihre Idee als seine zu verkaufen. Manches Mal hatte sie zwar das Gefühl, dass er sie durchschaute, doch dann ruderte sie schnell zurück und schaute ihn hilfesuchend an. Das half immer! Ihr Telefon klingelte: »*Pronto!* Commissario Rossi am Apparat!«

»*Ciao, Bella,* hier ist Francesco!«

»*Mio caro,* Francesco, bist du schon auf dem Weg nach Hause?«

Sie strahlte, sobald sie die Stimme ihres Mannes hörte.

»Ich konnte früher aus der Klinik. Ich habe eingekauft und will uns etwas kochen.«

Sie hauchte einen Kuss durch das Telefon.

»Wenn ich dich nicht schon längst geheiratet hätte, würde ich es jetzt sofort tun!«

»Paola, du bist mein Herz! Wann kommst du? Hast du noch eine Einweisung in Polizeiarbeit bei Dal Molin?«, dann lachte er.

»Die hatte ich schon. Ich schaue mir noch eine Akte an und dann mache ich mich auf den Weg. Sind Luca und Giulia schon da?«

»Sind sie! Sie haben Bärenhunger!«, erneut lachte er los.

»Verstehe! Ich mach mich gleich auf den Weg. Baci und bis gleich«,

»Fahre vorsichtig und centomila Baci zurück.«

Sie legte auf und schaute sich die Akte an. Dann beschloss sie sich auf den Weg zu machen. Sie musste noch eine gute halbe Stunde mit dem Auto fahren. Vor fünf Jahren hatten sie sich ein Haus in Desenzano del Garda gekauft. Es lag unweit des Lago di Garda. Ein idyllisches Fleckchen Erde. Die ersten Jahre hatten sie in Verona gewohnt, doch als die Kinder größer wurden zog es sie aus der Stadt hinaus. An den Wochenenden verbrachten sie entweder die Zeit am See, schwammen, picknickten oder machten es sich in ihrem Garten gemütlich. Das war der perfekte Ausgleich zu ihrem Beruf. Bei ihrer Familie konnte sie abschalten und Energie tanken. In ihrem Beruf sah sie viel Leid, Kummer und Dämonen.

Wenn es nach Dal Molin gehen würde, hätte sie nur mit Taschendiebstählen zu tun, doch die Wirklichkeit sah anders aus.

Perfide Verbrechen, brutale Morde, zwielichtige Gestalten. Doch jetzt wollte sie einfach nur noch heim.

2

Clarissa bog in die Seitenstraße ein. Nur noch ein paar Minuten Weg und sie würde bei ihren Eltern sein. Wie schön sie endlich wiederzusehen. Seit sie in Milano studierte, konnte sie nur ab und zu bei ihnen sein. Da sie über Kopfsteinpflaster lief, hörte man das Klacken ihrer Absätze. Sie blieb stehen und wollte ihren Schlüssel herausholen.
Die Schritte hinter ihr hörten abrupt auf.
War da jemand?
Sie drehte sich um. Es war niemand zu sehen.
Wo war nur der Schlüssel?
Sie kramte in ihrer Tasche und fragte sich, warum der Schlüssel immer unter all den Sachen in der Tasche vergraben lag. Ein Lächeln überzog ihr Gesicht. Endlich fand sie ihn, sie setzte ihren Weg fort.
Erneut hörte sie hinter sich Schritte.
Sie blieb stehen, drehte sich um.
Ein Schatten verschwand hinter einer Häuserwand. In ihr kroch ein unangenehmes Gefühl auf. Ihr Gang wurde schneller.
Die Straße war menschenleer.
Warum hatte sie nur ihre hohen Schuhe angezogen?
Die Schritte hinter ihr waren wieder zu hören.
Ihr Herz schlug schneller. Nervös drehte sie sich um und sah wieder nur einen Schatten.
Panik kroch in ihr hoch.

Noch ein paar Meter und sie hatte ihr Elternhaus erreicht, sie bog nach links, sie fing an zu beten.
Plötzlich bemerkte sie einen stechenden Schmerz. Sie verlor das Gleichgewicht und sackte zusammen.
Sie hörte ein Rufen aus der Ferne: »Signorina, hören Sie mich?«

Dann verschwand alles wie im Nebel um sie herum.

3

Paola schloss die Tür zu ihrem Haus auf. Ein köstlicher Geruch empfing sie an der Haustür. Schnell legte sie die Schlüssel und ihre Tasche im Flur ab, steuerte dann geradewegs in die Küche. Francesco hantierte mit diversen Töpfen und Pfannen.

»*Ciao*, Francesco!«, rief Paola, lief auf ihn zu und küsste ihn.

»*Bella*«, entgegnete er. Francesco sah seine Frau an und strich ihr eine Locke aus der Stirn. Sie sah umwerfend aus, mit ihren lockigen dunklen Haaren. Paola hatte ein ebenmäßiges Gesicht und braune Augen mit leichten goldenen Sprenkeln, wenn das Sonnenlicht in ihr Gesicht schien.

»Francesco, ich bin so froh endlich da zu sein. Unsere Klimaanlage fiel aus und dann noch das Gespräch mit Dal Molin!«
Sie verzog das Gesicht. »Wie kann so ein Chauvinist sich immer noch in der heutigen Zeit so aufführen!« Sie wollte sich gerade in Fahrt reden, Francesco schaute sie an, dieses Temperament seiner Frau, er konnte nicht anders… nahm sie in den Arm und küsste sie innig.

»Wofür war der?«, fragte sie verschmitzt.

»Du bist so eine tolle Frau, ich muss dich einfach küssen.«

»Danke, mio caro!«

Sie drehte sich zum Herd und lugte hinein.

»Oh wie köstlich! *Mamma mia*, mir läuft das Wasser im Mund zusammen.«

»Warte ab, wenn du erst einmal die Vorspeise siehst?«

Francesco ging zum Kühlschrank und holte eine Vorspeisenplatte heraus.

»Vitello tonnato, Bresaola und Käse! Du bist so ein Schatz!«

»Für dich immer!«

Sie wollte gerade ein Stückchen Bresaola stibitzen, da klingelte ihr Telefon.

»*Pronto!*«

Ihre Kollegin Ispettore Maria Nero war am Telefon.

»*Ciao,* Paola! Wir haben einen Überfall. Eine junge Frau wurde brutal mit einem Messer verletzt. Sie hat zwar überlebt, aber die Ärzte sagen, die nächsten Stunden sind entscheidend, ob sie durchkommen wird.«

»Ich mache mich gleich auf den Weg! Maria kannst du mir bitte die Adresse geben…!«

Ispettore Nero gab sie ihr durch.

Paola schaute Francesco enttäuscht an.

»Du musst weg?«

»Sì! Du hast dir so viel Mühe gegeben mit dem Essen, es ist ein Jammer. Mein Magen knurrt und ich wollte mich einfach nur noch nach dem Essen ausruhen.«

»Ich mache dir schnell ein Panini und dann können wir das mit dem knurrenden Magen schon einmal ändern.«

Paola schaute ihn an.

»Danke!«

Sie lief nach oben und wollte zumindest ihre Kinder begrüßen und dann wieder los. Während sie die Treppe hochlief, rief sie:

»Giulia! Luca! Wo seid ihr?«

Beide kamen angerannt.

»*Ciao, Mamma*!«

»Kommt her und lasst euch drücken. Ich habe gerade einen Anruf bekommen und muss gleich wieder los. Papa hat ein leckeres Essen gekocht, es ist so schade!«

Luca sah seine Mutter an und sagte: »Wir heben dir etwas auf, keine Sorge!«

»Danke!«

Sie drückte beide noch einmal.

»Ich hoffe, es dauert nicht so lange. Ich habe euch lieb. Baci! « Sie warf beiden noch einen Handkuss zu und ging die Treppe runter. In der Küche stand ihr Mann mit einem Panini und einer Flasche Mineralwasser bereit.

»Lass es dir schmecken und pass auf dich auf! Wir lassen dir etwas übrig, dann kannst du später essen.«

»Danke! Ich flitze jetzt los.«

Sie nahm ihren Mann in den Arm, hauchte ihm einen Kuss auf die Lippen und ging los.

Im Auto tippte sie die Adresse in das Navigationsgerät.

»Nun komm schon…!«

Sie versuchte es noch einmal und es klappte. Die Stimme des Navis ertönte:

»Die voraussichtliche Ankunftszeit zur Via Ponte Pignolo beträgt 20 Uhr und 10 Minuten. Bitte wenden Sie an der nächsten Möglichkeit…«

Paola biss von ihrem Panini ab und fuhr los.

4

Als sie am Tatort ankam, war die Spurensicherung bereits im Einsatz. Ispettore Nero kam auf sie zu.

»*Ciao*, Paola!«

»*Ciao*, Maria, was haben wir?«

Maria Nero eine Frau Ende zwanzig mit einem flotten Kurzhaarschnitt klappte ihr Notizbuch auf und fing zu sprechen an.

»Clarissa Angelo, 23 Jahre, studiert Veterinärmedizin in Milano und war auf dem Weg zu ihren Eltern.«

»Habt ihr schon mit den Eltern gesprochen?«

»*No*, wir haben eine Nachricht auf ihrem *telefonino* gefunden.« Maria Nero holte aus ihrer Jacke einen Beutel, darin befand sich das *telefonino* des Opfers.

»Ach Maria, dann muss ich mich gleich auf den Weg zu den Eltern machen.«

Ispettore Nero schaute Paola betroffen an.

»Ich begleite dich, hier ist noch etwas Wichtiges. Laut dem Notfallarzt müssen wir mit dem Schlimmsten rechnen. Der Täter oder die Täterin hat mit einer solchen brutalen Wut auf das Opfer eingestochen, dass sie sehr viel Blut verloren hat.«

»*Madonna*!«, entfuhr es Paola, »gibt es Augenzeugen?«

»*Sì*! Signor Scarpa. Schau, er steht dort links, ich bringe dich gleich hin. Er steht ziemlich unter Schock. Er bog gerade von der *Via Santa Chiara* hier in diese Straße und sah sie am Boden liegen.«
Paola beugte sich zum Boden und schaute sich die Stelle des Verbrechens an. Das Blut war schon dickflüssig und an einigen Stellen getrocknet. Doch die Menge des Blutes ließ auf nichts Gutes hoffen. Paola sah in ihrem Kopf die Szene des Verbrechens vor sich und schüttelte sich. Brutal ohne Zweifel, doch bevor sie sich ein komplettes Bild vom Tathergang machen konnte, musste sie mit dem Augenzeugen sprechen. Hoffentlich hatte er etwas bemerkt, sie war gespannt. Paola sprach noch mit einem anderen Kollegen, der den Inhalt der Handtasche des Opfers überprüfte.

»Etwas Interessantes dabei?«
Salvatore Torri nickte Paola zu.

»Ich bin mir noch nicht sicher, ich muss es erst überprüfen. Schau hier an der Schnalle der Tasche hängt eine Faser. Die Schnalle ist recht scharfkantig, vielleicht haben wir hier nicht nur eine Faser, sondern auch noch etwas Hautabschürfungen und DNA vom Täter.«
Paolas Augen weiteten sich. »Das wäre gut! Ich warte deinen Bericht ab und dann sehen wir weiter. Danke Salvatore! Gute Arbeit! Wir sehen uns morgen in der Questura.«
Sie drehte sich um und lief zum Zeugen.

»*Buonasera*, Signor Scarpa, mein Name ist Commissario Rossi. Ich bin die leitende Ermittlerin. Sie haben das Opfer gefunden?«
Signor Scarpa nickte, man sah ihm an, wie sehr ihn das eben Erlebte noch immer in den Knochen steckte.

»*Piacere*! *Buonasera*, Commissario, ja, ich habe das arme Mädchen gefunden.«
Dann wisperte er: »Sie hat so geblutet! *Madonna*!« Er bekreuzigte sich. »Ich habe nur noch jemanden weglaufen sehen, wäre ich doch nur eine Minute früher um die Ecke gelaufen, dann hätte ich ihr helfen können.« Ihm standen Tränen in seinen Augen. »So etwas habe ich noch nicht gesehen. Entschuldigen Sie.«
Paola schaute ihn besorgt an und fragte: »Geht es wieder, wollen wir uns in das Polizeiauto setzen.«
Signor Scarpa nickte ihr zu.
Im Auto angekommen, beruhigte er sich und Paola konnte die Zeugenaussage fortsetzen.

»Wenn ich doch nur mehr hätte tun können!«, rief Signor Scarpa immer wieder aus.
Paola versuchte ihn zu beruhigen und lobte seine besonnene Art sofort Hilfe geholt zu haben.

»Meinen Sie, sie kommt durch?«
Paola sah ihn an und erkannte die große Betroffenheit in seinem Gesicht.

»Sie haben auch eine Tochter, ist das so?«

Er war auf einmal ganz ruhig und fragte ganz beklommen:

»Ja, wieso fragen sie?«

Paola schaute ihn an. »Das spüre ich.«

Mehr musste sie nicht sagen, sie nickten sich zu. Leider hatte der Zeuge nur noch einen Schatten wegrennen sehen. Er hatte sich um Clarissa gekümmert, einen Notarzt und die Polizei gerufen. Dann hatte er sich zu ihr hingekniet und auf den Rettungswagen gewartet.

»Hat das Opfer etwas zu Ihnen gesagt oder sich irgendwie bemerkbar gemacht?«, fragte Paola.

»Als ich angerannt kam, hatte ich sie angesprochen, doch sie schien bewusstlos zu sein. Als ich mich über sie beugte um zu schauen, öffnete sie nur kurz die Augenlider und hauchte so etwas wie: *Famiglia Ma*… Ich habe schon überlegt, was sie meinen könnte. Vielleicht *Mamma*? Leider habe ich nicht mehr verstanden. Ich hoffe, sie kommt durch und sie finden den Täter!«

»Glauben Sie«, fragte Paola, »dass es ein männlicher Täter war?«

Signor Scarpa überlegte und sagte dann: »Ich glaube, es war ein Mann, aber ich habe ja nur einen Bruchteil einer Sekunde den Täter weglaufen sehen. Auf jeden Fall hatte er eine Baseball-Cap tief im Gesicht, sodass ich sein Gesicht nicht erkennen konnte. Warten Sie, mir fällt noch etwas ein…als der Täter weglief, rannte

er nicht gleichmäßig, fast so, als hätte er sich verletzt. Ach, wäre ich doch nur hinter ihm her…«
Paola sah ihn an und sagte sofort: »Auf keinen Fall, Sie haben alles richtig gemacht. Es war leider niemand weiter auf der Straße. Sie haben richtig entschieden, sich um das Opfer zu kümmern und die Einsatzkräfte zu informieren. Alles gut!«
Signor Scarpa nickte ihr zu und bedankte sich. Paola gab ihm seine Karte.

»Falls Ihnen noch etwas einfällt, rufen Sie bitte an. Vielen Dank für Ihre Mithilfe. Auf Wiedersehen, Signor Scarpa!«
Er gab ihr die Hand und sie verabschiedeten sich.
Paola rief einen Mitarbeiter zu sich, der Signor Scarpa nach Hause bringen sollte. Dann ging sie zu Ispettore Maria Nero und brachte sie auf Stand.

»So wie der Zeuge ausgesagt hat, bestätigt das die Vermutung von Salvatore, dass nicht nur Fasern an der Schnalle der Tasche vorhanden sind.«
Ispettore Nero nickte ihr zu und verstand, was sie meinte. Womöglich konnte sich das Opfer wehren und die Schnalle der Tasche verletzte wiederum den Täter oder die Täterin. Jetzt mussten sie sich auf einen unangenehmen Weg machen. Sie mussten den Eltern erklären, dass ihre Tochter schwerverletzt im Krankenhaus liegt und womöglich an den Folgen der Tat sterben könnte. Das war das Schlimmste an ihrer Arbeit. Paola besprach noch etwas mit Salvatore, dann wandte sie sich an einen Sergente.

»Bitte senden Sie mir eine Notiz mit dem Zimmer des Opfers und fragen bitte, wer der behandelnde Arzt ist. Schicken sie es mir bitte schnellstmöglich auf mein *telefonino* zu.«

»Wird gemacht, Commissario!«

Paola und Ispettore Nero hatten nur noch einige Minuten am Tatort zu tun.

»So Maria, lass uns zu den Eltern gehen. Es sind nur ein paar Meter. Wir müssen ihnen Bescheid geben.«

»Leider! Gehen wir.«

Sie liefen die Straße *Via Santa Chiara* ein paar Meter entlang und an der *Numero 20* hielten sie an. Beide schauten sich noch einmal an, nickten sich zu und Ispettore Nero klingelte bei Angelo. Bevor der Summer ertönte, rief eine Stimme durch die Sprechanlage:

»*Ciao cara* Clarissa, bist du endlich da, hast du wieder deinen Schlüssel verkramt, ich mache auf!«

Die beiden Frauen räusperten sich.

»*Scusi*, hier sind Commissario Rossi und Ispettore Nero, lassen sie uns bitte herein.«

Auf einmal war Stille.

Paola wollte erneut auf die Klingel drücken, da nichts passierte, doch da ertönte der Summer und die Tür öffnete sich. Sie nahmen die Treppe und liefen nach oben. Im zweiten Stockwerk sahen sie bereits von der Treppe aus, eine Tür offenstehen. Paola klopfte.

»Signora Angelo, wo sind sie? Dürfen wir hereinkommen?«

Eine leise Stimme war zu hören: »Erste Tür links!«

Sie betraten die Wohnung und sahen eine Frau am Tisch sitzen, mit den Händen den Kopf halten. Sie blickte hoch und man sah, rot verweinte Augen.

»*Buonasera.* Mein Name ist Commissario Rossi, das ist Ispettore Nero!«

Dabei zeigten sie ihre Dienstausweise. Die Frau saß zwar immer noch am Tisch, doch hatte ihren Kopf angehoben und sah beide mit weit aufgerissenen Augen an.

»Sagen Sie schon, ist etwas mit meiner Clarissa? Ist etwas passiert?«

Paola räusperte sich, es fiel ihr sichtlich schwer, der Mutter erklären zu müssen, dass ihre Tochter vielleicht nie mehr durch diese Tür kommen würde. Sie nahm einen tiefen Atemzug!

»Signora Angelo, es tut uns sehr leid Ihnen mitteilen zu müssen, dass ihre Tochter Clarissa Opfer eines Verbrechens geworden ist.«

Signora Angelo fing augenblicklich laut zu weinen an. Ispettore Nero lief auf sie zu und strich über ihren Arm.

»Sie lebt!«, rief Paola in das Weinen hinein.

Sie beugte sich zu Signora Angelo, sah ihr in die rot verweinten Augen und sagte eindringlich:

»Hören Sie! Ihre Tochter lebt! «
Ein weiterer Schwall Tränen folgte.
Paola griff zu der Wasserflasche, die auf den Tisch stand und zu einem Glas und goss etwas Wasser ein. Dann reichte sie Signora Angelo das Glas, nickte ihr zu und die Frau nahm mechanisch das Glas in die Hand und trank einen großen Schluck daraus. Sie stellte es ab, griff danach in ihre Hosentasche, ein Taschentuch kam hervor, tupfte ihre Augen und schnäuzte sich kräftig. Danach atmete sie tief durch und fragte etwas ruhiger, an die beiden Polizistinnen gewandt: »Was ist mit meiner Clarissa passiert? Wie geht es ihr? Wo ist sie?«
Paola machte mit ihrer Hand eine Bewegung zum Stuhl, schaute Signora Angelo fragend an. Sie nickte ihr zu, das war das Zeichen für Paola sich hinsetzen zu können und sie erzählte Signora Angelo den Tathergang. Dann und wann griff die Mutter zu einem Taschentuch, doch sie schien gefasst zu sein, wie Paola feststellen musste.

»Signora Angelo, ich habe folgende Frage an Sie: Waren sie in den letzten drei Stunden hier, es tut mir aufrichtig leid…« Sie machte eine kurze Pause.

»Ich muss Ihnen diese Frage stellen, aber…«
Weiter kam sie nicht, Signora Angelo nickte verständnisvoll: »Ich verstehe schon, sie müssen Ihre Arbeit machen, ich nehme es Ihnen nicht übel.«
Paola war froh, dass Signora Angelo derart entgegenkommend wirkte.

»Commissario, ich war den ganzen Tag hier. Habe Essen gekocht und die Wohnung geputzt. Vorhin hatte ich mit meinem Mann Mario gesprochen, ich habe ihn daran erinnert, dass Clarissa heute zum Essen kommt und er zusehen soll, früh Feierabend zu machen.«

Paola schaute fragend,

»Bevor sie fragen, er ist Koch in einem Restaurant. Manchmal kommt er erst recht spät, aber heute wollte er alles versuchen, um früher zu kommen. Clarissa ist sein…«, erneut fing Signora Angelo zu weinen an.

Paola schaute sie ganz ruhig an und hoffte, dass die Signora dadurch zu weinen aufhörte, damit sie mit der Befragung weitermachen konnte.

»Unsere Tochter studiert in *Milano* Tiermedizin. Wir sind so stolz auf sie! Sie ist die Erste in unserer Familie, die zu studieren anfing. Clarissa ist immer schon so ein aufgewecktes intelligentes Mädchen gewesen und hat uns nur Freude gemacht. Als sie ein Stipendium bekommen hat, waren wir so stolz und haben sie tatkräftig unterstützt. Eine Cousine meines Mannes lebt in Milano und so konnten wir sie mit einem guten Gefühl dorthin gehen lassen.«

Ispettore Nero machte sich derweil Notizen von dem Gesagten. Paola rückte den Stuhl etwas näher zur Signora.

»Wissen Sie, ob ihre Tochter einen Freund hat? Hat sie erzählt, dass sie mit jemandem Ärger oder Stress hatte? War sie in der letzten Zeit anders als sonst, beunruhigt oder wirkte sie ängstlich? Hatten Sie das Gefühl, Clarissa verbirgt etwas vor ihnen? Alles ist wichtig, auch wenn Sie vielleicht denken, das tut nichts zur Sache. Wir wollen herausfinden, wer oder was dahintersteckt.«

Signora Angelo nahm ihre rechte Hand und stützte den Kopf. Sie überlegte!

Nach einer Weile sagte sie: »Es ist tatsächlich etwas Merkwürdiges gewesen. Letztens habe ich mit Clarissa telefoniert. Sie erzählte mir von ihren Kommilitonen und von ihrem Professore. Clarissa sagte: ›*Mamma,* wenn ich nach Hause komme, will ich dir etwas zeigen. Ich will es nicht am Telefon besprechen.‹ Ich habe natürlich gefragt!«

Dazu nahm sie ihre Arme und hielt sie in die Höhe.

»Hat Sie Ihnen etwas gesagt?«, fragte Paola die Signora.

»Nein, sie war auf einmal sehr bestimmt und meinte: ›*Mamma,* es ist nichts Schlimmes, mache dir bitte keine Sorgen. Ich erzähle es dir doch noch.‹ Ich wollte nicht nachbohren, sie hörte sich so entschieden an, aber ich dachte, sie hat vielleicht einen jungen Mann kennengelernt. *Madonna*! Hätte ich doch nur eindringlicher gefragt…«

Erneut weinte Signora Angelo los.

Paola konnte es nicht mehr mit ansehen und brach die Befragung ab.

»Signora Angelo, Sie wollen doch bestimmt zu Ihrer Tochter?«

Die Signora weinte noch immer, dennoch nickte sie hinter ihrem Taschentuch hervor. »Sì!«

»Können Sie Ihren Mann telefonisch erreichen?«
Signora Angelo schaute auf die Uhr.

»Er müsste eigentlich gleich nach Hause kommen. Wieso?«

»Wir sehen doch wie stark sie das alles belastet, dürfen wir Sie zum Krankenhaus bringen?«
In dem Moment drehte sich ein Schlüssel im Schloss und eine Stimme war zu hören: »*Ciao*, ihr Beiden! Ich habe mich beeilt, wo seid ihr… «
Signor Angelo stand im Türrahmen zur Küche und schaute die beiden Polizistinnen fragend an. Paola und Maria erhoben sich von ihren Stühlen, zückten ihre Dienstausweise und Paola stellte sich und ihre Kollegin vor.

»*Buonasera,* Signor Angelo, mein Name ist Commissario Rossi, das ist meine Kollegin Ispettore Nero. Wir sind die ermittelnden Beamten im Überfall auf Ihre Tochter Clarissa.«
Sofort schossen Signor Angelo Tränen in die Augen, er schwankte. Paola hatte Sorge, dass er umfallen könnte. Sie nahm den Stuhl, auf dem sie zuvor gesessen hatte und schob ihn Signor Angelo unter.

»Setzen Sie sich erst einmal.«
Paola schaute zu Ispettore Nero und zeigte auf die Flasche Wasser. Maria verstand sofort, was sie meinte, goss in einem sauberen Glas etwas Wasser ein und reichte es dem Vater. Signor Angelo nahm es, trank

einen Schluck und kaum, dass er das Glas geleert hatte, fing er zu fragen an.
Paola berichtete auch ihm den Tathergang und in welchem Krankenhaus seine Tochter aufgenommen worden war. Bei der Schwere der Verletzungen fiel es ihr bei Gott nicht leicht, sachlich und ruhig zu bleiben. Der Vater war sichtlich betroffen und starrte ins Leere. Er verharrte in einer Art Schockzustand, anders als die Mutter, die nun erst richtig zu weinen begann. Paola ging mit Maria in den Flur, um sich zu besprechen.

»Kannst du schon einmal vorfahren ins Krankenhaus und schauen, ob der zuständige Arzt noch da ist und ihn befragen«, sagte Paola.

»Ich würde gerne das Ehepaar Angelo in das Krankenhaus begleiten, du siehst ja selbst wie durcheinander sie sind. Dann kann ich den beiden noch ein paar Fragen im Auto stellen und im Krankenhaus bringe ich sie zum Zimmer ihrer Tochter. Danach komme ich zu dir und du bringst mich auf den neuesten Stand.«
Ispettore Nero nickte, »Weißt du, auf welche Station sie gebracht wurde? Hast du schon die Info?«

»Warte!«, Paola zog ihr *telefonino* aus der Tasche.

»Ja, habe ich! Ich schick dir die Nachricht weiter.«
Im nächsten Moment hörte man ein Piepsen, Maria Nero schaute auf ihr *telefonino* und sagte:

»OK. Alles da. *Perfetto*! Ich fahre los und wir sehen uns im Krankenhaus.«

»So machen wir das. Ich rufe mal schnell Francesco an und sage ihm, dass es länger dauert als gedacht…«, erwiderte Paola.
Ispettore Maria Nero verabschiedete sich vom Ehepaar Angelo und winkte ihrer Kollegin beim Verlassen der Wohnung zu. Paola rief bei Francesco an. Nach dem Gespräch lief sie zurück in die Küche. Die Eltern standen engumschlungen und man sah, dass beide emotional am Ende waren. Bei jedem Schluchzen vibrierten die Körper der beiden. Paola räusperte sich und klopfte an den Türrahmen. Sofort ließen sie einander los und schauten Commissario Rossi traurig und verweint an.

»Wollen wir losfahren?«, fragte Paola.
Beide nickten ihr zu. Händchenhaltend gingen sie langsam aus ihrer Küche und man sah ihnen an, wie viel Angst und Sorge sie vor dem Besuch im Krankenhaus hatten.

»Commissario, bitte tun Sie alles, was in ihrer Macht steht, um den Täter zu schnappen. Sie können uns alles fragen, wir wollen Gerechtigkeit für unseren Engel.« Der Vater machte einen entschlossenen Gesichtsausdruck, als er dies sagte.

»Ich verspreche Ihnen beiden, ich werde alles in meiner Macht Stehende unternehmen, um den Täter zu überführen. Ich danke Ihnen für ihre Zusammenarbeit. Lassen Sie uns jetzt gehen.«
Paola ging voraus.

Die Eltern des Mädchens gingen sehr gekrümmt und man sah ihnen ihr Leid in jeder Faser ihres Körpers an. Zum Glück stand Paolas Wagen in einer Seitenstraße und sie mussten nicht an dem eigentlichen Tatort vorbei. Sie öffnete die Türen des Autos und die beiden nahmen Platz.
Paola fuhr los.

Eine ungeheure Stille machte sich breit.

Paola verbannte den Gedanken, den Eltern weitere Fragen zu stellen. Das würde sie am nächsten Tag machen. Das Wichtigste hatte sie bereits notiert. Nach einer kurzen Fahrt kamen sie am Krankenhaus an. Paola schaute auf ihr Display und suchte die Nachricht heraus. Dann gingen sie alle drei zum Fahrstuhl und fuhren in den dritten Stock. Als die Fahrstuhltür sich öffnete, sah Paola am Ende des Gangs ihre Kollegin stehen, die mit einem Arzt redete. Sie beschloss kurzerhand, die Eltern des Opfers in einer kleinen Nische Platz nehmen zu lassen. Dort standen ein paar Stühle. Sie deutete mit dem Finger auf ihre Kollegin und sagte zu Signora und Signor Angelo: »Warten Sie bitte einen Moment hier. Ich spreche nur kurz mit meiner Kollegin und hole Sie gleich ab.«
Mario Angelo nickte, er umfasste die Hand seiner Frau und zog sie an den Stuhl heran. So saßen die beiden und schauten Paola hinterher.

»*Ciao*, Maria! *Buonasera*, Pierluigi! *Come stai*? Bist du der behandelnde Arzt von Clarissa Angelo? Ihre Eltern sind da!«
Paola drehte sich in die Richtung der wartenden Eltern um.

»*Ciao*, Paola, das ist schön dich zu sehen, wenn auch der Umstand schrecklich ist!«
Er drückte ihre Hand und gab ihr erst einen Kuss auf die linke und dann auf die rechte Wange.
Dottore Pierluigi Manzoni war ein Kollege von Francesco, ihrem Mann, und ebenfalls Chirurg.

»Können die Eltern zu ihrer Tochter?«
Pierluigi drehte seinen Kopf, kniff die Lippen zusammen.

»Aber nur kurz. Es geht ihr sehr schlecht. Wir wissen noch nicht, ob sie es schaffen wird.«
Paola schaute besorgt.

»So schlimm?«
Pierluigi machte durch seinen Blick keinen Hehl daraus und sagte nur: »Schlimmer!«

»Können wir gleich reden? Ich will die Eltern nicht länger warten lassen. Die beiden gehen gerade durch die Hölle.«
Paola sah ihn flehentlich an.

»Ich komme mit und bereite die Eltern auf den Anblick vor.«

»*Madonna*!«, entwich es Paola.
Dottore Manzoni schritt voran und stellte sich dem Ehepaar Angelo als behandelnder Arzt vor. Er

erzählte kurz und knapp, dass ihre Tochter notoperiert wurde, sehr viel Blut verloren hatte und eventuell noch weitere Operationen anstehen könnten, doch jetzt müsse man erst einmal die Nacht abwarten. Sie sei sehr schwach. Die genauen Umstände wollte der Arzt ihnen später in einem Gespräch mitteilen.

Signora Angelo hielt sich die Hand vor den Mund und probierte ihre Tränen herunterzuschlucken. Ihr Mann versuchte gefasst zu bleiben, aber man sah ihm an, wie er mit seinen Emotionen kämpfte. Die Eltern machten sich auf den Weg zum Krankenzimmer, ihr Gang war verhalten. Beide mussten einen Kittel, Überschuhe und einen Mundschutz anziehen, erst dann öffnete Dottore Manzoni leise die Tür und ließ sie hinein.

Dottore Manzoni kam heraus und drehte sich zu Paola und Maria um.

»Paola versprich mir, dass du den Kerl schnappst und hinter Schloss und Riegel bringst. Das arme Mädchen! Sie hat durch die beiden Stichverletzungen im Bauchraum, so viel Blut verloren und sowohl die Milz als auch der Darm wurden verletzt. Sie muss sich stark gewehrt haben, dass sieht man an den Abwehrverletzungen bei ihr und an der erheblichen Kopfverletzung, die sie sich zugezogen hat. Ich sag es jetzt mal nicht im Fachchinesisch. Ihre Milz ist gerissen. Ein Stück des Darms war verletzt. Wir haben sie notoperiert, mussten ihr mehrere

Blutkonserven verabreichen. Durch die starke Kopfverletzung hat sich ein Aneurysma entwickelt. Wir haben sie jetzt erst einmal ins künstliche Koma gelegt, damit sich die Ausdehnung im Gehirn, hoffentlich zurückbilden kann. Wenn das Mädchen diese Nacht übersteht, dann hat sie eine Chance. Wir wissen aber noch nicht, inwieweit die Kopfverletzung bleibende Schäden verursacht haben könnte. Als wir den Bauchraum geöffnet haben, hatten wir sie kurzfristig schon verloren, aber wir haben alles unternommen, um sie zurückzuholen. Sie hat so viel Blut verloren, wer auch immer sie gefunden hat, ein paar Minuten später und sie wäre bei euch in der Gerichtsmedizin gelandet.«

Paola wurde schlecht, das lag nicht nur an ihrem leeren Magen, sie stellte sich vor, wie furchtbar dieses Erlebnis für Clarissa gewesen sein mochte und welche Schmerzen sie davongetragen haben musste.
Pierluigi sah sofort ihre Gedankengänge.

»Paola, wir passen auf sie auf! Sie bekommt Schmerzmittel und wir haben sie engmaschig in der Beobachtung!«
Paola schaute ihn nachdenklich an.
Zu Maria gewandt sagte sie: »Sorge dafür, dass ein Beamter vor dem Zimmer bleibt und sie bewacht. Leider wissen wir nicht, ob der Täter es dabei belässt. Uns fehlen noch wichtige Anhaltspunkte.«

Ispettore Nero sah ebenfalls stark ergriffen aus und hatte bereits alles veranlasst. Der erste Beamte holte sich gerade einen *caffè* und müsste in ein paar Minuten wieder vor dem Zimmer patrouillieren.

»Gut, Maria! Der nächste Dienst ist auch schon eingeteilt?«

»Ja, wir haben alles organisiert. Sie wird rund um die Uhr bewacht.«

»Sehr gut!«, sagte Paola.

Dottore Manzoni sah Paola an.

»Ich schreibe meinen Bericht zu Ende, ich war gerade dabei, als dein Ispettore zu mir kam. Wenn du noch einen Moment warten kannst, gebe ich dir eine Kopie mit.«

»Das wäre toll! Wir warten!«

Paola ließ den Dottore gehen und drehte sich zu Maria.

»Lass uns dort auf einen Stuhl setzen. Wir warten auf den Beamten und holen uns dann einen *caffè*, bestimmt ist Pierluigi dann auch mit seinem Bericht fertig.«

Bevor sie gehen konnten, öffnete sich die Tür des Krankenzimmers und die Eltern traten heraus. Sichtlich mitgenommen von den Eindrücken, die sie in den letzten Minuten im Krankenzimmer ihrer Tochter, erlebt hatten.

Paola richtete das Wort an sie: »Soll meine Kollegin Sie nach Hause begleiten?«

Signor Angelo schüttelte den Kopf.

»Nein, wir wollen noch etwas bleiben. Wissen Sie, wo der Dottore ist?«

»Er schreibt den Bericht, ich warte auf eine Kopie. Wollen wir uns alle zusammen dort in den Wartebereich setzen?«, fragte Paola die Eltern.

»*Sì*!«, sagte der Vater aufgewühlt.

Sie setzten sich auf die Stühle und sprachen kein Wort. Die Mutter griff nach der Hand ihres Mannes und drückte sie ganz fest.

Nach einigen Minuten kam ein Beamter den Flur entlang. Paola stand auf und sprach mit ihm. Er nahm danach einen Stuhl und ging schnurstracks zum Krankenzimmer, dort setzte er den Stuhl leise ab und setzte sich darauf. Paola verwarf den Gedanken an einen *caffè* und wartete mit ihrer Kollegin und den Eltern, bis nach etwa zwanzig Minuten Pierluigi aus seinem Büro rauskam.

Paola stand auf und lief ihm entgegen, nahm die Akte, sprach noch ein paar Worte mit ihm und bat, dass er noch einmal mit den Eltern des Opfers sprechen möge.

»Ich mache das, keine Sorge Paola. Ich werde sie bitten nach Hause zu fahren. Sie können jetzt nichts tun. Ich kümmere mich. Grüß Francesco! *Buona notte* Paola, komm gut heim!«

Paola drückte ihn und wünschte ihm ebenfalls eine gute Nacht, danach lief sie noch einmal zu dem Beamten, und machte sich dann auf den Weg zu den

Eltern, die ganz aufgeregt mit Dottore Manzoni sprachen. Als Paola an der Sitzgruppe ankam, schauten die Eltern sie erwartungsvoll an.

»Ich gebe Ihnen meine Karte. Können wir uns morgen treffen? Ich möchte doch noch ein paar Fragen stellen. Können Sie mich anrufen, dann machen wir eine Zeit aus? Voraussichtlich bin ich gegen 10 Uhr in der Questura.«

Die Eltern von Clarissa nickten ihr zu. Paola schüttelte beiden die Hände und wünschte ihnen eine gute Nacht. Ispettore Nero tat es ihr gleich und danach gingen sie gemeinsam zum Fahrstuhl. Als die Fahrstuhltür sich schloss, atmeten beide erst einmal tief ein – und wieder aus.

»Was für ein Tag, Maria!«

»Ja, was für ein Tag! Paola!«

»Ich möchte jetzt nur noch nach Hause und erst einmal schlafen und du Paola?«

Paola gähnte und schüttelte sich, sie schaute auf ihre Uhr. Kurz vor Mitternacht!

»Kein Wunder, dass ich so müde bin, kurz vor Mitternacht! Ich fahre jetzt auch heim, das war ein langer und anstrengender Tag.«

Sie stiegen beide aus dem Fahrstuhl aus. Verabschiedeten sich vor dem Krankenhaus und gingen dann zu ihren Autos. Paola war heilfroh, als sie nach einer guten halben Stunde, das Ortsschild von

Desenzano del Garda sah. Ein paar Minuten später stand sie vor ihrem Haus.

5

Er starrte an die Decke.
Sein Atem ging schwer. Er saß auf einem Stuhl und seine Füße klopften einen Rhythmus auf den Boden. Erneut stieß er einen Schrei aus, so laut, dass er fast selbst erschrak. Wieder holte er einen tiefen Atemzug und ging die Ereignisse des Abends durch. Lebte sie etwa noch, hatte sie ihn erkannt?
Wütend sprang er auf, der Stuhl kippte um und fiel zu Boden.

Dieses Miststück soll sterben! Hoffentlich ist Sie verreckt!
Dieser Gedanke kreiste unaufhörlich in seinem Kopf. Er musste sich Klarheit verschaffen und herausbekommen, ob Clarissa noch lebte. Seine Füße liefen automatisch zur Tür dieses kleinen Verschlags, in dem er nach der Tat Unterschlupf gesucht hatte. Er trat hinaus und holte einen tiefen Atemzug frischer Luft, diese durchströmte seinen Körper und plötzlich wurde er ruhiger. Mechanisch griff er zu seinem Autoschlüssel, öffnete seinen Wagen und stieg ein. In seinem Handschuhfach befand sich das Messer, er öffnete das Fach sachte und das Metall der Klinge blitzte hervor. Seine Augen weiteten sich und ein Lächeln huschte über sein Gesicht.
Er hatte einen Plan.

Dann startete er den Wagen und fuhr los.

6

Paola wachte so abrupt auf, dass sie sich erst einmal sammeln musste. Sie hörte eine ihr vertraute Stimme: »*Mia cara!* Aufstehen! Es ist schon sieben Uhr!«
Paola rieb sich die Augen.
»*Buongiorno* Francesco! Ich bin noch so müde, bitte lass mich schlafen!«
Sie nahm die Bettdecke und drehte sich zur anderen Seite. Das kannte Francesco schon von ihr. Er nahm die Tasse *caffè*, die auf dem Tablett stand und bewegte die Tasse hin – und her, bis der Duft in ihre Richtung zog. Dann legte er seinen Kopf etwas zur Seite und sprach: »Der *caffè* ist fertig!«
Einen Moment lang passierte nichts, doch dann schob Paola die Bettdecke zur Seite, sah ihn an, richtete sich auf und griff zur Tasse.
»*Grazie*!«
Paola nahm einen Schluck, stellte danach die Tasse auf dem Nachttisch ab und gab Francesco einen Kuss.
»Ich war gestern in der Klinik und habe mit Pierluigi gesprochen. Ich soll dich von ihm grüßen!«
Francesco schaute sie verwundert an, doch bevor er fragen konnte, sagte sie: »Mein Opfer ist zu euch in die Klinik gekommen. Du warst offenbar schon weg, als sie eingeliefert wurde. Es steht nicht gut um sie.

Sie wurde brutal mit einem Messer überfallen. Pierluigi meinte, wer weiß, ob sie die Nacht übersteht. Er hat mir eine Kopie des Berichts mitgegeben. Ich schaue ihn mir gleich einmal an, doch vorher rufe ich in der Klinik an und frage nach.«

Francesco schaute sie an und beugte sich noch einmal zu ihr und drückte sie.

»Ich hoffe, du findest den Täter. Wann warst du Zuhause?«

»Es muss kurz nach halb eins gewesen sein. Ich bin völlig gerädert und müde.«

Francesco nahm das Tablett und räumte die Tasse ab.

»Weißt du was, ich bringe die Kinder zur Schule und fahre dann in die Klinik. Bleib noch kurz im Bett. Wo liegt der Bericht?«

Paola überlegte kurz,

»Der müsste in meiner Aktentasche sein und die ist…ich glaube, ich habe sie im Flur gelassen, warum?«

Francesco stand auf.

»Ich hole dir den Bericht und du kannst schon einmal im Krankenhaus anrufen, dann kannst du noch einen Moment länger im Bett bleiben. Der Tag wird sicherlich hart und lang.«

»Du bist ein Schatz!«

Paolas Augen strahlten Francesco an. Sie sah ihrem Mann nach und hörte wie er den Kindern sagte: »In zehn Minuten ist Abfahrt. *Mamma* liegt noch im Bett, sie kam gestern erst spät zurück!«

Paola nahm ihr *telefonino* und rief in der Klinik an. Zurzeit waren alle Ärzte unterwegs, die Krankenschwester bat sie später erneut anzurufen. Da kam Francesco mit der Aktentasche herein.

»Danke Francesco, aber ich möchte die Kinder doch noch verabschieden.«

Sie drückte ihren Mann, nahm danach die Akte aus der Tasche und ging mit ihm zusammen die Treppe hinunter. Die Kinder saßen am Tisch und aßen ihr Frühstück.

»*Ciao, Mamma* «, sagten beide.

Sie drückte sie und gab ihnen einen Kuss. Es folgte das morgendliche Prozedere… sie nahm die Brotdosen und die Getränke und packte es den beiden in die Schulmappen. Sie wünschte den Kindern einen erfolgreichen Tag und rief ihrem Mann hinterher: »Wir sehen uns später in der Klinik!«

Die Tür fiel zu und sie hörte wie der Wagen aus der Ausfahrt wegfuhr. Paola machte sich noch einen weiteren *caffè*. Dann setzte sie sich an den Tisch und las den Bericht aus dem Krankenhaus.

›Wir berichten von der Patientin Clarissa Angelo, 23 Jahre, wohnhaft Milano. Sie wurde als Notfallpatientin in unsere Klinik eingeliefert. Ihr Allgemeinzustand war kritisch. Sie hatte zwei Stichverletzungen im Abdomen. Akute Hypovolämie. Schädel- Hirn – Trauma. Sie wurde sofort in den OP verbracht. Um die Hypovolämie auszugleichen

wurden EK`s verabreicht. Beim Öffnen des Abdomens folgende Befunde erkennbar: Milzruptur, Stichverletzung des querverlaufenden Kolons, massive innere Blutungen.
Therapie: Stillung der Blutungen, Splenektomie, Teilresektion des verletzten Kolons. Plötzlich auftretende tachykarde Arrhythmie. Erfolgreiche Defibrillation…‹

Das sieht nicht gut aus, für das arme Mädchen!

Sie ging nach oben ins Bad. Da sie noch etwas Zeit hatte, beschloss sie kurzerhand in die Wanne zu gehen. Sie musste an ihre Familie denken, ihren Mann Francesco, ihre Kinder Giulia und Luca.

Paola kannte Francesco schon seit ihrer Schulzeit. Er war zwei Klassen über ihr und schon damals fand sie ihn total süß, aber er war nur in seine Bücher vertieft. Als sie neunzehn war, ging sie mit ihrer Freundin in die Arena di Verona zu einem Konzert. Sie holte sich gerade etwas zu trinken, als sie mit einem jungen Mann zusammenstieß. Obwohl sie ihn von oben bis unten mit ihrer Limonade bekleckerte, entschuldigte er sich bei ihr. Die beiden kamen ins Gespräch und stellten dann fest, dass sie sich aus der damaligen Schule kannten. Der junge Mann war Francesco! Jetzt musste sie schmunzeln, als sie an ihn dachte. Dann

trafen sie sich immer öfter und es wurde für beide die große Liebe!
Als Paola 21 Jahre alt wurde, hielt Francesco bei ihren Eltern um die Hand ihrer Tochter an. Die Eltern von Paola hatten Francesco inzwischen fest in ihr Herz geschlossen und willigten sofort ein. Sie heirateten auf dem Land. Die Eltern von Paola und ihre Schwiegereltern teilten sich die Kosten. Es war eine wunderschöne romantische Hochzeit. Beide waren noch in der Ausbildung. Paola an der Polizeischule, Francesco befand sich mitten im Medizinstudium. Das Geld war knapp und trotzdem hatten sie eine gute Zeit. Die Eltern der beiden halfen ihnen und so konnten sie sich eine kleine Wohnung nehmen. Francesco gab Nachhilfeunterricht und Paola kellnerte in ihrer spärlichen Freizeit. Dann wurde Paola schwanger und ihr Sohn Luca kam zur Welt. Zwei Jahre später dann ihre Tochter Giulia. Ihr Glück war perfekt. Ihr Mann schloss erfolgreich das Medizinstudium ab und sie die Polizeischule. Paola war rundum zufrieden. Sie liebte ihren Mann und ihre Kinder über alles. Mit ihren 39 Jahren hatte sie alles, was sie sich wünschte. Eine intakte Familie, einen Beruf, den sie liebte, und alle waren gesund.

Paola schaute zur Uhr, nahm das Handtuch und stieg aus der Wanne. Eine halbe Stunde später machte sie sich auf den Weg zur Questura.

7

Maria?«, sie hob ihren Kopf um zu schauen, »wer sie rief. Flüsternd sagte sie: »*Buongiorno,* Salvatore!«
Sie deutete mit dem Finger an, dass er einen Moment warten sollte.

»*Sì!* Ich melde mich bei Ihnen zurück, Vice Questore.« Ispettore Nero sprach am Telefon mit dem Vice Questore.
Maria legte auf, drehte sich zu Salvatore Torri um.

»*Ciao*, Salvatore, was kann ich für dich tun?«
Salvatore Torri arbeitete im Labor, er hielt eine Akte in seiner Hand.

»*Ciao*, Maria, sag, ist Paola schon im Haus?«
Maria schüttelte den Kopf, »Sie ist unterwegs. Sie braucht sicher noch zwanzig Minuten. Warum? Hast du etwas im Fall Angelo?«
Salvatore nickte ihr zu.

»Ich habe die Tasche des Opfers genauer untersucht. Ich hatte Paola schon am Tatort gesagt, dass ich Fasern an der Tasche vermute. Das hat sich bestätigt. Weißt du, ob die Kleidung des Opfers schon auf dem Weg zu uns ist? Ich wollte sie untersuchen.«
Maria Nero schaute ihn an.

»Tja, Salvatore, da gab es ein Problem!«
Verdutzt fragte Salvatore: »Welches?«

»Die Kleidung wird soeben aus der Klinik abgeholt. «
Salvatore schüttelte den Kopf: »Lass mich raten, der Kollege hat es vergessen und die Klinik rief erst heute früh an?«
Maria schaute ihn an.

»Nicht ganz so, aber fast… «

»*Madonna*! Na gut, noch eins, sag Paola, sobald sie da ist, sie soll sich bei mir melden. Ich habe auch Hautpartikel an der Tasche gefunden. Bitte sag im Krankenhaus Bescheid, dass ich so schnell als möglich die Werte des Opfers bekomme, um einen Abgleich vornehmen zu können.«

»Das habe ich schon veranlasst. Du müsstest in den nächsten Minuten eine Mail bekommen. Mit der Kleidung des Opfers kommen noch weitere Proben, die du untersuchen musst. Das Opfer kam direkt in den OP, das war scheinbar der Grund, warum du noch nicht alles auf dem Tisch hast. Sie haben auch etwas unter den Nägeln des Opfers gefunden. Diese Proben solltest du dir gleich als Erstes vornehmen.«
Salvatore Torri entspannte sich, »das wäre gut, ich habe nämlich so ein Bauchgefühl, dass wir es mit der DNA des Täters zu tun haben könnten.«

»Das hoffe ich sehr! Das arme Mädchen! So eine brutale Tat. Ich sag Paola sofort Bescheid und richte ihr deine ersten Erkenntnisse aus. Sie wird sich dann bei dir melden!«
Salvatore bedankte sich und ging.

Maria erhob sich von ihrem Stuhl und lief zum Nachbarschreibtisch.

»Carlo, fahre bitte noch einmal zu dem Zeugen Signor Scarpa und bitte ihn um eine Vergleichsprobe. Er hatte dem Opfer geholfen, wir wollen seine DNA ausschließen können. Hier ist die Adresse. Danach rufe bitte in der Uni in *Milano* an und frage nach dem zuständigen Professore des Opfers Clarissa Angelo. Wir müssen mit ihm sprechen. Frage gleich nach, wann er Zeit hat und lege mir dann alles auf den Tisch, falls ich nicht da bin.«

»Natürlich, wird gemacht!«, antworte der Assistente Carlo Mazzola. Er nahm sofort das Telefon in die Hand und legte los. Ispettore Nero ging zurück an ihren Schreibtisch und rief in der Klinik an.

»Ispettore Nero am Telefon, kann ich bitte mit dem behandelnden Arzt von Clarissa Angelo sprechen…verstehe…sagen sie ihm, sobald er aus dem OP kommt, er soll bitte in der Questura anrufen. Mein Name ist Ispettore Nero.«
Sie gab ihre Dienstnummer durch und bedankte sich, dann legte sie auf und beschloss sich einen *caffè* zu holen. Kaum war sie auf dem Weg dorthin, kam ihr Paola entgegen.

»*Buongiorno,* Paola! Kurze Nacht, was?«
Paola nickte ihr zu und begrüßte sie.

»Gibt es schon etwas Neues, Maria? Wie geht es dem Opfer?«

»Ich habe gerade versucht den behandelnden Arzt zu erreichen, aber er ist noch im OP.«

»Ich hatte auch schon vorhin versucht. Bleib bitte dran!«, sagte Paola zu Maria.

»Das mache ich. Zu den Spuren habe ich etwas für dich. Salvatore hat mir eine Akte für dich mitgebracht.«

Sie ging zu ihrem Schreibtisch und übergab sie Paola.

»Hat Salvatore etwas gesagt?«

»*Sì*! Er hat Fasern an der Tasche gefunden und DNA. Rufe ihn gleich einmal an. Ich habe vorsorglich Mazzola beauftragt zu dem Zeugen Signor Scarpa zu gehen, um eine Vergleichsprobe zu entnehmen.«

Paola antwortete prompt: »Sehr gut! Ich rufe gleich bei Salvatore an und dann sprechen wir in Ruhe, vielleicht wissen wir dann auch schon, wie es Clarissa geht!«

Paola ging in ihr Büro und überflog schnell die Werte des Labors und rief bei Salvatore Torri zurück.

»Gut, Salvatore, dann weiß ich erst einmal Bescheid. Wann glaubst du, hast du die Ergebnisse der Abgleichuntersuchungen?«, fragte Paola gerade, als es an der Tür zu ihrem Büro klopfte.

»Moment, Salvatore! Es klopft!«, sie legte den Hörer zur Seite und rief: »*Avanti*!«

Ispettore Nero öffnete die Tür.

»Nur kurz, das Krankenhaus hat sich gemeldet. Clarissa Angelos Gesundheitszustand ist unverändert,

sie liegt noch im Koma. In einer Stunde beraten die Ärzte wie sie weiterverfahren.«
Paola nickte ihr zu, daraufhin ging Ispettore Nero wieder aus der Tür und schloss sie.

»So, Salvatore, da bin ich wieder. Unser Opfer liegt unverändert im Koma, aber sie lebt.«
Salvatore Torri räusperte sich und sprach: »Hoffen wir, dass sie es schaffen wird. Also, in der Zwischenzeit kam gerade die Kleidung und weitere Proben von unserem Opfer rein. Ich setze mich jetzt ran und sobald ich näheres habe melde ich mich sofort.«
Paola wollte gerade fragen, wie lange es dauern wird, da sprach er weiter: »Bevor du fragst, ich weiß, es ist dringend. Ich schätze in zwei Stunden habe ich neue Erkenntnisse. Ich beeile mich.«

»Danke, Salvatore, *Ciao* und bis später!«
Sie legte auf.
Jetzt fuhr sie erst einmal ihren Computer hoch, dann beschloss sie sich einen *caffè* zu holen. Sie trat aus ihrem Büro hinaus und lief zuerst zum Schreibtisch von Ispettore Nero.

»Ich hole mir einen *caffè*, kommst du mit? Dann können wir reden.«
Maria Nero schaute sie an und nickte: »Ja, dann hole ich mir auch gleich noch einen...den dritten… «
Sie tauschten gegenseitig die neuesten Erkenntnisse aus und beschlossen, sich mit den Eltern von Clarissa Angelo zu unterhalten.

»Kannst du bitte bei den Eltern anrufen und fragen, wann wir heute mit ihnen sprechen können.«

»Ja, ich habe schon versucht, sie sind scheinbar nicht zu Hause. Ich wollte gerade auf ihrem *telefonino* anrufen.«

»Gut!«, antwortete Paola, »dann schauen wir mal…«

Sie ging zurück in ihr Büro, scannte den Bericht des Krankenhauses in die aktuelle Akte Angelo ein, als ihr Telefon klingelte.

»*Pronto*! Commissario Rossi am Apparat!«

Eine beklommene Männerstimme war zu hören:

»*Buongiorno*, hier ist Mario Angelo, der Vater von Clarissa. Ich sollte mich melden… «

Das Gespräch nahm Signor Angelo sehr mit, immer wieder stockte seine Stimme. Paola sprach ruhig und einfühlsam mit ihm, doch immer wieder hörte sie, dass der Vater am anderen Ende der Leitung mit den Tränen kämpfte.

»Ich würde gerne so schnell es geht mit Ihnen sprechen, sind Sie im Krankenhaus?«

Signor Angelo räusperte sich:

»*Sì*! Die Ärzte wollen mit uns sprechen. Wir warten bereits.«

Paola überlegte und sagte dann: »Wäre es möglich, dass sie mich nach dem Gespräch mit den Ärzten noch einmal anrufen?«

»Das mache ich... «

Paola legte auf.

Was für ein Schicksal, durchfuhr es sie.

Schließlich war sie nicht nur Polizistin, sondern auch Mutter, sie glaubte sich in etwa vorstellen zu können, welches Leid die Eltern gerade durchliefen. Ein kalter Schauer überkam sie. Paola checkte ihre Mails und arbeitete sie ab.

8

Mario Angelo saß mit seiner Frau im Wartebereich des Krankenhauses. Er hatte bereits den dritten Espresso getrunken, er fühlte sich fahrig und ohnmächtig. Seine Frau saß gekrümmt neben ihm und seufzte unaufhörlich. Er beugte sich zu ihr, nahm ihre Hand und drückte sie, er wollte mit fester Stimme sprechen, doch es kam nur ein Flüstern aus seinem Mund: »Susanna, unsere Clarissa wird es schaffen. Sie ist ein starkes Mädchen! Sie wird es schaffen, sie wird es schaffen …hörst du!«
Signora Angelo schossen die Tränen in ihre Augen. Susanna blickte fragend in die Augen ihres Mannes:

»Mario, ich habe so große Angst um unser Mädchen.« Erneut weinte sie.

»Und wir sitzen hier nur rum und können ihr nicht helfen!«
Ihr Mann nahm sie in den Arm und versuchte seiner Frau Trost zu spenden, doch auch er wurde von seinen Gefühlen übermannt. Nach einer Weile hatten sich beide wieder etwas gefangen, als ein Arzt sich näherte.

»*Buongiorno*! Sie sind die Eltern von Clarissa Angelo?«
Der Vater sprang von seinem Stuhl und reichte dem Arzt die Hand zur Begrüßung entgegen.

»*Buongiorno!*«, der Arzt sah Signor Angelo an.

»Dottore Rossi! *Piacere*! Ich würde gerne mit Ihnen sprechen. Gehen wir in mein Dienstzimmer!«
Das Paar erhob sich und sie gingen schweigend hinter dem Arzt hinterher. Als sie am Dienstzimmer ankamen, öffnete Francesco die Tür und bat die Beiden Platz zu nehmen.

»Ihre Tochter ist erst einmal stabil, allerdings macht uns das Aneurysma Sorgen.«
Er sah wie die Beiden etwas verwirrt schauten.

»Durch den Sturz auf den Kopf, hat sich eine Arterie erweitert und drückt nun auf einige Bereiche des Gehirns. Dieser Druck ist gefährlich. Die Werte sind nicht sehr gut. Wir hoffen, dass die Medikation, die wir eingeleitet haben, den gewünschten Erfolg bringt. Es kann aber sein, dass wir sie noch einmal operieren müssen. Wir überwachen sie engmaschig, sollten die Werte sich nicht innerhalb der nächsten zwei Stunden bessern, werden wir handeln müssen und sie erneut operieren.«
Waren die Eltern eben noch ruhig und gefasst, so sah man ihren Gesichtern an, dass die Angst und Sorge um ihre Tochter ihre scheinbare Ruhe zerfallen ließ.

»Sie ist bei uns in guten Händen. Ich verspreche Ihnen, wir tun alles, was in unserer Macht steht, um ihrer Tochter zu helfen.«
Das Paar schaute den Arzt erwartungsvoll an.

»Sie hat keine Vorerkrankungen, das ist ein guter Aspekt. Den Blutverlust konnten wir mit Blutkonserven ausgleichen. Die inneren Verletzungen,

die auf die Stichverletzungen zurückzuführen sind, haben wir gestern operativ behandeln können. Die OP ist gut verlaufen. Ich will Ihnen aber nicht vorenthalten, dass der Zustand ihrer Tochter gestern während der OP sehr kritisch war. Wie ich schon sagte, da sie vor dem Überfall keine Vorerkrankung hatte, gehe ich davon aus, dass sie es schaffen kann.«
Die Mutter konnte nicht länger ruhig bleiben und weinte los.

»Signora Angelo, sie ist eine starke junge Frau… «

»Ich habe so große Angst um sie. Mein armes Mädchen. Ich kann ihr nicht helfen. Warum sie? Es ist so eine sinnlose Tat, sie ist so ein guter Mensch…«, ihre Stimme versagte.

»Signora Angelo, ich verstehe es auch nicht!«
Francesco schaute sie mitfühlend an, dann wiederholte er: »Ihre Tochter ist jung, hat keine Vorerkrankungen und wir tun alles, um ihr zu helfen!«

»Danke!«, war das einzige, was Signora Angelo, über ihre Lippen kam.
Signor Angelo ergriff das Wort: »Welche Organe wurden bei dem Überfall verletzt?«, fragte er den Dottore.
Francesco räusperte sich: »Ihre Milz war gerissen und sie hatte eine Verletzung am Darm. Sie hatte starke innere Blutungen. Daher kam es kurzfristig zu einem Kammerflimmern, aber wie gesagt, wir haben es in den Griff bekommen. Nach Stand der Dinge wird sie keine bleibenden Schäden haben. Nur bei dem

Aneurysma sehen wir momentan ein Problem. Sie wird gleich noch einmal zum CT gebracht, dann weiß ich mehr.«

Der Vater schluckte.

Francesco sprach weiter: »Ich will nicht sagen, dass eine OP kein Risiko darstellt, aber wir sind ein erfahrenes und eingespieltes Team. Aber warten wir ab, falls operiert werden muss, spreche ich mit Ihnen. Wollen wir es so machen?«

»Ja! Tun Sie bitte alles, um unsere Tochter zu retten«, antwortete der Vater.

Die Mutter nickte und faltete ihre Hände dabei.

»Das verspreche ich Ihnen! Sie können jetzt erst einmal nach Hause fahren. Kommen Sie zur Ruhe.«

Signor Angelo schüttelte den Kopf.

»Nein, wir bleiben hier. Wir gehen runter und setzen uns in die Cafeteria. Bitte verstehen Sie uns, wir können unser Kind jetzt nicht alleine lassen. Wir haben ein besseres Gefühl, wenn wir vor Ort sind.«

Francesco verstand die Eltern nur zu gut, wäre etwas mit seinen Kindern, würde er ebenfalls bleiben wollen, obwohl er es als Arzt besser wissen müsste.

»Natürlich, ich verstehe sie!«

Die Eltern von Clarissa erhoben sich von den Stühlen und reichten Francesco die Hand zur Verabschiedung.

»Ich melde mich sofort bei Ihnen, falls wir operieren müssen. Ihre Nummer haben wir?«, fragte Francesco.

»Ja, aber ich gebe Sie Ihnen gerne noch einmal.« Francesco notierte sich die Telefonnummer und die Eltern gingen aus dem Dienstzimmer.

Francesco nahm sein Telefon und rief bei seiner Frau in der Questura an. Er teilte ihr mit, dass er die Behandlung von Clarissa Angelo übernommen hatte. Er brachte Paola auf den neuesten Stand der Untersuchungen und der eventuell bevorstehenden Operation.

»Paola, sie ist zwar momentan stabil, aber sie ist noch nicht über den Berg. Die OP gestern hat sie sehr geschwächt, dann der akute Blutverlust. Eine weitere OP stellt ein großes Risiko dar, aber sie ist noch jung und wie mir scheint eine Kämpferin!«

Paola fiel ihm ins Wort: »Und bei dir in den besten Händen.«

Paola legte auf und ging zu Ispettore Nero.

»Lass uns runter zur Bar gehen, ich brauche etwas frische Luft und einen richtigen *caffè*.«

Ispettore Nero sortierte einige Blätter, schaute hoch:

»Gib mir fünf Minuten, dann kann ich los.«

»OK. Dann bis gleich.«

Keine fünf Minuten später traten die beiden Frauen aus der Questura und gingen in die Bar an der Ecke. Sie bestellten sich etwas zu trinken und einen Snack, und besprachen die neuesten Erkenntnisse im Fall.

Gerade als sie bezahlt hatten, fragte Maria an Paola gewandt:

»Sag mal, etwas ganz anderes. Wie geht es Giulia? Sie hat doch in der Schule so eine nervige Lehrerin. Hast du schon mit ihr gesprochen?«

Paola verzog augenblicklich die Augenbrauen.

»Diese Lehrerin ist so nervig wie Kopfschmerzen. Sie macht nicht nur Giulia das Leben zur Hölle, die ganze Klasse leidet unter ihr. Ich habe schon einen Brief formuliert, aber Giulia meinte, wortwörtlich:

›Dann ist mein Leben komplett zu Ende! ‹«

Erschrocken sagte Maria: »*Madonna*! Ich kenne Giulia gut, das will was heißen!«

Paola entgegnete: »Die Lehrerin mag ja fachlich gut sein, aber als Pädagogin ist sie meines Erachtens eine glatte Fehlbesetzung. Signora Greco glaubt scheinbar - mit Angst - motiviert man Kinder. Giulia ist einfach nur blockiert. An den Tagen an dem die Lehrerin sie unterrichtet, wacht Giulia schon mit Bauchschmerzen auf. Ich glaube, es wäre gut mit der Lehrerin zu sprechen, aber ich will Giulia nicht in den Rücken fallen. Aber … da muss etwas passieren. Mit der würde ich gerne einmal sprechen.«

Man sah Maria ein Lächeln über das Gesicht huschen:

»Du meinst, du nimmst sie ins Kreuzverhör!«

»So gut, kennst du mich also …«, auch Paola musste lächeln.

»Nein, das nicht, aber man muss doch so einer Lehrerin Einhalt gebieten. Es können doch nicht alle

– aus Angst – nichts sagen! Verstehst du, was ich meine? Weißt du, es gibt einen Club von Schülern, die nennen sich die ›Greco Hasser!‹ «
Maria prustete fast los: »Nein! So arg? Sag mal, was ist mit der Schulleitung, schläft die?«
Paola holte tief Luft: »Manchmal denke ich, die hat auch Angst vor der Greco. Sie ist aber auch so ein unangenehmer Mensch, sie wirkt so …unzufrieden, so unausgeglichen …«
Maria fragte: »Ist sie verheiratet, hat sie Kinder?«

»Ich weiß, was du meinst «, Paola grinste, »Ich will solche Klischees an und für sich nicht bedienen, aber sie wirkt wie eine alte Jungfer auf mich. Angeblich lebte sie bis Anfang vierzig noch bei den Eltern. Kinder hat sie nicht, einen Freund oder Mann, keine Ahnung, aber so wie die drauf ist, glaube ich es nicht…«

Die beiden Frauen standen auf und liefen wieder zur Questura zurück.

9

Er hatte mit verstellter Stimme bei mehreren Krankenhäusern angerufen. Er war schlau genug sich vor der Tat einige Prepaid Karten, die nicht auf seinen Namen liefen, zu besorgen. Alles hatte er minutiös bis ins letzte Detail geplant, doch er hatte nicht damit gerechnet, dass Clarissa sich wehrt und auch nicht, dass sie diese Attacke überlebt. Ärgerlich zog er die Augenbrauen hoch, er hatte doch alles vorher geübt, kaufte sich sogar mehrere Kleiderpuppen, um die Stiche des Messers gekonnt zu üben. Jetzt das! Er wurde zusehends wütender. Sein Plan B sah vor: In das Krankenhaus zu fahren, um endgültig Clarissa das Licht auszupusten. Seine Gedanken schaukelten sich hoch, er bekam bessere Laune. In seinem Kopf ging er das bevorstehende Szenario durch, doch der Gedanke, dass sie vielleicht noch ohne Bewusstsein dort liegen würde, machte ihn missmutig. Er wollte, dass sie alles mitbekommt. Wie er zur Tür reinkommt, wie sie ihn mit Angst erfüllten Augen anschaut, versucht zu schreien; doch er seine Macht spielen lässt und ihr die Kehle zuhält, um dann seinen finalen Plan umzusetzen. Doch jetzt musste er seine Gedanken im Zaum halten. Dieser Plan konnte nur umgesetzt werden, wenn er wieder ruhig und besonnen wurde. Er wollte schließlich nicht auffliegen.

Diese Schlampe!

Als er sie attackierte, wirkte sie so, als würde sie einen Zusammenhang erkennen. Sie ahnte vielleicht etwas, aber er durfte nicht zulassen, dass sie tatsächlich verstand, um was es ging. Diese Überraschung wollte er sich bis zum Schluss aufheben. Er sah wie eine Fliege auf dem Armaturenbrett hin und her lief. Er pfiff ganz leise und starrte auf das Tier. Vorsichtig legte er eine Hand auf das Armaturenbrett, dann ein kräftiger und schneller Griff, er hielt die Fliege in seiner Hand.

Er schnalzte mit der Zunge und atmete ganz schwer, dann zerquetschte er die Fliege und atmete tief durch. Sein Blick war eiskalt.

Ein Passant schlenderte an seinem Wagen vorbei und schaute hinein. Er sah eine Person im Wagen sitzen, die plötzlich schnell seitlich auf den Beifahrersitz schaute. Völlig unbekümmert ging der Passant weiter und ahnte nicht, dass er gerade an einem Menschen vorbeigekommen war, der die Polizei von Verona, an ihre Grenzen bringen sollte und demnächst die Stadt in Atem halten würde.

Die Sonne schien durch die Windschutzscheibe, es würde ein heißer Tag werden. Der Wagen setzte sich langsam in Bewegung, fädelte sich in den Verkehr ein und fuhr zum Krankenhaus.

Ich muss mich in den Krankenhauscomputer hacken, dann weiß ich, wann ich endlich dieses Problem aus der Welt schaffen kann.

Entschlossen setzte er seinen Weg fort, er wurde ruhiger und fing hämisch zu lachen an, ließ die Seitenscheibe herunter und warf die tote zerquetschte Fliege aus dem Wagen.

10

Maria Nero nahm an ihrem Schreibtisch Platz. Mehrere Notizzettel lagen vor ihr. Einen nach den anderen schaute sie sich an, doch sie vermisste eine Nachricht, nämlich die von Assistente Carlo Mazzola. Sie drehte sich um, doch er war gar nicht im Büro. So griff sie zum Telefon und wollte ihn anrufen. Just in diesem Moment klopfte ihr jemand auf die Schulter.

»Maria… «,

sie drehte sich um, es war Carlo.

»Gerade wollte ich dich anrufen.«

Carlo schaute sie mit einer etwas zu sehr aufgesetzten Reue an und meinte: »*Scusa*!«

Dabei drehte er seine Mundwinkel nach unten.

»Na erzähl schon, was gibt es?«

Carlo schaute sie lächelnd an.

»Ich war in der Zwischenzeit bei Signor Scarpa und habe eine DNA-Probe entnommen. Das ist ja ein reizender Mann, er hatte vollstes Verständnis. Die Probe habe ich sofort zum Labor gebracht, daher hat es etwas länger gedauert. Zu dem Professore in *Milano*… Ich habe mit dem Sekretariat gesprochen. Es handelt sich um Professore Marini. Er war gerade in einer Vorlesung, aber ich habe seine Direktwahl bekommen. Wenn du willst, rufe ich gleich einmal an. Die Vorlesung sollte jetzt vorbei sein.«

Maria schaute ihn bewundernd an.

»Das hört sich gut an. Sehr gut gemacht, Carlo. Ich spreche mal mit Paola und frage sie, wann es ihr passt. Danke, Carlo, dann rufe ich Professore Marini gleich selber an.«

Carlo strahlte über das ganze Gesicht, so sehr freute er sich über das Lob von Maria.

»Gern geschehen!«

Er gab ihr den Zettel mit der Rufnummer und ging dann an seinen Schreibtisch. Maria erhob sich und klopfte an die Tür des Büros von Paola.

»*Avanti!*«

»Kann ich dich kurz stören?«

Paola deutete mit der Hand hereinzukommen, da sie gerade telefonierte. Maria setzte sich auf den Stuhl vor ihrem Schreibtisch.

»Signor Angelo, können wir uns in einer Stunde im Krankenhaus treffen?«

Während sie das sagte, schaute sie zu Maria und machte eine Geste mit der Hand, die besagte: ›Kannst du auch?‹

Maria nickte ihr zu.

»Gut, Signor Angelo, dann treffen wir uns in einer Stunde in der Cafeteria. Meine Kollegin Ispettore Nero kommt auch mit. Bis nachher!«

Paola legte auf, dann wandte sie sich zu Maria und schaute sie fragend an.

Maria begann zu sprechen: »Ich habe die Nummer von Clarissa Angelos Professore aus *Milano*, ein

gewisser Marini. Ich wollte fragen, wann wir dorthin fahren wollen? Wenn wir heute noch die Befragung mit den Eltern haben, dann vielleicht gleich morgen Vormittag? Heute wäre zu spät? Oder? Was sagst du?«
Man sah Maria an, dass sie gerade ganz unschlüssig vor Paola saß. Auch Paola überlegte, dann sagte sie spontan: »Besser morgen, aber dann fahren wir ganz früh los, damit wir wieder rechtzeitig zurück sind. Du kennst den Verkehr?«
Maria schaute sie an und sagte keck:

»Wie wär`s mit Zugfahren?«

»Mmh… «, das hörte sich auch nicht schlecht an, fand Paola.

»Rufe bei ihm an und lote erst einmal aus, wann er Zeit hat? Ich bin für alles offen…«
Das ließ sich Maria nicht zweimal sagen und ging schnurstracks zu ihrem Schreibtisch. Keine drei Minuten später stand sie wieder vor ihr.

»Wenn du noch immer für alles offen bist…wir haben heute um 16 Uhr einen Termin beim Professore. Der Zug ist um 19.53 Uhr wieder zurück in Verona. Dann wären wir zumindest heute etwas früher im Bett als gestern? Soll ich bestätigen?«
Maria zwinkerte Paola an.
Paola überlegte…

»Wir können auch, wenn wir mit der Befragung schnell fertig werden, einen Zug früher zurück nehmen… «

Maria wollte noch eins draufsetzen, aber Paola winkte ab.

»OK, ok, ich gebe mich geschlagen. Wir machen das, besorgst du die Karten?«

Marias Mund zog sich zu einem breiten Grinsen und Paola musste unwillkürlich anfangen zu lachen.

»Bin schon weg, muss Karten bestellen… «, es hörte sich wie ein Singsang an, als Maria dies aussprach.

Paola rief in der verbleibenden Zeit bei ihrem Mann Francesco an und sagte ihm, dass sie in circa einer Stunde im Krankenhaus mit den Eltern von Clarissa Angelo ein Gespräch führen würde und bei der Gelegenheit kurz bei ihm reinschauen könnte, sofern er nicht im OP stand. Dann rief sie beim Vice Questore an und teilte ihm den bisherigen Ermittlungsstand mit. Der Vice Questore war natürlich unzufrieden, denn es gab überhaupt noch keine Anhaltspunkte. Weder kannten sie ein Motiv, noch gab es Verdächtige. Aber immerhin konnte sie ihm sagen, dass sie sich heute noch auf den Weg nach *Milano* machen, um neue Erkenntnisse über das Umfeld von Clarissa Angelo zu erfahren. Dann teilte sie ihm den Stand der Spurensicherung mit und augenblicklich hörte er sich etwas entspannter an. Plötzlich schoss der Gedanke in ihr hoch, dass sie heute nicht mehr persönlich auf ein Gespräch zum Vice Questore musste. Mit dieser Erkenntnis ging es

ihr deutlich besser und sie verabschiedete sich überschwänglich am Telefon.
Wieder etwas geschafft!
Dann ein letzter Blick in den Computer, in ihre Mails, in ihren Terminplaner und Schwups, fuhr sie den Computer runter und trat aus ihrem Büro hinaus.

»Bin ich gut in der Zeit? Maria?«, fragte Paola, als sie am Schreibtisch von Maria stand.
Prompt kam: »*Perfetto*! Ich bin …«, sie drückte die Herunterfahren-Taste des Computers, »fertig!«
Beide Frauen verabschiedeten sich von den Kollegen und machten sich auf den Weg zum Krankenhaus. Dort angekommen schauten sie sich in der Cafeteria um und gingen an den Tisch, an dem das Ehepaar Angelo saß. Nach der Begrüßung stellte Paola einige Fragen, doch die Eltern konnten nicht wirklich mehr als am Vortag sagen.
Paola wandte sich an Signora Angelo: »Eine Frage habe ich doch noch, der Zeuge, der ihre Tochter gefunden hat und der sofort Hilfe geholt hatte, sagte: Clarissa hätte etwas gesagt, es hörte sich an wie ›*famiglia Ma…*‹, können Sie etwas damit anfangen oder wissen Sie, was Clarissa damit gemeint haben könnte?«
Signora Angelo überlegte, sah dabei hoch, schüttelte den Kopf und antwortete: »Tut mir leid, ich weiß nicht, was sie damit meint.«
Dann an ihren Mann gewandt: »Fällt dir etwas dazu ein, Mario?«

Man sah, dass auch der Vater von Clarissa eifrig überlegte, aber auch er verneinte.

»Gut, wir werden es schon noch herausfinden«, sagte Paola an die Eltern gewandt.

»Meine Kollegin und ich fahren gleich nach *Milano* und treffen uns dort mit Professore Marini. Wir hoffen, dass er uns vielleicht etwas sagen oder Hinweise geben kann.«

Die Eltern sahen Paola freundlich an.

Signora Angelo ergriff das Wort: »Ich möchte Ihnen von Herzen danken, dass sie so an der Aufklärung des Falls arbeiten. Sie sind ein guter Mensch!«

Der Mutter standen Tränen in den Augen, Paola war gerührt, nahm ihre Hand und antwortete: »Das ist mir wichtig. Mein Beruf ist eine Berufung für mich und ich möchte alles dazu beitragen, um Verbrechen aufzuklären und den Opfern Gerechtigkeit zuzuführen.«

Die Mutter von Clarissa nickte ihr zu und ihr Mann sagte: »Und wissen Sie was? Mit den Ärzten hier haben wir auch solch ein Glück. So tragisch wie das Schicksal von Clarissa auch ist, wir haben das Gefühl, dass unserer Clarissa in jeglicher Hinsicht geholfen wird. Jetzt weiß ich, was ich noch sagen wollte, der nette, freundliche Arzt Dottore Rossi, der heißt ja genauso wie Sie. Was für ein Zufall!«

Paola zwinkerte ihm zu: »Ein so großer Zufall ist es eher nicht, ich kenne Dottore Rossi sehr gut.«

Signor Angelo schaute überrascht: »Ach, verstehe, scheint ja ein sehr kluger Mensch zu sein und so einfühlsam!«
Paola schaute ihn an: »Ich verrate Ihnen ein Geheimnis: Francesco ist mein Ehemann!«
Den Eltern huschte kurzfristig ein Lächeln über das Gesicht.
Paola nickte sie strahlend an und sprach: »Sie haben recht, mein Mann ist ein ganz hervorragender Chirurg und Arzt. Ich weiß das sehr gut. Das mit der Empathie trifft auch auf ihn zu, er nimmt seinen Beruf eher als eine Berufung an. Bestimmt ist das das Geheimnis, warum wir beide so glücklich miteinander sind. Ihre Tochter ist in den besten Händen. Vertrauen Sie mir!«
Commissario Rossi und Ispettore Nero verabschiedeten sich von den Eltern. Paola drückte die Mutter beim Abschied ganz fest und flüsterte ihr ins Ohr: »Alles wird gut!«
Dann gingen die beiden Polizistinnen los. Maria hielt noch kurz bei dem wachhabenden Beamten, der aus Sicherheitsgründen noch immer vor dem Zimmer Clarissas postiert war; und Paola besuchte schnell ihren Mann.

»*Avanti*!«

Paola steckte ihren Kopf zur Tür hinein.

»*Ciao*, Bella, komm rein.«

Francesco kam hinter seinem Schreibtisch hervor und begrüßte seine Frau. Er nahm sie in den Arm und sie gaben sich einen innigen Kuss.

»Du kannst öfter bei mir vorbeikommen!«, sagte Francesco mit einem dicken fetten Grinsen auf dem Gesicht.

»Sag das dem Vice Questore!«, scherzte Paola zurück. Sie informierte ihn, dass sie gleich mit dem Zug nach *Milano* fahren würde, um eine Zeugenbefragung durchzuführen.

»Ich hoffe, es geht schnell, damit ich fix wieder zurück bin. Bleibst du heute länger in der Klinik?«, fragte sie ihren Mann.

»Pierluigi hat heute Dienst, ich denke, ich brauche nicht zu bleiben.«

»Gibt es schon etwas Neues zu Clarissa Angelo? Wird sie operiert?«

»Momentan sieht es nicht so aus, ein Wert macht uns zwar noch Sorgen, aber derzeit besteht noch kein Handlungsbedarf. Besser wäre es nicht zu operieren, damit sich ihr Allgemeinzustand noch weiter stabilisiert. Sollte es zu einer chirurgischen Maßnahme kommen, habe ich vor diese morgen früh durchzuführen, außer es besteht akute Gefahr.«

»Verstehe!«, antwortete Paola.

Dann sprachen sie noch einige private Dinge und zwanzig Minuten später machte Paola sich auf den Weg zu Ispettore Nero.

»Ach Paola, da bist du schon, gut! Ich habe gerade eben noch einmal mit dem Beamten gesprochen und alles veranlasst, damit wir die Bewachung weiter fortsetzen können.«

Paola nickte, »Das ist eine gute Entscheidung. Ich habe bei dem Fall ein merkwürdiges Gefühl. Irgendetwas sagt mir, dass es keine Zufallstat war. Können wir dann los?«

»*Sì!* Wir können.«

Die beiden Frauen liefen den Flur entlang und mussten einem Mann ausweichen, der sich plötzlich im Gehen zur Seite drehte. Sie schenkten diesem Zusammenstoß keine weitere Bedeutung und schritten zum Fahrstuhl weiter. Unten angekommen, gingen sie schnurstracks zu ihrem Wagen und fuhren zum Bahnhof. Sie fanden einen Parkplatz und erreichten ihren Zug pünktlich. Ihre Fahrt nach *Milano* konnte beginnen.

11

Der Alarm ertönte aus dem Zimmer von Clarissa! Francesco stand gerade im Dienstzimmer und wollte etwas in eine Krankenakte eintragen. Die Tür wurde aufgerissen.

»*Scusi*! Dottore! Wir haben ein akutes Problem bei unserer Patientin Angelo!«, sagte die Krankenschwester zu ihm. Francesco ließ alles stehen und liegen und rannte zum Krankenzimmer. Er schaute sich die Werte an. Es blieb ihm keine Zeit. Sie mussten so schnell als möglich operieren. Er ordnete die nächsten Schritte an. Zwei Krankenschwestern hantierten sofort am Bett der Patientin, lösten die Bremsen und schoben das Bett mit Clarissa Angelo eiligst zum OP. Francesco lief zu einer Krankenschwester: »Verständigen Sie sofort die Eltern von Clarissa Angelo und sagen sie, dass wir ihre Tochter jetzt sofort operieren müssen!«

»Wird gemacht!«, antworte sie prompt.

Dann machte er sich auf den Weg zum OP. Schnell machte er sich steril, bevor er den Operationsraum betrat. Er schaute sich die Werte an und lief zum OP-Tisch. Ein Wettlauf gegen die Zeit begann. Francesco war ein routinierter Arzt und mit dem Ansetzen des Skalpells, waren seine Emotionen ausgeblendet und er machte die nötigen Handgriffe, um diesen Wettlauf für sich zu entscheiden. Jeder Handgriff saß! Sein Team war voll konzentriert und so arbeiteten sie sich

Stück für Stück an das Aneurysma heran. Höchste Konzentration war in diesem Raum zu spüren. Es gab jetzt nur noch einen kurzen Moment, der alles entscheiden würde. Er tastete sich vorsichtig heran. Es funktionierte! Er schaute zu der Anästhesistin, sie nickte mit dem Kopf. Die Werte waren soweit stabil. Sie hatten es geschafft. Der Rest der Operation war reine Routine.

»Ich bedanke mich bei euch. Sehr gute Arbeit! Bringt sie auf die ITS. Überwacht sie engmaschig! Ich komme gleich hinterher… «, sagte Francesco zu den anderen und lief aus dem OP.

Dann ging er zum Waschbecken im Vorraum, wusch seine Hände und atmete erst einmal tief durch. Als er hinausging, schaute er, ob die Eltern von Clarissa im Wartebereich standen. Er sah sie sofort. Sie liefen vor dem Eingangsbereich der Operationsräume auf und ab. Signora Angelo schaute gerade zur Tür. Sie sah Francesco und lief sofort auf ihn zu. »Dottore, wie geht es unserer Tochter?«, sagte sie mit verweinter Stimme.

»*Allora*… Es geht ihr den Umständen entsprechend gut. Wir haben das Aneurysma entfernen können. Ihre Werte waren während der OP stabil, es gab keine Komplikationen. Sie liegt jetzt auf der Intensivstation und wird engmaschig überwacht. Wenn sie die nächsten Stunden gut übersteht, dann haben wir es geschafft.«

Signora Angelo nahm ihre rechte Hand und legte sie auf ihr Gesicht.

»*Madonna*! Bitte lass alles gut werden.«

Signor Angelo ebenfalls sichtlich ergriffen und nervlich angespannt, nickte dem Arzt nur zu. Es war ihm nicht möglich auch nur ein einziges Wort zu sprechen.

»Können wir zu unserer Tochter?«, fragte Susanna Angelo.

»Vorerst noch nicht, bitte haben Sie dafür Verständnis. Sie braucht absolute Ruhe. Gehen Sie erst einmal in die Cafeteria oder warten Sie im Wartebereich. Melden Sie sich in einer Stunde auf der Station, dann können wir Ihnen schon mehr sagen. Bitte!«, dabei schaute er die Eltern von Clarissa behutsam an.

»Natürlich, das verstehen wir…«, sagte Mario Angelo verständnisvoll, er war so froh, dass es seiner Tochter soweit gut ging, wenn man in dieser Situation von ›*Gut*‹ sprechen konnte. Er reichte Francesco seine beiden Hände.

»Danke! Für alles! Danke…«, dann traten die unterdrückten Tränen aus den Augen des Vaters von Clarissa hervor.

»Nicht dafür! Bleiben Sie bitte ruhig. Aus medizinischer Sicht haben wir alles getan und jetzt können wir nur abwarten wie ihre Tochter den Eingriff überstanden hat.«

Francesco verabschiedete sich von den Eltern, da er zu Clarissa in das Zimmer gehen wollte, um nach ihr zu schauen.

»Wie konnte das nur passieren?«, fragte Francesco die Krankenschwester, die am Bett von Clarissa stand.

»Die Werte waren zwar nicht so gut, aber auf einmal dieser Akut Zustand.«

Die Krankenschwester reichte ihm etwas: »Das habe ich am Boden gefunden.«

Er schaute es sich genauer an. Eine Kanüle?

»Haben Sie noch etwas anderes gefunden?«, fragte Francesco die Schwester.

»Nein, Dottore nur dies hier. Ich schaue mir gleich noch einmal den Rest des Zimmers an.«

Plötzlich stieg in Francesco ein Verdacht auf!
War jemand Fremdes in dieses Zimmer gelangt…?

12

Paolas *telefonino* vibrierte. Sie hatte es lautlos eingestellt.

»*Ciao*, Francesco? Was gibt es … «, fragte Paola.
Sie war gerade mit Ispettore Nero in einem Taxi auf dem Weg zu Professore Marini. Sie hörte bereits an der Stimme ihres Mannes, dass etwas passiert sein musste.

»Nein!«, sagte sie mit entsetzter Stimme.

»Da bist du dir sicher?«, fragte sie hinterher.
Maria Nero spitzte sofort ihre Ohren, irgendetwas schien mit Clarissa Angelo passiert zu sein.
Hoffentlich lebt sie noch, schoss es Maria durch den Kopf. Sie wartete ab, ob sie anhand der Antworten ihrer Chefin etwas raushören konnte. Doch Paola sagte immer nur knapp: »Ja!«, oder »Das hört sich für mich auch so an!«
Dann sagte Paola am Telefon: »Francesco, ich weiß, du bist Arzt, aber treffe alle notwendigen Vorkehrungen, dass niemand, ich wiederhole niemand, außer das betreffende Klinikpersonal, Zugang zur Patientin hat.«
Francesco schien etwas zu fragen, Paolas Antwort kam wie aus der Pistole geschossen: »Niemand!«
Paola verabschiedete sich und legte auf. Ispettore Nero schaute sie aufgeregt an und machte ihren Mund auf, so als wolle sie fragen: *Was ist los? Sprich mit mir!*

Paola atmete einen langen und tiefen Atemzug, dann erzählte sie: »Maria, es sieht so aus, als hätte sich jemand Zugang zu Clarissa Angelo verschafft! Und dieser Jemand wollte das zu Ende bringen, was er vor zwei Tagen nicht geschafft hat!«
Maria wurde kreidebleich.

»Aber…wie… «, sie stammelte. Sie musste sich erst einmal sammeln.

»Die Werte von Clarissa Angelo waren zwar nicht gut, aber es schien so, als sei sie stabil und die Therapie würde anschlagen. Von einem Moment zum anderen gerieten ihre Werte völlig durcheinander! Laut Francesco ist das aber medizinisch in dieser Form nicht möglich, außer jemand hat nachgeholfen. Ich habe mir es jetzt nicht alles ganz genau erklären lassen, aber ich kenne Francesco, und wenn er sagt *da stimmt etwas nicht,* dann ist das so...«

»Das heißt, der oder die Täterin war vor Ort, ist vielleicht an uns vorbeigelaufen … «, in Marias Stimme schwang Entsetzen mit.
Paola nickte.

»Aber wie konnte derjenige an unserer Wache vorbei? Was haben wir übersehen? Wie… «, Paola unterbrach sie.

»Wir haben es mit einem intelligenten, medizinisch erfahrenen Täter zu tun. Du hast ja gehört, was ich Francesco gesagt habe. Er stellt jetzt noch jemanden vom Klinikpersonal ab, bevor wir einen weiteren Beamten bestellen können.«

Maria schaute entgeistert, doch sagte voller Klarheit: »Es war keine Zufallstat! Da draußen läuft ein Täter rum, der nicht eher ruhen wird, bevor er Clarissa nicht aus dem Weg geräumt hat!«
Paola musste Maria leider recht geben und nickte ihr zu. »Wir haben etwas übersehen, ich spüre es! Komm, lass uns unsere Arbeit machen und mit dem Professore sprechen!«
Keine fünf Minuten später hielt das Taxi vor dem Haupteingang der Universität von *Milano*. Bei der Information zückten beide Frauen ihren Dienstausweis und ließen sich den Weg zu Professore Marini erklären. Dann standen sie vor seinem Büro und klopften. Eine Frau mittleren Alters bat sie hereinzukommen, die Sekretärin von Professore Marini.

»Warten Sie bitte einen Moment!«, sie machte mit ihrer Hand eine Geste und zeigte auf die Stühle, die in der linken Ecke des Büros standen. Die beiden Polizistinnen setzten sich hin, während die Sekretärin im Büro vom Professore verschwand. Paola und Maria hörten Stimmengemurmel aus dem dahinterliegenden Büro. Nach einem kurzen Moment öffnete sich die Tür des Büros erneut, die Sekretärin kam heraus und bat die Polizistinnen einzutreten.

»*Buonasera*, Professore Marini! Ich bin Commissario Paola Rossi, die leitende Ermittlerin im

Fall Clarissa Angelo«, dann zeigte sie auf Ispettore Nero: »meine Kollegin Ispettore Nero.«
Beide hatten ihre Dienstausweise aufgeklappt, sodass Professore Marini diese sehen konnte.

»Bitte nehmen Sie Platz! Wie kann ich Ihnen behilflich sein?«
Professore Marini hatte graues gewelltes Haar, wache braune Augen und einen freundlichen Blick. Paola erklärte ihm kurz den Sachverhalt und fragte ihn: »Professore Marini, können Sie uns Hinweise auf den Täter geben? Kennen Sie Clarissa Angelo gut? Wissen Sie, mit wem Clarissa Angelo Streit oder Ärger hatte? Kennen Sie befreundete Kommilitonen?«
Professore Marini schaute betroffen.

»Ich kenne Clarissa Angelo gut. Sie ist eine aufgeweckte, freundliche und sehr engagierte Studentin. Eine sehr Kluge obendrein. Ich kann mir gar nicht vorstellen, wer oder warum jemand so eine Tat an ihr verüben sollte. Sie ist eine ehrliche und aufrichtige junge Frau. Es ist mir ein Rätsel!«, sein Gesicht spiegelte aufrichtige Anteilnahme an dem Schicksal von Clarissa Angelo wider.

»Wir haben uns letzte Woche gesprochen, sie hatte eine Frage zu einer Hausaufgabe.«
Ispettore Nero kam Paola zuvor: »Wirkte sie anders als sonst? Ängstlich oder nervös?«
Professore Marini hob seinen Kopf und schaute nachdenklich. »Nein!«, um dies scheinbar zu

bekräftigen, schüttelte er seinen Kopf. »Mir ist nichts Ungewöhnliches aufgefallen. Sie hat sich gefreut…«, Paola schaute ihn fragend an: »Gefreut? Worauf?«

»Sie wollte ihre Eltern besuchen, ansonsten, war sie wie immer…Wir haben uns bei mir Zuhause getroffen. Mein Sohn Andrea war zu Besuch, er studiert in Bologna Medizin. Ich bat sie daher zu mir nach Hause zu kommen. Sie kam, wir besprachen die Hausaufgabe… «, er schien zu überlegen, »dann habe ich ihr noch einen Text empfohlen und dann…«, er legte nochmals eine Pause ein, »dann haben wir kurz über die bevorstehenden Prüfungen gesprochen. Nein, da war nichts weiter, dann wollte sie wieder los... Sie stand mit ihren Unterlagen und wünschte mir eine schöne Zeit mit meinem Sohn und sagte nur: ›Nächste Woche besuche ich endlich wieder meine Eltern in Verona. Ich freue mich sehr, Zeit mit ihnen zu verbringen.‹ Dann ging sie.«

Der Professore lächelte: »Stimmt! Ich erinnere mich wieder, das war eine dumme Situation. Sie wollte gerade zur Tür, da kam Andrea rein. Er schaute sie an und stieß mit ihr zusammen. Alle Blätter fielen in unterschiedliche Richtungen. Ich bin dann schnell aufgestanden und habe ihr geholfen. Andrea musste auf einmal ganz schnell weg. Das war alles.«

Man sah Professore Marini an, dass er noch einmal alle Ereignisse dieses Treffens, in seinen Kopf durchging.

»Ich habe keine Anzeichen von Ängstlichkeit oder Nervosität an ihr gesehen oder gespürt.«

Paola schaute ihn an.

»Hat Clarissa Ihren Sohn das erste Mal an diesem Abend gesehen?«

»Ja!«, sagte Professore Marini prompt, »aber wie ich schon sagte, es gab lediglich den Zusammenstoß und dann ist mein Sohn sofort aus dem Zimmer! Ich habe noch gesagt, renn doch nicht weg, ich möchte dir eine Studentin vorstellen, doch er war schon aus der Tür.«

»Verstehe!«, antwortete Paola. »Wissen Sie, ob Clarissa einen Freund hatte?«

Professore Marini schüttelte den Kopf, »Nein, darüber weiß ich nichts! Wir haben uns lediglich über das Studium unterhalten. Armes Mädchen!«, sagte er mit trauriger Stimme. »Ich fürchte, ich bin Ihnen keine große Hilfe…«.

Ispettore Nero machte sich Notizen.

Paola stellte weitere Fragen, aber ihm schien nichts Außergewöhnliches am Verhalten Clarissa Angelos in der letzten Zeit aufgefallen zu sein. Paola stand auf, um sich zu verabschieden. Da stieß ihre Tasche an den Schreibtisch, auf dem an der Ecke ein Bild stand. Es kippte um und fiel auf den Schreibtisch.

»*Madonna*! Wie ungeschickt von mir. Entschuldigung! Hoffentlich ist es nicht zerbrochen!«

Professore Marini wirkte von einem auf den anderen Moment sichtlich mitgenommen. Er griff sofort zu

dem Bild und ein trauriger Blick umschloss seine Augen. Er saß zwar noch vor den Polizistinnen, aber seine Gedanken waren in weite Ferne gerückt.
Paola schaute ihn fragend an.

»*Scusi*, ist das Bild kaputt? Ich ersetze es Ihnen natürlich.«
Er schaute sie an, doch brauchte ein bis zwei Sekunden, erst dann antwortete er. »Es ist ganz geblieben.«

»Es tut mir sehr leid!«, sagte Paola noch einmal.
Professore Marini begann zu sprechen.

»Dieses Bild ist von meiner Frau! Es ist das letzte aufgenommene Foto von ihr.«
Paola verstand nicht ganz, was er meinte, sie schaute ihn verwirrt an.

»Jetzt muss ich mich entschuldigen.«, ein lauter Atemzug war von ihm zu hören. »Meine Frau starb durch einen tödlichen Autounfall. Es ist zwar jetzt schon fast zwanzig Jahre her, aber es berührt mich noch heute, als wäre es gestern gewesen. Unser Leben wurde von einem Tag auf den anderen umgekrempelt. Nichts war mehr so, wie es war. Mein Sohn Andrea saß mit im Auto. Er war erst sieben Jahre alt. Meine Frau fuhr mit ihm auf der Landstraße, sie wollten meine Schwiegereltern besuchen. Vor meiner Frau fuhr ein Traktor. Sie wollte ihn überholen, dann muss wohl alles ganz schnell gegangen sein. Auf der Gegenfahrbahn fuhr eine junge Frau. Sie versuchte abzubremsen, als sie sah, dass hinter dem Traktor, ein

Auto zum Überholen ansetzte. Sie versuchte auszuweichen, doch sie streifte das Fahrzeug meiner Frau. Meine Frau verlor die Kontrolle über das Auto, es überschlug sich und meine Frau und mein Sohn lagen eingeklemmt im Wagen. Andrea hat mitbekommen, wie seine Mutter noch am Unfallort starb… «

Paola und auch ihre Kollegin Ispettore Nero waren sichtlich erschüttert.

»Und dann bin ich auch noch so ungeschickt und schmeiße das Bild um! «

Professore Marini schüttelte den Kopf.

»Es ist ja nichts passiert... «, doch Paola erwiderte:

»Mein aufrichtiges Beileid!«, Professore Marini sprach weiter, ohne aufzusehen: »Es sind die Erinnerungen, die immer wieder auf mich einströmen. Sie schmerzen noch heute. Mein Sohn Andrea hatte große Probleme zurück ins Leben zu finden. Seit dem Unfall war er nicht mehr der lustige, fröhliche kleine Junge. Das war mit das Schlimmste! Meine geliebte Frau tot und mein Sohn gefangen in der Erinnerung!«

Paola nickte ihm verständnisvoll zu.

»Schauen Sie«, sagte Professore Marini spontan, »das war mein Sohn kurz vor dem Unfall.«

Er zeigte den beiden Polizistinnen ein Foto eines lustig und fröhlich dreinschauenden Jungen.

»Schauen Sie sich ihn heute an, natürlich ist er jetzt erwachsen, doch das meine ich nicht…schauen Sie in seine Augen, diese Traurigkeit…«, Professore Marini holte ein Bild auf der anderen Seite des Schreibtisches hervor und hielt es den beiden hin. Paola schaute sich das Bild an:

Ja! Gewiss auch Traurigkeit, aber nicht nur! Dieses Bild anzuschauen fiel ihr schwer. Sie fühlte sich auf einmal merkwürdig. Der Blick des jungen Mannes war durchaus traurig, aber da lag noch etwas anderes in seinem Blick.

Nach ein paar Minuten verabschiedeten sich Commissario Rossi und Ispettore Nero von Professore Marini. Sie gingen schweigend aus dem Büro. Erst als sie aus dem Gebäude der Uni traten, das Stimmengewirr der umherlaufenden Studenten wahrnahmen, kamen sie langsam wieder in der Realität zurück. Sie riefen sich ein Taxi heran und fuhren sofort zum Bahnhof. Sie konnten einen früheren Zug als geplant nehmen und so kamen sie bereits kurz nach 18 Uhr in Verona wieder an. Paola versuchte sich während der Zugfahrt abzulenken und sprach mit Maria über ein bevorstehendes Grillfest, aber ihre Gedanken schweiften immer wieder zu dem Bild.
Paola bekam den Blick von Andrea Marini nicht mehr aus ihrem Kopf.

Ispettore Nero setzte Paola an der Questura ab. Paola ging nicht noch einmal in ihr Büro, sondern steuerte geradewegs zu ihrem Wagen und wollte nur noch eins: Nach Hause zu ihrer Familie. Als sie nach einer dreiviertel Stunde dort ankam, schloss sie die Tür auf und eilte in die Küche. Dort saß ihre Familie. Sie drückte Luca und küsste ihn, danach ihre Tochter Giulia und zu guter Letzt umarmte sie ihren Mann.

»Ich bin so froh wieder bei euch zu sein. Es war ein langer und harter Tag.«

Ihr Mann und auch ihre Kinder schauten sie etwas verwundert an, denn sie schaute mitgenommen aus. Doch nach einer Weile verflog diese merkwürdige Stimmung und sie unterhielten sich, so, wie sie es immer taten. Jeder erzählte von seinem Tag, außer Paola. Die Kinder räumten den Tisch ab. Francesco holte zwei Gläser Wein, nahm seine Frau an die Hand und steuerte zur Terrasse. Dort saßen sie und schauten in den Abendhimmel.

»Lass uns ins Bett gehen, *mia cara*«, sagte Francesco nach einer Stunde. Er nahm die beiden Gläser und trug sie hinein, stellte sie noch in die Spüle, während Paola die Terrassentür schloss und die Vorhänge zuzog. Dann liefen beide die Treppe nach oben. Paola ging zuerst zu ihren beiden Kindern und wünschte ihnen eine gute Nacht, danach ging sie ins Bad. Als sie fertig war und im Schlafzimmer stand, lag Francesco schon im Bett und las in einer Fachzeitschrift. Er legte das Heft auf den Nachttisch, sah seine Frau an:

»Komm ins Bett, du siehst erschöpft aus.«

Paola zog den Bademantel aus und streifte sich ein T-Shirt über, dann deckte sie ihr Bett auf. Sie kuschelte sich an Francesco.

»Sag, was hast du heute erlebt. Du siehst so mitgenommen aus … «, fragte Francesco.

Dann begann Paola zu erzählen…

Es war bereits weit nach Mitternacht, als Paola und Francesco endlich einschlafen konnten.

13

Der Notruf kam um 1.23h in der Notrufzentrale der *Emergenza sanitaria* von Verona an.

»Kommen Sie schnell. Hier liegt eine Frau am Boden. Sie ist überfallen worden. Ihre Atmung ist ganz flach…«, die Stimme des Mannes überschlug sich fast, als er das sagte. Der Notarztwagen traf um 1.31h ein. Der Notarzt stieg aus dem Fahrzeug und lief zum Opfer. Er fühlte ihren Puls, überprüfte die Atmung. Sein Kollege packte den Notfallkoffer aus. Sie machten eine Herzdruckmassage, legten einen Zugang. Der Passant, der den Notarzt kontaktiert hatte, stand völlig kreidebleich am Rand des Geschehens. Um 1.51h deckten die behandelnden Notärzte das Opfer zu. Die Frau starb unter ihren Händen auf der Straße. Jede Hilfe kam zu spät.

In der Zwischenzeit fuhren die ersten Polizeiwagen vor, gefolgt von der Gerichtsmedizin. Die Beamten errichteten eine Absperrung, da es sich nun um einen Tatort handelte. Das übliche Prozedere nach einer Straftat wurde eingeleitet. Die Spurensicherung untersuchte den Tatort. Dottore Ragazzi, der Gerichtsmediziner, beugte sich über das Opfer, um eine erste Untersuchung vorzunehmen und die vorläufige Todesursache festzustellen. Innerhalb einer halben Stunde war die Straße hell erleuchtet und die Stille der Nacht wurde verdrängt durch die emsige

Betriebsamkeit der zuständigen Beamten. Ispettore Nero war als Erste am Tatort, ihre Chefin, Commissario Rossi kam einige Minuten später an. Sie fühlte sich hundeelend, denn sie war gerade erst eingeschlafen, als ein Kollege sie telefonisch alarmierte. Paola ging zu ihrem Kollegen, dem Gerichtsmediziner Dottore Alberto Ragazzi.

»*Ciao,* Alberto! Was haben wir?«.

»Das Opfer ist weiblich. Laut der Ausweispapiere, die wir in ihrer Tasche gefunden haben, handelt es sich um eine gewisse Laura Cataneo. Sie ist 32 Jahre alt. Einen natürlichen Tod kann ich definitiv ausschließen. Sie wurde erwürgt. Ich vermute mit einem Draht, da die Würgemale sehr schmal sind. Näheres bekommst du wie immer schnellstmöglich.«
Bei dem letzten Satz fühlte Paola sich ertappt und legte ihren Kopf nach unten. »Du kennst mich gut! «

»Gewiss! Ich verstehe deine Intention! «
Paola schaute ihn nachdenklich an.

»In einer Woche zwei junge Frauen, die einem Gewaltverbrechen zum Opfer fielen. Eine ist tot und die andere kämpft um ihr Leben. Was für eine schreckliche Bilanz!«, sagte Paola sichtlich betroffen zu Dottore Ragazzi.

»Der Vice Questore wird schlechte Laune bekommen!«, antwortete Dottore Ragazzi.
Sie verdrehte nur die Augen.

»Danke Alberto, wir sprechen uns später. Ich werde mit Ispettore Nero sprechen, mal schauen, ob sie noch etwas für mich hat.«
Die beiden verabschiedeten sich und Paola lief zu Maria.

»Hast du etwas Näheres bezüglich unseres Opfers?«

»Die Spurensicherung hat bereits alles eingepackt. Sie hatte ein *telefonino*, aber es hat eine Sperre, da müssen wir warten, bis die Techniker es entsperren. Ansonsten gibt es auf den ersten Blick nichts Ungewöhnliches. Etwas anderes…wir haben einen Zeugen, er steht dort an der Ecke, willst du mit ihm sprechen?«
Maria deutete mit der Hand in seine Richtung.

»Mache ich, hast du die Personalien aufgenommen?«
Maria nickte: »Laurenzo Giammaria. Er war auf dem Weg nach Hause.«

»Gut, dann gehe ich einmal zu ihm. Kommst du mit? Oder hast du etwas zu tun… «, fragte Paola.

»Ich komme mit!«
Die beiden Polizistinnen liefen zu dem Zeugen.

»*Scusi*! Signor Giammaria. Mein Name ist Commissario Paola Rossi!«, dann zeigte sie auf ihre Kollegin: »das ist meine Kollegin Ispettore Nero. Wir sind die ermittelnden Beamten in diesem Fall.«
Beide zeigten ihre aufgeklappten Dienstausweise.

Der Zeuge Signor Giammaria war ein hagerer Mann. Seine Haare waren lang und fettig, außerdem wirkte er etwas ungepflegt.

»Commissario! *Piacere!*«

Dann drehte er sich zu Maria, »Ispettore! «

Maria nickte ihm zu.

»Können Sie uns sagen, was Sie gesehen haben?«, fragte Paola den Zeugen.

»Ich war mit Freunden in einer Bar und gerade auf dem Weg nach Hause. Als ich die Straße hier hinunterging, sah ich, wie die Frau plötzlich zusammensackte. Hinter ihr stand jemand und schien etwas um ihren Hals gelegt zu haben. Ich schrie von weitem! Da ließ der Angreifer los und rannte weg. Ich versuchte hinter ihm hinterherzurennen, doch ich habe bemerkt, dass er zu schnell für mich war. Da habe ich mich umentschieden und bin erst einmal zu der Frau. Sie lag am Boden. Ich habe mich noch einmal in die Richtung des Angreifers umgedreht und habe dann gesehen, dass ich ihn vielleicht doch noch erwischt hätte.«

Paola stutzte und fragte:

»Warum?«

»Er humpelte auf einmal! Doch der Frau schien es sehr schlecht zu gehen und so entschied ich mich, sofort die Notrufnummer anzurufen, um keine weitere Zeit zu verlieren.«

Das hatte Paola doch erst vor drei Tagen gehört.

Sollte ein Zusammenhang zwischen Clarissa Angelo und dem heutigen Opfer bestehen? Sie speicherte diese Information fest in ihrem Kopf. Offenbar dachte ihre Kollegin Ispettore Nero das gleiche, denn sie klappte ihr Notizbuch auf und schrieb eifrig mit. Die Befragung dauerte noch einige Minuten.

»Falls Ihnen noch etwas einfällt, hier ist meine Karte! *Arrivederci* und vielen Dank, dass sie beim Opfer geblieben sind!«, damit entließ Paola den Zeugen. Ispettore Nero und Commissario Rossi wandten sich an ihre Kollegen und besprachen die weitere Vorgehensweise, danach machten sich beide auf den Weg nach Hause.

Viel Zeit zum Schlafen blieb nicht mehr, aber diese paar Stunden wollten beide noch ausnutzen, bevor sie sich erneut in der Questura wiedersehen würden. Gegen 9 Uhr morgens, saß Ispettore Nero wieder auf ihrem Platz. Sie konnte ihre Augen kaum offenhalten. Ihr Kollege Assistente Mazzola sah dies und lief erst einmal in den Flur. Nach ein paar Minuten kam er wieder und stellte einen *caffè* auf ihren Platz. Sie blickte schlaftrunken nach oben.

»Du siehst sehr müde aus, ich hoffe, der *caffè* hilft dir ein wenig wach zu werden!«, sagte Carlo Mazzola mit einem fröhlichen Augenzwinkern.

»*Mille grazie*, wie nett von dir! Ja, ich bin so müde. Die letzten Tage waren einfach zu viel. Hoffentlich fassen wir die oder den Täter von unseren beiden

Opfern rasch. Ich wünsche mir mal ein paar Tage einfach nur Taschendiebstähle…«, sagte sie mit müder Stimme zu ihm, dann musste sie gähnen.

»Glauben du und Commissario Rossi, dass es womöglich ein und derselbe Täter sein könnte?«

Maria nickte.

»Es ist nur so eine vage Vermutung, aber…«, dann erzählte Maria ihm von der Befragung des neuen Zeugen. Sie wollte gerade Paola anrufen, da klingelte ihr Telefon. Vice Questore Dal Molin war am Telefon. War sie eben noch müde und kraftlos, so änderte sich dies schlagartig.

Ob sie wohl schon die Zeitung angeschaut hätte. Die Presse überschlägt sich.

Bevor sie etwas antworten konnte, legte er auf. Sie saß noch immer kerzengerade an ihrem Schreibtisch und musste erst einmal tief durchatmen. Als sie sich gesammelt hatte, rief sie Paola auf ihrem *telefonino* an.

»*Ciao*, Paola, kaufe schnell eine Tageszeitung! Wenn du in der Questura ankommst, melde dich unverzüglich beim Vice Questore!«

Keine Viertelstunde später kam Paola in die Questura angerannt. Sie lenkte ihren Weg schnurstracks zu Ispettore Nero und legte ihr eine aktuelle Tageszeitung auf den Schreibtisch. Die Schlagzeile war unübersehbar:

Bedroht ein Serienkiller unsere Stadt!

»*Madonna!*«, entfuhr es Ispettore Nero.

»Wie kommt die Presse auf so eine Schlagzeile?«, fragte Maria.

»Das würde ich auch gerne wissen. Ich werde gleich einmal mit der Pressestelle sprechen und nachfragen.«

Commissario Rossi ging in ihr Büro und tätigte einige Anrufe. Als sie damit fertig war, rief sie bei Salvatore Torri an und fragte ihn, ob er bereits neue Erkenntnisse - sowohl im Fall Angelo - als auch im Fall Cantaneo, vorzuliegen hatte. Leider hatte die Spurensicherung noch nichts Neues herausgefunden. Es nutzte nichts, sie konnte sich drehen und wenden wie sie wollte, jetzt musste sie erst einmal den Vice Questore anrufen.

Sie wählte seine Nummer und konnte sich erst einmal ein *Donnerwetter* anhören, bevor sie ihn auf den neuesten Stand bringen konnte. Er wurde etwas verhaltener. Als sie fertig war, ging sie aus ihrem Büro um mit Maria zu sprechen.

»Können wir kurz in die Bar gehen, ich brauche eine doppelte Dosis Koffein und etwas zu essen.«

Ispettore Nero schrieb gerade eine Mail, nickte und sagte: »Zwei Minuten, dann bin ich so weit.«

Tatsächlich machten sie sich keine zwei Minuten später auf den Weg. Als sie aus der Questura traten, schien die Sonne heiß, ein strahlend blauer wolkenloser Himmel empfing sie. Sie bestellten sich in der Bar etwas zu trinken und aßen Paninis dazu. Nach dem Essen gingen sie ihre Unterlagen durch.

Zuerst sammelten sie alle Erkenntnisse vom Fall Clarissa Angelo zusammen. Die Spurensicherung hatte festgestellt, dass die DNA offensichtlich dem Täter gehören musste. Sie konnten sowohl den Zeugen, als auch das Opfer ausschließen, die Proben entsprachen nicht deren DNA. Allerdings gab es keinen Treffer in den Datenbanken, somit konnte die DNA noch keiner Person zugeordnet werden. Die Faser, die an der Tasche gefunden wurde, wurde mit der Kleidung des Opfers verglichen, auch hier gab es keine Übereinstimmung. Sie hatten ein grobes Täterprofil erstellt. Es handelte sich um einen Mann, der eine Größe von circa 1,80 m haben musste. Offensichtlich hatte er sich bei dem Überfall verletzt, das bestätigten sowohl die Spuren als auch die Zeugenaussage. Doch es gab keine Hinweise, wer der Täter sein konnte. Im Umfeld von Clarissa Angelo gab es keine Verdächtigen oder gar ein Motiv, welches man erkennen könnte. Sie tappten komplett im Dunkeln. Als Nächstes hatten sie vor, mit der Cousine des Vaters von Clarissa in *Milano* zu sprechen. Vielleicht kannte sie Namen von Kommilitonen oder doch einen Freund von Clarissa, zumindest irgendetwas, sodass sie eine Spur verfolgen könnten. Bislang war dieser Fall einfach nur mysteriös. Die Eltern und auch der Professore hatten sie als freundliche, engagierte, intelligente und sympathische junge Frau beschrieben; doch es musste ein Motiv geben, denn sonst würde sie nicht auf der

Intensivstation der Klinik liegen. Dann nahmen sie sich die Akte zum Fall Laura Cantaneo vor.

»Hast du schon etwas über sie herausfinden können…?«, fragte Paola.

Maria nickte ihr zu: »Laura Cantaneo ist noch verheiratet, lebt aber getrennt. Sie ist 32 Jahre alt und arbeitet in einem Möbelgeschäft. Ihr Mann Fabio Cantaneo neigt zur Gewalttätigkeit, die eskalierte. Er hat sie vor zwei Jahren geschlagen, weil sie später als üblich von der Arbeit kam.«

Paola verdrehte die Augen.

»Die Frau kam mit Prellungen und Hämatomen ins Krankenhaus. Erst wollte sie nichts sagen. Doch als ihre Nachbarin bei der Polizei aussagte, dass sie einen Krach gehört hatte und lautes Schreien, da knickte Laura Cantaneo ein und sagte schließlich doch noch aus. Die damals zweijährige Tochter lebte seitdem beim Opfer. Fabio Cantaneo, der Vater, hatte vom Jugendamt die Auflage bekommen eine Therapie zu machen. Laut den Unterlagen suchte er einen Psychiater auf. Ich habe unsere Kollegen veranlasst, Fabio Cantaneo auf das Revier zu bringen. Ich warte auf eine Rückmeldung.«

Maria Nero nahm einen Schluck *caffè*, dann sprach sie weiter: »Paola! Garantiert war das der Ehemann!«

Paola schaute sie nachdenklich an.

»Hat er sich in den letzten zwei Jahren etwas zuschulden kommen lassen. Ist er noch einmal seiner Ex-Frau zu nahe gekommen?«

Maria verneinte.

»Wir werden uns diesen Fabio Cantaneo mal anschauen. Dann gib ihn zur Fahndung raus. Lass uns keine Zeit verlieren. Was ist mit der Kleinen, wie alt ist sie jetzt, vier?«, fragte Paola.

»Ja, sie ist vier. Momentan ist sie bei ihren Großeltern in Bologna. Ich habe die Kollegen schon angerufen und gebeten mit den Großeltern zu sprechen. Die Kollegen melden sich bei uns, sobald sie Näheres haben.«

»Gibt es Hinweise von der Spurensicherung oder von der Gerichtsmedizin?«, fragte Paola.

»Die Spurensicherung hat nichts, aber auch gar nichts, am Tatort gefunden. Dottore Ragazzi hat sich noch nicht bei mir gemeldet.«

Paola überlegte.

»Weißt du, was mir nicht aus dem Kopf geht …«

»Was?«, fragte Maria.

»Dass der Täter von Clarissa humpelte und der von Laura auch…meinst du, das ist Zufall? Oder gibt es eine Verbindung zwischen beiden Fällen, eine, die wir nur noch nicht gesehen haben? Aber wo kreuzen sich die Wege der beiden Frauen? Clarissa Angelo studiert in *Milano*, Laura Cantaneo lebt in Verona und arbeitet in einem Möbelgeschäft. Clarissa ist 23 Jahre, Single und Laura 32 Jahre, getrennt lebend und alleinerziehend. Was übersehen wir?«

Aus den Fingern saugend sagte Maria: »Vielleicht humpelte der Täter von Clarissa, weil er sich während des Überfalls verletzt hat und ja bei Laura, ist es der Ex–Mann, der schon lange humpelt.«

Paola war mit der Antwort nicht pari.

»Ich weiß nicht…kann sein, aber das sehen wir auf jeden Fall, wenn wir Fabio Cantaneo auf dem Revier haben. Irgendetwas sagt mir, die Fälle sind miteinander verbunden. Es ist nur so ein Gefühl, weißt du!«

Maria sagte nur: »Lass uns den Ex-Mann anschauen. Ich hatte zwar gestern auch ein komisches Gefühl, als der Zeuge davon erzählte; aber weißt du jetzt, nachdem ich alle Informationen über Laura Cantaneo zusammengetragen habe, glaube ich eher an das Altbewährte. Der Ex–Mann hat schon in der Vergangenheit sein Gewaltpotenzial gezeigt. Jetzt ist er ausgerastet und vielleicht wollte er sie zwar nicht töten, aber ihr eine Lektion erteilen. Komm, Paola, wie viele Verbrechen haben wir schon auf den Tisch gehabt. Meistens sind es Taten aus Leidenschaft, Eifersucht oder es geht ums Geld. Und ja…der Ex–Mann hat ein Motiv. Er ist abgefressen auf sie, denn sie hat ihn damals angezeigt.«

Paola konnte es sich selbst nicht erklären, aber ihr Gefühl sagte ihr etwas anderes.

»Lass uns den Mann schnellstmöglich befragen. Dann wissen wir mehr.« Maria nahm das zum Anlass die Rechnung zu ordern.

»Ich muss gleich zum Vice Questore! «, sagte Paola zu Maria.

Jetzt verdrehte Maria die Augen und fragte: »Hast du etwas wegen der Presse herausbekommen?«

Paolas Antwort kam prompt: »Unsere Pressemitteilung sieht keine Verbindung zu den zwei Taten, sie haben nichts dergleichen in ihrer offiziellen Mitteilung verfasst. Ich habe aber bei der Zeitung angerufen…«

»Und… «, fiel Maria ihr ins Wort.

»Die bei der Zeitung sagten, sie hätten einen anonymen Anruf bekommen, angeblich sagte der: *Ein Serienkiller sei unterwegs… «*, Maria wirkte entsetzt!

»Wie… und dann schreiben die so etwas. Was hat das denn mit seriösem Journalismus zu tun?«

Paola schaute sie fassungslos an: »Du kennst doch die Zeitungen. Das ist für die ein großer Aufmacher. Die Umsatzzahlen steigen. Die Leser bekommen Angst und mit diesem Gefühl verdienen sie ihr Geld. Dann schreiben sie noch eine Geschichte über die Opfer und danach kommt die Schlagzeile: *Der Serienkiller, der junge Frauen umbringt!* Schön reißerisch und umsatzfördernd!«

Maria musste ihr recht geben. Leider!

»Mein Problem ist nur«, sie machte eine kurze Pause: »ich muss gleich zu Dal Molin und ich habe keine Ahnung, was ich ihm dazu sagen soll…«

Paola und Maria zahlten und machten sich auf den Weg in die Questura. Paola rief beim Gerichtsmediziner an und hoffte auf neue Erkenntnisse. Im Grunde ihres Herzens wollte sie das bevorstehende Gespräch mit Dal Molin solange wie möglich hinauszögern.

»*Ciao,* Alberto, hier ist Paola!«

Dottore Ragazzi hörte sich fahrig an.

»*Ciao*, Paola, ich melde mich gleich zurück.«

Sie legte auf und dachte noch einmal über das Gesagte von eben in der Bar nach. Warum nur konnte sie sich mit der Theorie von Maria nicht anfreunden. Es sprach tatsächlich alles dafür, dass beim Fall Cantaneo der Ex-Mann ein Motiv hatte. Sie musste aufhören darüber nachzudenken. Da klingelte das Telefon:» Commissario Rossi!«

»*Ciao*, Paola, hier ist Alberto. Jetzt kann ich dir etwas sagen. Meine Vermutung hat sich bestätigt. Es muss ein gedrehter Draht gewesen sein, ich konnte ein Muster erkennen. Auf jeden Fall sehr scharfkantig! Der Täter kam von hinten und hat diese Schlinge um ihren Hals gelegt und dann einfach nur noch festgezogen. Das Zungenbein ist gebrochen, das Opfer ist erstickt und hat innerhalb kurzer Zeit das Bewusstsein verloren. Es gab keine fremden DNA Spuren am Hals, offenbar trug der Täter Handschuhe. Was mich allerdings wundert, es gab keine Abwehrverletzungen! Daher vermute ich, dass unser Opfer den Täter kannte. Wenn du die Straße langläufst und du bemerkst, dass dir jemand folgt, dann bleibst du doch nicht stehen und wartest, bis die Schlinge sich um deinen Hals legt.«

Paola sagte mechanisch: »Und wenn ich meinen

Ex-Mann sehe, mitten in der Nacht, da würde ich doch rennen, oder?«

Dottore Ragazzi schien verwundert: »Wie deinen Ex-Mann?«

Paola sagte wie in Trance: »Wenn ich das Opfer wäre, dann würde ich doch nicht mitten in der Nacht einen Plausch mit meinem zur Gewalt neigenden Ex-Mann halten. Das ergibt doch keinen Sinn.«

»Äh...Paola ich kann dir nicht folgen... «

Paola erklärte dem Gerichtsmediziner, was ihr durch den Kopf ging.

»Jetzt verstehe ich, was du meinst...nun ja ... meine Vermutung ist, dass der Täter vertrauenswürdig auf sie wirkte. Gehen wir das Szenario durch. Sie läuft auf der Straße und plötzlich sieht sie ihren Mann. Womöglich schreit sie ihn an und will weg. Der Ex–Mann nähert sich ihr, sie hält ihn fern von sich und kratzt und macht, was auch immer, um sich zu wehren. Wir hätten zumindest unter ihren Nägeln etwas finden müssen, aber da ist nichts. Sie kennt diesen Mann, spricht mit ihm, er lenkt sie ab und im nächsten Moment liegt die Schlinge um ihrem Hals. Bevor sie sich wehren kann, ist sie bewusstlos. Spielen wir die dritte Variante durch. Ein völlig Fremder nähert sich, spricht sie an...da hätte es doch irgendetwas gegeben, einen Schrei, einen Tritt. Diese automatisch einsetzenden Abwehrmechanismen.«

Paola blätterte in der Akte: »Der Zeuge hat ausgesagt, ich zitiere:

Als ich die Straße hier hinunterging, sah ich, wie die Frau plötzlich zusammensackte. Hinter ihr stand jemand und schien etwas um ihren Hals gelegt zu haben…
das heißt doch, er war in der Straße und hatte nichts vorher gehört, keinen Schrei oder einen Streit, stattdessen sah er, wie sie zusammensackte«,
»Genau!«, bejahte Dottore Ragazzi.
Paola nahm ihre Gedanken wieder auf und sprach:

»Alles rein hypothetisch: Wenn sie den Angreifer kennt und denkt, dass er keine Gefahr darstellt, würde das Geschehen passen. Bei einem Fremden wäre sie zumindest ängstlich, da es mitten in der Nacht war und bei ihrem Ex-Mann hätte sie doch gleich Krach geschlagen.«
Dottore Ragazzi erwiderte: »Rein hypothetisch… würde ich sagen, sie kannte den Täter, hatte aber keine Angst vor ihm.«
Paola bedankte sich bei ihm für das Gespräch, legte auf und wollte sich auf den Weg zum Vice Questore machen. Sie machte ihre Tür auf und Ispettore Nero stand vor ihr.

»Wir haben Fabio Cantaneo. Er wartet im Verhörraum!«
Paola verwarf den Gedanken zum Vice Questore zu gehen und machte sich auf den Weg zum Verhörraum.

14

Francesco ging in sein Dienstzimmer. Er schaute sich den Dienstplan an. Am bevorstehenden Wochenende hatte er Bereitschaftsdienst. Mit etwas Glück konnte er mehr Zeit mit seiner Familie verbringen, das hellte seine Stimmung auf. Mit diesem positiven Gefühl verließ er das Zimmer und fing mit der Visite an. Drei Patienten konnten entlassen werden. Dann ging es zu Clarissa Angelo. Das Schicksal der jungen Frau ging ihm näher, als es einem Arzt guttat. Es sollte zwischen einem Arzt und einem Patienten immer ein gewisses Maß an Distanz vorherrschen, doch in diesem Fall war es ihm schier unmöglich. Noch immer machte er sich Sorgen um ihre Sicherheit. Sein Verdacht, dass jemand erneut versucht hatte sie umzubringen, blieb in seinen Gedanken fest verankert. Seine Einschätzung hatte er sofort in schriftlicher Form an die Polizei geschickt. Die Bewachung wurde durch die Polizei fortgesetzt und er sensibilisierte zudem sein Personal, wachsam zu bleiben. Er ordnete an, keine Fremden in die Nähe von Clarissa Angelo zu lassen. Er hielt sein Tablet in der Hand. Eine Assistenzärztin erläuterte den gesundheitlichen Zustand der Patientin Clarissa Angelo. Francesco stellte eine Zwischenfrage und war angenehm überrascht, als er sah, dass sich die Assistenzärztin gut auf die Visite vorbereitet hatte.

»Ihre Werte sind nicht mehr akut!«, sagte sie zu ihm.

»Wie wollen wir jetzt vorgehen?«, fragte er an sie gewandt.

»Da die Patientin die Operation gut überstanden hat, ihre Werte soweit stabil sind, würde ich langsam das Aufwachen aus dem künstlichen Koma einleiten. So kann man eventuell auftretende Folgeschäden, die durch ein zu langes künstliches Koma aufkommen können, möglichst gering halten.«
Francesco nickte ihr zu.

»Sehr gut! Wir fangen heute damit an… «, dann besprach er die Vorgehensweise und nach einer weiteren Viertelstunde stand er am nächsten Krankenbett. Nach der Visite holte er sich aus der Cafeteria etwas Obst und einen *caffè*. Wieder oben ankommend im Dienstzimmer, rief er bei seiner Frau Paola an, doch er konnte sie nicht erreichen. Er hätte ihr gerne erzählt, dass es Clarissa den Umständen entsprechend gut ging und sie sich langsam stabilisierte. So widmete er sich den Entlassungspapieren, die noch bearbeitet werden mussten. Sofern heute kein Notfall während seiner offiziellen Dienstzeit eintrat, würde er pünktlich Feierabend machen können. Der Gedanke gefiel ihm. Im Geist plante er einkaufen zu gehen und ein schönes Essen für die ganze Familie zu kochen, sofern auch Paola pünktlich Feierabend machen konnte. Das würde er später abklären. Mit diesem

Gedanken hatte er neuen Elan und erledigte seine noch anstehenden Aufgaben zügig.

15

Commissario Rossi und Ispettore Nero betraten den Verhörraum. Fabio Cantaneo saß tief bestürzt auf seinem Stuhl. Er wirkte keineswegs erleichtert, dass seine Frau nun tot in der Gerichtsmedizin lag. Ehrliche Trauer war erkennbar. Paola rückte sich den Stuhl zurecht und setzte sich ihm gegenüber, Maria nahm neben ihr Platz. Ispettore Nero drückte den Knopf eines Aufnahmegeräts und Paola fing zu sprechen an.

»Wir beginnen mit dem Verhör von Fabio Cantaneo. Heute ist der 30. Mai 2018, 14 Uhr. Die ermittelnden Beamten Commissario Rossi und Ispettore Nero führen das Verhör. Signor Cantaneo, es besteht der dringende Tatverdacht, dass sie ihre Ex–Ehefrau Laura Cantaneo getötet haben. Heute früh gegen 1.20 h haben Sie Laura Cantaneo überfallen. Sie verstarb kurze Zeit später noch am Tatort an den Folgen ihrer schweren Verletzungen. Alles, was sie jetzt sagen, kann und wird vor Gericht gegen Sie verwendet werden. Sie haben das Recht sich nicht zu belasten und keine Aussage zu machen, außerdem das Recht einen Anwalt hinzuzuziehen, wenn Sie das wollen.«

Signor Cantaneo fiel Paola mitten ins Wort.

»Ich will aussagen! Ich brauche keinen Anwalt, denn ich habe Laura nicht getötet! Das kann ich sogar beweisen!«

Paola schaute ihn mit einem scharfen, musternden Blick an.

»Wann soll das gewesen sein?«, fragte er Commissario Rossi.

»1.20h heute Nacht!«

Fabio Cantaneos Gesicht entspannte sich.

»Ich kann es nicht gewesen sein, dafür habe ich mindestens dreißig Zeugen. Ich hatte heute Nachtschicht in der Fabrik. Und um 1.20h hatten wir weder Pause noch sonst etwas. Überprüfen sie das Arbeitsprotokoll und sprechen Sie mit meinem Chef.«

Ispettore Nero notierte seine Angaben und verschwand sogleich aus dem Vernehmungsraum, um die Angaben zu überprüfen.

Währenddessen sagte Paola zu Signor Cantaneo:

»Wenn ihre Angaben sich bestätigen, würde ich Sie dennoch noch als Zeugen befragen wollen.«

Er räusperte sich: »Machen Sie nur. Ich habe nichts zu verbergen. Ich habe große Fehler in der Vergangenheit gemacht. Das weiß ich! Es tut mir aufrichtig leid, dass ich damals aufgrund meiner Eifersucht so gehandelt habe. Laura war meine große Liebe… «, dann versagte seine Stimme. Er schaute einen Moment nach unten und rang mit seiner Fassung. In seiner Stimme schwang aufrichtige Trauer, als er weitersprach.

»Ich war in Therapie bei Dottore Mantova.«
Paola betrachtete ihn.

»Sie waren? Haben Sie die Therapie erfolgreich abgeschlossen? «
Signor Cantaneo schüttelte seinen Kopf:

»Nein! Ich weiß auch nicht, aber der Dottore rief vor kurzem bei mir an und sagte mir, dass er mich nicht weiter behandeln könne, da er seine Praxis kurzfristig für die nächsten sechs Wochen schließen muss. Warum, hat er nicht weiter erklärt. Natürlich habe ich mich gewundert, aber einen Dottore fragt man nicht. Er ist mein Arzt, nicht mein Freund!«
Um es zu unterstreichen, machte er mit seinem Kopf eine Bewegung, die aussagte: *Was soll ich sagen?*
Paola bewegte ebenfalls ihren Kopf und unterstrich damit, dass sie verstand, was er damit meinte.

»Aber unter uns, ich hatte mir sowieso schon überlegt mir einen anderen Psychiater zu suchen. Er war merkwürdig in den letzten Wochen. Ich habe geglaubt, es hat damit zu tun, dass er auch noch in Bologna zu tun hat und er einfach keine Zeit mehr für meine Therapie hier in Verona hat. Na ja, wer weiß...«
Paola notierte sich diese Angaben. Nun gut, dachte sie, vielleicht hat der Arzt zu viel zu tun. Damit hakte sie dieses Thema ab. Die Tür ging auf und Ispettore Nero trat hinein.

»Signor Cantaneo! Ich habe ihre Angaben überprüft, es stimmt, sie haben ein Alibi. Ihre Firma hat soeben die Angaben bestätigt.«

Ispettore Nero legte eine Akte zu Paola.

»Signor Cantaneo, ich schaue nur noch einmal in diese Akte. Ich komme gleich wieder.«

Sie ging aus dem Raum und blätterte das Deckblatt auf. Es enthielt einen Bericht des Jugendamts. Sie las ihn sich durch.

›Wir bestätigen, dass Signor Cantaneo erfolgreich seine Therapie durchführt. Das Verhältnis zwischen den Eltern Laura Cantaneo und Fabio Cantaneo hat sich gebessert. Signor Cantaneo hat ein gutes Verhältnis zu seiner Tochter aufgebaut, sodass wir gemeinsam mit der Mutter eine Besuchsregelung, betreffend des Kindes Chiara Cantaneo, beschlossen haben. Signora Laura Cantaneo hat ihrerseits auch von der positiven Veränderung des Kindesvaters Fabio Cantaneo berichtet. Er wirkt auf sie jetzt sehr einfühlsam und freundlich. Es gab keine weiteren Zwischenfälle und sie wünscht sich ebenfalls einen geregelten Besuchsumgang des Kindesvaters mit ihrer gemeinsamen Tochter Chiara Cantaneo.... Das Gutachten des Psychiaters Dottore Mantova liegt bei...‹

Paola dachte, warum sollte Signor Cantaneo das alles aufs Spiel setzen? War er ein so guter Schauspieler? Offensichtlich bereute er seine Tat und unternahm alles, um seiner kleinen Tochter ein guter Vater zu sein. Da bringt man doch dann nicht die Mutter um. Das ergab alles keinen Sinn. Im Übrigen hatte er ein Alibi. Er wirkte auf Paola auch nicht so, als hätte er sich einen ausgeklügelten Plan und einen Killer engagiert. Es bestätigte ihr Gefühl, dass der Ex-Mann - bestimmt nicht - als Täter infrage kommt. Es wäre auch zu einfach gewesen. Leider stand sie nun wieder am Anfang der Ermittlungen. Paola ging zurück in den Verhörraum.

»Signor Cantaneo, ich möchte Ihnen mein Beileid zum Tod Ihrer Ex-Frau Laura Cantaneo aussprechen. Sie werden nicht weiter als infrage kommender Täter beschuldigt. Können Sie uns sagen, ob Ihre Ex-Frau einen neuen Freund hatte? Ist Ihnen an ihr etwas aufgefallen? Wirkte sie in der letzten Zeit nervös oder war sie ängstlich…?«, er beantwortete alle Fragen.
Laura hatte Fabio von einem anderen Mann erzählt. Ispettore Nero schrieb sich den Namen auf.

»Laura erzählte mir von ihm. Wir hatten wieder ein gutes Verhältnis. Ich hätte es vor zwei Jahren bestimmt nicht denken mögen, aber wir schafften es Freunde zu werden. Laura erzählte mir, sie sei mit diesem Mann Essen gegangen, sie kennen sich aus dem Möbelgeschäft. Er machte auf sie einen guten Eindruck. Ich habe ihr noch gesagt, dass ich mich für sie freue. Ich wollte so gerne, dass es ihr und Chiara gut geht…«
Nach einer halben Stunde verabschiedeten sich Commissario Rossi und Ispettore Nero von ihm.

»Commissario Rossi, eine Frage… «, Paola nickte ihm zu, »fragen Sie!«
Mit leiser Stimme fragte er: »Darf ich meine Laura noch einmal sehen und Abschied von ihr nehmen.«

Paola nickte ihm verständnisvoll zu und sagte: »Ich rufe in der Gerichtsmedizin an und veranlasse alles. Warten Sie bitte kurz draußen. Ein Kollege holt Sie dann ab.«
Signor Cantaneo seufzte: »Haben Sie vielen Dank!«
Paola gab ihm die Hand: »Ich wünsche Ihnen und Ihrer Tochter viel Kraft für die nächste Zeit. Alles Gute für Sie!«, dann ging sie hinaus.
Ispettore Nero begleitete Signor Cantaneo zu einer Bank. Dort setzte er sich hin und wartete, bis ein Polizist ihn von dort abholte, damit er Laura ein letztes Mal sehen konnte. Paola schaute sich noch einmal die Befragung an, setzte sich an den Schreibtisch und ging alles durch. Als sie damit fertig war, schaute sie sich die Ergebnisse der Gerichtsmedizin an. Der Bericht des Labors hatte leider keine Ergebnisse gebracht. Dann rief sie Ispettore Nero an.

»Kannst du kurz in mein Büro kommen.«

»Bin gleich da!«

Die Bürotür ging auf und Ispettore Nero trat hinein.

»Er war es nicht! Maria!«, sagte Paola aus tiefster Überzeugung zu ihrer Kollegin.

»Bestimmt nicht!«, erwiderte Maria.

»Er wirkte sehr mitgenommen und das war nicht gespielt! Dann noch das Alibi. In der Zwischenzeit hat Assistente Mazzola mit den Eltern von Laura Cantaneo gesprochen. Die Eltern waren sichtlich erschüttert, als sie hörten, was passiert ist. Letztlich hat auch die Mutter von Laura Cantaneo alles bestätigt. Fabio und Laura haben sich gut verstanden, sie waren befreundet und wollten für die kleine Tochter künftig gemeinsam an einem Strang ziehen. Laut Aussage der Mutter, haben sich Laura und Fabio Cantaneo gemeinsam mit ihrer kleinen Tochter bei ihr getroffen und den Tag dort zusammen verbracht. Seine Angaben stimmen komplett mit der Aussage der Mutter von Laura Cantaneo überein. Ich habe gefragt, ob sie von einem neuen Mann im Leben ihrer Tochter wusste, auch das hat sie bestätigt. Ihre Tochter sei sehr glücklich mit ihrem neuen Freund Tomaso, gewesen. Eines Sonntags sei sie mit Tomaso und der kleinen Chiara zum Kaffee bei ihr gewesen. Ein netter freundlicher und sympathischer Mann. Kein Hinweis darauf, dass Laura mit ihm Streit hatte. Ich habe Assistente Mazzola schon drangesetzt, er versucht den Freund von Laura auf das Revier zu bestellen. In der alten Akte hatte ich gelesen, dass damals die Nachbarin von Laura der Polizei von dem Krach erzählt hat. Diese Nachbarin habe ich angerufen. Ich dachte, vielleicht hat sie etwas mitbekommen oder kann uns Freunde von Laura nennen…« Paola nickte.

»Was sagt sie?«

»Im Prinzip…«, sie machte eine kurze Pause, »nichts Neues! Laura und ihr Ex-Mann hatten sich angefreundet. Fabio sei durch die Therapie ein guter Vater für Chiara geworden und für Laura ein guter

Freund. Den neuen Freund von Laura, beschrieb sie als *herzensguten Menschen.* Laura hatte keinen Ärger in der Firma oder mit Familie und Freunden. Es ging ihr gut, sie war glücklich und zufrieden.«

Paola dachte nach und schaute nachdenklich aus.

»Irgendwer hat sie getötet? Ist es tatsächlich ein Verrückter, der einfach willkürlich Frauen umbringt?«

Paola sagte: »Maria! Lass Carlo auf alle Fälle einen Termin mit dem Psychiater, wie war der Name…«, Paola sah sie fragend an.

»Mantova!«

»Genau! Dottore Mantova machen. Lass ihn nachfragen, wann wir mit ihm sprechen können. Ich will absolut sichergehen, dass wir nichts übersehen haben.«

Maria stimmte ihr zu: »Das mache ich…noch etwas? Paola!«

»Ja! Überprüfe bitte, ob psychisch Kranke abgängig sind. Wir haben keine Spuren, keine DNA, wir haben gar nichts…«

Paola fühlte sich nicht nur müde und kaputt, sondern auch hilflos und ohnmächtig. Sie schaute zur Uhr: »Kurz vor 16 Uhr! Weißt du was, Maria, ich mache jetzt Feierabend. Die letzten Tage und Nächte stecken mir in den Knochen. Ich brauche etwas Schönes. Essen mit Francesco und den Kindern und ein Bad.«

Maria schaute nachdenklich,

»Was machst du mit dem Vice Questore?«

»Ich wollte ihn vorhin sprechen, aber er hat einen wichtigen Termin und ist außer Haus. Ich habe morgen das Vergnügen…«

»Na dann«, sagte Maria, »fahre am besten gleich los… Ruhe dich aus! Ich kläre hier noch ein paar Dinge und fahre dann auch nach Hause. Es waren wirklich lange und anstrengende Tage. Dann sehen wir uns morgen.«

Paola packte ihre Tasche und beeilte sich schnellstmöglich die Questura zu verlassen. Vom Wagen aus rief sie ihren Mann an, der ihr liebevoll sagte, dass er gerade einkaufte und sich mit ihr und den Kindern einen schönen Abend machen wollte. Sie fuhr etwas beschwingter nach Hause und genoss die Vorfreude auf einen harmonischen Abend mit ihrer Familie. Als sie die Tür aufschloss, saßen ihre beiden Kinder am Tisch und machten Hausaufgaben.

»*Ciao*, *Mamma*!«, riefen beide ihr zu.

»Kommt her meine Süßen!«, sie drückte und herzte die Kinder. »Papa kommt auch gleich, wir machen es uns heute gemütlich.«

Doch Giulia wollte ihr erst einmal etwas erzählen.

»Die Greco war heute wieder so furchtbar!«, um dem Gesagten Ausdruck zu verleihen, wedelte ihre Tochter ganz temperamentvoll mit den Armen.

Paola fragte sie: »Was war los, mein Schatz?«, das war das Startsignal und Giulia fing mit Händen und Füßen zu sprechen an. Sie war sehr aufgewühlt und aufgebracht. Paola hörte sich alles ganz in Ruhe an.

»Wollen wir Signora Greco nicht doch den Brief geben und ich spreche mit ihr?«, augenblicklich war Giulia ruhig.

»Schatz, lass es uns doch wenigstens versuchen…« Ihre Tochter schüttelte energisch den Kopf.

»Sie wird mich dann noch ätzender behandeln. Weißt du nicht mehr, was passiert ist, als die Mutter von Valeria mit der Greco gesprochen hat.«

Paola konnte sich gut erinnern. Nachdem die Mutter der Mitschülerin mit Signora Greco gesprochen hatte, führte die Lehrerin Valeria am folgenden Tag vor der kompletten Klasse vor.

»Ich weiß, mein Schatz! Aber wir wissen doch gar nicht, wie oder was die Mutter von Valeria zu Signora Greco gesagt hat. Es kommt doch immer auf die Art und Weise an. Lass es mich doch bitte versuchen…«, aber Giulia winkte ab.

»Besser nicht. Dann gibt sie mir gleich eine schlechte Note.«

»*Mia cara*! So ändert sich doch aber nichts.«
Mit einem finster dreinschauenden Blick, sagte Giulia entschieden: »Nein, bitte mache es nicht!«
Damit war das Thema für Giulia vom Tisch.
Paola schaute besorgt zu ihrer Tochter und bemerkte wie innerlich ein Gefühl des Grolls gegenüber der Lehrerin ihrer Tochter in ihr aufzog.
Sobald ich mit Francesco alleine bin, muss ich mit ihm sprechen, dachte Paola, dann wandte sie sich an ihren Sohn Luca.

»Na mein Schatz und bei dir? Schreibst du nicht morgen Mathe?«

»Ja! Aber das Thema ist kein Problem. Ich habe schon gelernt, das läuft…«

Seine Stimme klang gelangweilt und Paola empfand seine Äußerung etwas zu überheblich, doch sie antwortete: »Das freut mich!«

Die Tür ging auf und ihr Mann Francesco kam voll bepackt mit dem Einkauf herein.

»*Madonna!* Hast du den Laden leergekauft? Kommt noch jemand zum Essen?«, scherzte Paola, als sie ihren Mann sah.

Lachend sagte er: »Ich habe Hunger und konnte mich nicht entscheiden, da habe ich alles mitgenommen, was lecker aussah…«

Francesco stellte den Einkauf ab und begrüßte erst einmal seine Frau und dann die Kinder. Es wurde ein schöner Abend. Erst kochten sie alle zusammen, dann aßen und unterhielten sie sich. Gegen neun gingen die Kinder in ihre Zimmer. Paola und Francesco setzten sich mit einem Glas Wein auf die Terrasse. Francesco nahm sein Glas und sagte: »Ich bin so froh, dass meine Patientin Clarissa Angelo auf dem Weg der Besserung ist. Habt ihr schon eine Spur, wer es sein könnte?«

Paola verneinte.

»Wir haben die DNA des Täters, aber in den Datenbanken gibt es keinen Treffer. Wenn wir schon

ein Motiv hätten, noch besser, einen Verdächtigen, dann könnten wir die DNA abgleichen.«
Sie sah frustriert aus, als sie dies sagte.

»Du wirst den Täter finden, da bin ich mir sicher. Ich kenne dich doch! Du lässt nicht locker, bis du ihn gefasst hast!«
Doch Paola war sich da nicht so sicher.

»Ich werde mit Maria noch einmal nach *Milano* fahren. Wir müssen doch endlich einen Anhaltspunkt bekommen. Clarissa Angelo lebt dort bei ihren Verwandten.«
Francesco nickte ihr zu, sagte dann: »Vielleicht hat Clarissa ihren Angreifer erkannt.«

»Tja, aber dazu muss sie erst einmal aufwachen. Glaubst du, sie wird wieder ganz gesund und hat keine bleibenden Schäden?«, erkundigte sich Paola bei ihrem Mann.

»Sagen wir mal so, die Verletzungen im Bauchraum haben wir erst einmal im Griff.«
Er fasste sich mit der Hand durch seine Haare, Paola bemerkte, dass er sich ernsthaft um die Patientin sorgte. »Die Kopfverletzung macht mir da mehr Sorgen. Endgültig wissen wir es erst, sobald sie aufgewacht ist.«
Paola sagte vorsichtig: »Du meinst, sie trägt vielleicht irreversible Schäden im Gehirn davon?«
Francesco schaute betroffen, als er weitersprach:

»Ausschließen kann ich es nicht.«
Eine Woge der Wut erfüllte Paola.

»Wer das auch immer war… Warum? Welches Motiv gibt es? Ich frage mich, um was geht es bei dieser Tat?«

Sie unterhielten sich noch eine ganze Weile, doch eine Lösung kam Paola nicht in den Kopf. Ihr Instinkt sagte ihr, dass die Fälle Angelo und Cantaneo einen gemeinsamen Nenner hatten, aber welchen?

16

Seine Hüfte schmerzte. Er verband sich die Wunde erneut. Er fragte sich noch immer, wie Clarissa es geschafft hatte, sich so zu wehren. Dann fuhr er seinen Computer hoch und fing mit der Suche im Internet an. Nach einigen Klicks in den Social Media hatte er alles gefunden, wonach er suchte. Er drückte auf *Drucken*, ein Piepen ertönte und der Drucker startete. Das Blatt fiel zu Boden. Er hob es auf und legte es sich in eine Akte.

Dann machte er sich auf den Weg in den Keller, ein wohliges Gefühl der Vorfreude stieg in ihm auf. Unten angekommen, ging er zu einem Regal. Er drückte einen Knopf, das Regal wich zur Seite und machte eine Öffnung hinter sich frei.

Er liebte diesen Raum!

Hier lebte er sein wahres *Ich* aus.

Auf der linken Seite hatte er fein säuberlich unterschiedliche Messer akribisch in Reih und Glied geordnet. Die Messer blitzten ihn an. Geradezu im Raum hatte er im Laufe der Zeit, andere Gegenstände gesammelt, die alle nur ein Ziel hatten, den Lebenshauch von Menschen auszuschalten. Seile und Schlingen und auch einige Schusswaffen. Als er die Drahtschlinge seiner letzten Tat anschaute, grinste er.

Laura hatte keinen Schimmer, sein schmutziges Lachen erfüllte den Raum. Das war gut! Doch ihm fehlte der

Kick, den er offensichtlich nur mit einem Messer ausleben konnte. Sein Blick blieb bei den Schusswaffen hängen, doch er verwarf den Gedanken sofort, nein, die waren ihm viel zu profan, das ging zu schnell. Einmal *klick* und das Gegenüber sackte zusammen. Sein Blick ging wieder zu den Messern. Innerlich durchzog ihn eine Welle der Lust. Er streichelte über die einzelnen Klingen der Messer und seine Lust zu töten ließ seinen Körper vibrieren. Er gab sich diesem Gefühl völlig hin.
Dann stöhnte er auf.
Sein Blick ging dabei nach rechts. Auf der rechten Seite des Raums stand ein großer Schrank, prall gefüllt mit den unterschiedlichsten Dingen. Er zog eine Schublade auf. Eine Perücke mit langen roten Haaren lugte heraus. Sofort aktivierte sich die damit verbundene Erinnerung … er nahm sie ganz vorsichtig heraus. Roch daran und streichelte über jedes einzelne Haar. Den Spiegel, der oberhalb der Schublade im Regal stand, drehte er so, dass er hineinschauen konnte. Dann setzte er sich die Perücke auf seinen Kopf. Er drehte sich nach links und rechts, nahm den Spiegel zur Hand und betrachtete sein Spiegelbild. Dann schloss er seine Augen und ging wie in Trance – gedanklich - seine nächste Tat durch.
Wie sollte er es diesmal machen?
Das Töten mit einem Messer wühlte seinen Körper immer mehr auf. Dieses Gefühl, wenn das Messer in

den pochenden, lebenden Körper einstieß, bereitete ihm völlige Ekstase. Mit der Perücke auf dem Kopf, drehte er sich zu seinen Schätzen um…welches Messer sollte er nehmen? Er dachte an Annalisa. Sollte er ihr die Kehle aufschneiden? Er quiekte, welch eine Wonne…aber diesmal musste er konzentrierter vorgehen. So ein Theater wie mit Clarissa wollte er nicht noch einmal erleben. Augenblicklich veränderte sich sein gerade noch ausgeprägtes Wohlfühlgefühl.

Diese Schlampe! Clarissa!

Er, der Perfektionist, musste sich eingestehen einen Fehler gemacht zu haben. Unbändige Wut durchschoss ihn. Er musste dieses Miststück endlich töten. Doch die lag bewacht im Krankenhaus. Fast wäre er mit der ermittelnden Beamtin auf dem Krankenhausflur zusammengestoßen. Sein Versuch, sie erneut zu töten, scheiterte! Die Ärzte kamen viel zu schnell ins Zimmer, er schaffte es gerade noch rechtzeitig im Treppenhaus zu verschwinden.

Schweiß trat auf seine Stirn.

Was, wenn sie aufwachte und erzählte, was sie wusste? Er hatte die Firewall des Krankenhauses ausgetrickst und sich eine Stunde später in den Rechner hacken können. Clarissa wurde in den OP verbracht. Hatte sie überlebt? Angst machte sich breit. Womöglich wurde er gefasst und konnte nie mehr in seinen heiligen Raum und weiter töten. Er riss die

Perücke herunter und schrie laut los. Er musste es verhindern…

17

Mario Angelo war froh! Endlich durften sie wieder ihre Tochter besuchen. Er verstand natürlich, warum Commissario Rossi, so entschieden hatte. Sie hatte Angst um Clarissa und wollte jegliches Risiko vermeiden. Umso froher war er, als sich Commissario Rossi gestern bei ihm telefonisch meldete und ihm sagte: »Sie und Ihre Frau dürfen zu Clarissa gehen! Bitte melden Sie sich vor jedem Besuch beim Klinikpersonal und sagen dort Bescheid.«

Er und seine Frau konnten kaum schlafen, sie verbrachten die meiste Zeit im Krankenhaus. Nur zum Duschen und auf ein paar Stunden Schlaf gingen sie noch nach Hause. Er schaute liebevoll und besorgt seine Tochter an.

»Ach, Mario, wird unser Engel wieder aufwachen?«, fragte Susanna, seine Frau, in die Stille hinein.

»Bestimmt! Sie hat beide Operationen so tapfer überstanden. Ganz bestimmt!«

Mario Angelo tröstete sich selbst mit diesen Worten. Die Angst, dass Clarissa den Rest ihres Lebens als Pflegefall enden könnte, beschäftigte ihn.

Leben?

Was wäre das für ein Leben, sie war doch gerade erst 23 Jahre alt und hatte ihr Leben noch vor sich. Diese Gedanken wollte er ganz schnell wieder aus seinem

Bewusstsein entlassen. Daran durfte er nicht denken. Es war gerade erst einmal kurz nach sieben am Morgen. Clarissa lag friedlich im Bett. Würden dort nicht die ganzen Monitore und Gerätschaften an ihrem Bett stehen, dann hätte man denken können, sie schläft und träumt ganz friedlich.

»Soll ich uns ein *cornetto* und einen *caffè* holen?«, fragte er seine Frau.

»Eigentlich habe ich gar keinen Appetit oder gar Hunger!«

Susanna Angelo schaute in das Gesicht ihrer Tochter und mit einem Mal sagte sie: »Doch, du hast recht, wir müssen etwas essen, um für unsere Clarissa stark zu sein.«

Mit traurigen Augen schaute Susanna Angelo ihren Mann an, als sie dies sagte.

»*Bene!* Pass auf unseren Engel auf! Ich komme gleich wieder!«, sagte Signor Angelo und stand auf.

Susanna Angelo fing ein Kinderlied zu singen an, das mochte Clarissa schon, als sie noch ganz klein war. Sie sang leise und streichelte dabei die Hand ihrer Tochter. Nach einer Weile sprach sie mit zittriger Stimme: »Bitte, lass unsere Clarissa aufwachen und gesund sein!«

Tränen durchfluteten ihre Augen, sie konnte es nicht verhindern. Sie faltete ihre Hände zu einem Gebet und wiederholte diese Aussage so, als wollte sie Gott zeigen, wie sehr sie auf seine Hilfe vertraute. Dann nahm sie erneut Clarissas Hand und streichelte ihrer

Tochter über die Wange. So saß sie da, bis die Tür sich leise öffnete und ihr Mann Mario mit *caffè* und *cornetto*, in der Tür stand.

»Ich habe die Krankenschwester gefragt, wir sollen vor der Tür essen, komm kurz raus…«, sagte er zu seiner Frau. Signora Angelo stand ganz leise auf und ging zur Tür. Sie tranken schnell und aßen zügig. Binnen kurzer Zeit, waren sie mit ihrem mageren Frühstück fertig, damit sie rasch wieder in das Zimmer ihrer Tochter konnten. Dann setzten sich beide erneut an das Krankenbett.

Die Zeit verstrich.

Dann und wann schaute eine Krankenschwester herein, notierte die Werte der Patientin und ging danach leise aus dem Zimmer. Gegen kurz vor neun öffnete Dottore Rossi die Zimmertür.
Verhalten sagte er:

»*Buongiorno*, Signora und Signor Angelo, darf ich Sie kurz sprechen?«
Die Eltern von Clarissa nickten ihm zu und gingen mit ihm vor die Tür. Mario Angelo ergriff das Wort:

»*Buongiorno* Dottore!«

»Ich hatte eine Untersuchung veranlasst wegen des plötzlich akut auftretenden, gesundheitlichen Problems ihrer Tochter.«
Die Eltern schauten ihn neugierig an: »Haben Sie etwas herausgefunden?«, fragte Susanna den Dottore.

»Leider hat sich mein Verdacht bestätigt!«
Die Eltern schauten ihn mit weit aufgerissenen Augen an.

»Das heißt…?«, fragte Signor Angelo.

»Das heißt, es war jemand Fremdes im Zimmer und hat ihr eine Substanz verabreicht, die dazu führen sollte, dass sie…«, weiter kam er nicht. Signora Angelo hielt sich die Hände vor das Gesicht: »*Madonna!* Warum nur? Der Mensch muss krank sein. Clarissa tut doch niemanden etwas. Sie ist ein gutes Mädchen… «, sie fing zu schluchzen an. Ihr Mann nahm sie in den Arm und versuchte sie zu beruhigen.

»Es kommt außer Ihnen und dem Klinikpersonal niemand zu Ihrer Tochter ins Zimmer! Ich gebe Ihnen mein Wort!«, sagte Francesco zwar sichtlich ergriffen, aber dennoch mit energischer Stimme.
Die Eltern mussten sich erst einmal sammeln. Susanna Angelo suchte Halt an dem Handlauf des Klinikflurs. Ihr Gesicht wurde blass und ihr Körper zitterte.
Sicherlich hatte der Dottore diesen Verdacht geäußert und beide hatten über diese Möglichkeit heftig diskutiert, doch innerlich hofften sie, der Dottore würde sich irren. Diesen Gedanken wollten sie einfach nicht zulassen und verdrängten ihn. Doch jetzt war es kein Gedankenspiel mehr, soeben hatten sie Gewissheit bekommen.

Francesco räusperte sich: »Vertrauen Sie mir, die Sicherheitsmaßnahmen wurden erhöht. Ein zweites Mal wird das nicht passieren! Noch etwas!«
Augenblicklich wanderten die Augen der Angelos, die soeben noch betroffen nach unten schauten und hefteten sich an die Lippen des Dottore.

»Wir haben bei Clarissa mit dem Aufwachen aus dem künstlichen Koma begonnen. Darf ich Sie um folgendes Bitten: Wenn Sie bei Clarissa sind, sprechen Sie mit ihr. Singen Sie ihr etwas vor. Wenn Sie ihre Stimme hört, kann sie vielleicht schneller aus dem Koma erwachen.«
Den Eltern sah man eine große Erleichterung an, diese zeichnete sich sofort auf ihren Gesichtern ab.
Mit kräftiger Stimme sagte Susanna Angelo: »Das machen wir, Dottore! Ich habe ihr vorhin ein Kinderlied vorgesungen, das mochte sie immer so gerne.«

»Das haben Sie gut gemacht, Signora Angelo. Machen Sie weiter! Sobald Sie eine Regung bei ihrer Tochter sehen, drücken Sie sofort den Alarmknopf.«
Mario und Susanna Angelo nickten eifrig mit ihren Köpfen. Francesco verabschiedete sich von beiden und die Eltern gingen zurück in das Krankenzimmer von Clarissa. Beide hatten neuen Mut und neue Kraft. Sie wollten alles tun, damit ihre Clarissa so schnell als möglich aufwachen konnte.

18

Als Paola am nächsten Morgen aufwachte, war das Haus ganz still, sie schaute auf die andere Seite des Bettes, es war leer. Sie sammelte sich, richtete sich auf und sah einen Zettel auf ihrem Nachtisch.

Mia cara,
wir haben dich schlafen lassen.
Spätestens um 8Uhr rufe ich bei dir an und wecke dich auf…
Ich liebe dich
Francesco

Er ist so ein Schatz, dachte Paola. Sie schaute auf die Uhr, kurz nach halb acht. Sie rief ihren Mann an und wünschte ihm einen guten Morgen. Dann ging sie ins Bad, duschte sich ausgiebig, spendierte sich eine großzügige Portion Bodylotion und zog sich schließlich an. Als sie aus dem Haus gehen wollte, sah sie in der Küche, einen weiteren Zettel:

Panini in der Tüte, caffè in der Thermoskanne.
Lass es dir schmecken!
Bacio

Sie nahm das Frühstück, steckte es sich in ihre Tasche und fuhr los. Als sie kurz vor neun in der Questura ankam, begrüßte sie Ispettore Nero, die scheinbar auch gerade erst gekommen war, denn sie verstaute ihre Handtasche im Schreibtisch.

»*Buongiorno* Maria! Heute geht es mir entschieden besser, ich habe gut geschlafen und Francesco hat mir auch noch etwas zum Frühstück eingepackt. Ist das nicht lieb von ihm…!«

Prompt sagte Maria: »Du hast so ein Glück mit deinem Mann…hat er noch einen Bruder?«, dabei lächelte sie Paola an.

»Bevor ich es vergesse…wir müssen nicht nach *Milano* fahren. Die Verwandte der Angelos hat sich gemeldet und will morgen nach Verona kommen. Sie will Clarissa besuchen.«

Paolas Blick hellte sich auf.

»Ich habe sie gefragt, ob wir sie nicht hier befragen können und sie hat sofort zugestimmt.«

»Das ist praktisch, dann sparen wir uns die Hin- und Herfahrerei nach *Milano*«, antwortete Paola und fragte weiter: »Hast du Dottore Mantova schon erreichen können?«

»Bislang nicht, aber ich habe ihm eine Nachricht auf dem Anrufbeantworter hinterlassen. Ich befürchte aber, wir müssen seine *telefonino* Nummer herausfinden.«

»Warum?«, fragte Paola überrascht, »Er hat auf dem Anrufbeantworter hinterlassen, dass seine Praxis für die nächsten sechs Wochen nicht besetzt ist.«

»Hast du in seiner Praxis in Bologna auch schon einmal angerufen?«

»Ja! Dort sagte die Bandansage, dass vor nächster Woche Montag niemand zu erreichen ist. In dringenden Fällen soll man sich an die Notrufnummer halten…«

»Mmh…tja, dann schaue, ob er noch einen privaten Eintrag hat. Vielleicht ist er verreist?«

Maria sagte mit aufgeräumter Stimme: »Habe ich alles schon veranlasst, Assistente Mazzola ist dran.«

»Verstehe!«, sagte Paola.

»In der Sache Cantaneo…«, Maria machte eine kurze Pause, »habe ich den neuen Freund von Laura Cantaneo für heute einbestellt.«

»Gut! Vielleicht kann er etwas Neues zu dem Fall beitragen.«

»Salvatore hat angerufen, er hat doch noch etwas gefunden.«

Paola schaute überrascht: »Im Fall Angelo oder Cantaneo?«

»Das hat er nicht gesagt, er hat nur gefragt, ob du da bist und wollte dich sprechen.«

»Dann gehe ich mal in mein Büro. Drück uns die Daumen, dass wir etwas haben. Ich muss nachher zum Vice Questore!«

Paola ging in ihr Büro und rief bei Salvatore Torri an.

»*Ciao*, Salvatore, hier ist Paola! Du hast etwas für mich?«

»*Haben*, ist zu viel gesagt, aber zum Fall Angelo, habe ich mir so meine Gedanken gemacht…«, sagte Salvatore, »OK?«, sagte Paola neugierig, »dann lass mal hören…«

»Dein Mann hat uns einen Bericht geschickt, darin ist klar ersichtlich, dass der Täter einen weiteren Anschlag auf Clarissa Angelo verübt hat. Ich frage mich natürlich, wie konnte der Täter wissen, dass unser Opfer genau in diesem Krankenhaus liegt.«

Das leuchtete Paola ein, aber auf was wollte Salvatore hinaus?

»Na ja, es ist nicht ganz so einfach, denn ich dachte, wenn man mal die eingehenden Anrufe im Krankenhaus überprüft, dann kommt man vielleicht auf eine Spur, aber der Techniker hatte eine andere Idee.«

Paolas Neugierde wuchs.

»Er meinte: ›Und wenn wir den Server vom Krankenhaus überprüfen? ‹ Dafür brauchen wir aber einen Beschluss. Da kommst du ins Spiel! Kannst du das veranlassen?«

Paola überlegte.

Ganz so einfach wird das sicherlich nicht, sensible Daten… Aber ein Versuch war es alle Male wert, denn es bestand noch immer die Gefahr, dass der Täter erneut versuchte sich Zugang zu Clarissa Angelo zu verschaffen, um ihr Leben auszulöschen.

»Ich werde mir etwas einfallen lassen, um einen Beschluss zu erwirken. Es könnte einen weiteren

Anschlag auf das Opfer geben. Gefahr… «, eine kurze Pause entstand, »lass mich mal machen.«

»Ich wusste, dass du dich einsetzen wirst«, Salvatores Stimme klang euphorisch.

»Keine Vorschusslorbeeren, aber ich denke, wenn ich das Argument anführe, dass wir mit ziemlicher Sicherheit denken, dass der Täter einen weiteren Anschlag plant und wir diesen dadurch nicht nur verhindern, sondern den Täter auf frischer Tat erwischen könnten…! Dann sollte ich einen Beschluss bekommen.«

»*Perfetto*!« Er machte eine Pause: »Paola, versuche es und gebe mir dann Bescheid. Dann setze ich die Techniker ran. Bis dann, *ciao*!«

Paola verabschiedete sich und überlegte bereits beim Auflegen, mit welcher Argumentation, sie am besten punkten konnte. Sie überflog noch einmal beide Akten, bevor sie zum Vice Questore ging. Lud noch einige Berichte in die entsprechenden Fälle, schaltete ihr Tablet ein und zog beide Akten darauf. Dann machte sie sich auf den Weg zum Vice Questore. Im Vorbeigehen an Marias Schreibtisch sagte sie ihr, dass sie zu Dal Molin wollte. Sie machte sich eiligst auf den Weg. Sie klopfte am Sekretariat an und trat hinein. Die Sekretärin des Vice Questore, Signora Silvia Ponte, begrüßte sie freudig.

»*Ciao*, Silvia! Wie geht es dir? Ist Dal Molin im Haus?«

»Ja! Er hat nur ganz kurz Zeit…«, sagte sie freundlich.

Mmh…dachte Paola, vielleicht gut…

»Dann gehe ich mal schnell zu ihm rein!«

»Mach das!«

Paola klopfte.

»Herein!«, ertönte es hinter der Tür, sie öffnete diese und atmete noch einmal tief durch.

»*Buongiorno*, Commissario! Ich hoffe, sie kommen mit guten Ergebnissen zu mir…«, sagte er freundlich.

»*Buongiorno,* Vice Questore!«

Dal Molin zeigte auf den Stuhl vor seinem Schreibtisch.

»Ich habe nicht sehr viel Zeit, lassen sie uns anfangen.«

Paola zog das Tablet hervor und informierte ihn über den aktuellen Ermittlungsstand. Jetzt folgte der heikle Teil des Gesprächs, irgendwie musste sie ihren Vorgesetzten davon überzeugen, einen Beschluss für das Krankenhaus zu erwirken. Kurzerhand überlegte sie sich folgende Taktik. Mit einfühlsamer Stimme wählte sie sorgfältig ihre Worte und sprach mit der Überzeugung einer gefühlvollen Mutter… Er hörte ihr andächtig zu. Dann kam sie zum entscheidenden Anliegen: »Vice Questore, ich sehe nur eine Möglichkeit, diesem armen Mädchen Gerechtigkeit zukommen zu lassen!«, sie setzte gekonnt eine

dramatische Pause, »wir brauchen einen Beschluss für die Computer des Krankenhauses.«
Dann wurde ihre Stimme wieder hauchzart und bekam etwas Mädchenhaftes: »Natürlich weiß ich, dass das nicht einfach ist, wahrscheinlich aussichtslos…«, ihre Stimme setzte sie gekonnt ein. Mit naiver heller Stimme begann sie den Satz, ebbte dann in einen verzweifelten Ton um und wurde leise. Zusätzlich verstärkte sie diese Stimmung, indem sie ihn mit einem Blick, der Ausweglosigkeit demonstrierte, anschaute.
Er sprang darauf an, denn prompt sagte er: »Nun ja, ich bin der Vice Questore!«, dabei bewegte er seinen Kopf, als Ausdruck dafür, dass er solch einen Beschluss doch mit Leichtigkeit auslösen konnte.

»Würden sie das veranlassen? Das wäre…«, sie schaute ihn mit großen Augen an. Hoffentlich ging ihre Taktik auf! Bevor sie weitersprechen konnte, fiel er ihr ins Wort: »Ich bitte Sie, natürlich…das veranlasse ich sofort.«
Paola schaute ihn dankbar an und sagte: »Vielen Dank! Durch Ihre Hilfe werden wir den Täter zur Strecke bringen können.«
Er winkte ab.
Doch insgeheim schmeichelte ihm diese Aussage nicht nur, er selbst empfand sich tatsächlich als Retter der Questura.
Sein Gesicht sprach Bände.

»Das ist doch meine Pflicht! Wenn ich dadurch den Fall zum Abschluss bringen kann. Gute Vorarbeit!« Sein Ton veränderte sich und schlug in eine überhebliche Wichtigkeit um, als er sagte: »Jetzt entschuldigen Sie mich, ich muss bei der Staatsanwaltschaft anrufen.«

Sie nickte ihm zu und verließ das Büro. Erleichtert trat sie hinaus. Signora Ponte nickte ihr zu und nahm das Telefon zur Hand, denn der Vice Questore klingelte bei ihr durch.

»*Sì!* Vice Questore! ... Ja, ich verbinde Sie!«

Sie schaute hoch zu Paola und flüsterte: »Gut gemacht!«, während sie die Nummer der Staatsanwaltschaft wählte.

Paola verließ mit einem Strahlen das Vorzimmer und machte sich auf den Weg zurück.

Es lief besser, als ich dachte, Paola ging zu Ispettore Nero und teilte ihr mit, dass Vice Questore Dal Molin gerade dabei war, einen Beschluss bei der Staatsanwaltschaft zu erwirken.

»Wie hast du das geschafft, sonst ist er doch eher zaghaft?«

Paola lächelte ihr zu: »Taktik!«

Maria schüttelte lachend den Kopf: »Ich frage nicht weiter! «

»Wann kommt der Freund von Laura Cantaneo?«, fragte Paola und schaute Maria neugierig an.

»Er müsste in einer halben Stunde da sein.«

»Gut, dann sage mir bitte Bescheid, wenn er da ist.«

»Wird gemacht!«, antwortete Maria.

Paola sah Assistente Mazzola an und fragte ihn: »Sind Sie weitergekommen mit dem Psychiater…«, ihr fiel schon zum zweiten Mal der Name nicht ein. »Sie meinen, Dottore Mantova, Commissario!«

Sie schaute Assistente Mazzola an, »Ja, den meine ich, ich verstehe gar nicht, warum ich mir den Namen nicht merken kann.«

»Denken sie an die Stadt!«, meinte der Assistente zu ihr.

»Sie haben Recht! Das wird mir helfen«, antwortete sie. Assistente Mazzola informierte sie über seine bisherigen Nachforschungen: »Ich habe einen privaten Anschluss gefunden, aber leider geht dort niemand ans Telefon, es ist kein Anrufbeantworter geschaltet. Ich habe eine Anfrage gestartet, ob er ein *telefonino* hat. Ich warte auf Nachricht.«

»Sobald sie etwas haben, geben sie mir Bescheid.«

Carlo Mazzola nickte ihr zu und sagte energisch

»Wird gemacht!«

Paola ging zurück in ihr Büro und rief bei ihrem Mann Francesco an. Nach dem dritten Klingelton hob ihr Mann etwas kurz angebunden ab.

»Oh, wenn ich dich störe, melde ich mich später.«

»Gib mir einen Moment, ich bin gerade zur Tür rein. Warte…«, Paola hörte ein Rascheln, offenbar hatte Francesco den Hörer auf den Tisch gelegt.

»Da bin ich… «, sagte Francesco mit einer deutlich freundlicheren Stimme als eben.

»Ich wollte mich bei dir für das leckere Frühstück bedanken.«

»*Mia cara*, das ist doch selbstverständlich. Wie kommst du voran?« Sie erzählte ihm, dass sie beim Vice Questore einen Beschluss in Auftrag gegeben hatte.

»Ich hoffe, unsere Klinikleitung macht euch keinen Strich durch die Rechnung.«

»Ach ja, das würde unnötige Zeit verstreichen lassen. Außer…«, sagte Paola und machte eine denkwürdige Pause: »Außer?«, fragte Francesco.

»Könntest du nicht vorab der Klinikleitung einen Hinweis geben, sagen wir mal… du hast dich gefragt, ach nein, da will ich dich nicht hereinziehen.«
Francesco lachte: »Ich bin nicht Dal Molin!«

»Was meinst du denn damit?«, fragte Paola aufgesetzt überrascht.

»Ich verstehe dich schon ganz gut.«

»Könntest du denn… Bestimmt würde die Klinikleitung dann auf den Beschluss kooperativ reagieren …«, Francesco grinste: »Du bekommst immer, was du willst, oder?«, Paola lächelte.

»Na ja, nicht immer, aber ein Versuch ist es doch wert.«

Francesco überlegte und sagte dann: »Ich schaue einmal! OK!«
Sofort sagte Paola: »Du bist ein Schatz!«
Francesco musste grinsen.
Sie redeten noch ein paar Minuten, dann sagte Francesco plötzlich: »Ich muss Schluss machen, es klopft an der Tür!«
Sie legten auf.

Paola ging noch einmal beide Taten durch.
Zwei völlig unterschiedliche Opfer. Es gab keinen Hinweis darauf, dass sie sich kannten. Wiederum gab es aber auch keine konkreten Anhaltspunkte dafür, dass beide unabhängig voneinander Feinde hatten. Ihr fiel wieder das Bild vom Sohn Professore Marinis ein. Seine Augen! Instinktiv griff sie zu ihrer Tastatur und gab den Namen Marini ein. Unzählige Einträge waren zu sehen, aber sie betrafen nur den Professore und seine Arbeit an der Universität. Sie scrollte die Einträge hinunter, nichts! Bevor sie die nächste Seite aufrufen konnte, klingelte ihr Telefon. Sie nahm den Hörer ab, es war Ispettore Nero.

»Unser Zeuge Tomaso Castorino ist da, kommst du?«

»Ich komme. «
Paola schloss das Browserfenster, nahm ihr Tablet in die Hand und lief zum Befragungsraum.
Sie öffnete die Tür.

Ein junger Mann, so etwa Ende zwanzig, mit kurzem Haar, hatte bereits Platz genommen. Ispettore Nero setzte sich gerade auf einen Stuhl. Paola legte das Tablet auf den Tisch und begrüßte den jungen Mann. »Mein Name ist Commissario Rossi! Wir haben einige Fragen an Sie. Doch zuerst, möchte ich Ihnen mein Beileid aussprechen zum Tod ihrer Freundin.«
Sichtlich ergriffen schaute Tomaso Castorino sie an, seine Trauer fraß ihn förmlich auf. »Wie kann ich Ihnen helfen? Ich… «, er fing zu stottern an, »weiß nicht, warum jemand so etwas macht? Sie war eine so freundliche Frau und gute Mutter. Ich kann es noch gar nicht fassen…«, er versuchte ruhig zu bleiben, doch seine Emotionen überwältigten ihn.
Ganz behutsam ergriff Paola das Wort und stellte ihm einige Fragen. Doch auch er kannte weder ein Motiv, noch wusste er, ob sie Ärger oder Streit mit jemanden hatte.

»Commissario, sie hat sich doch auch mit ihrem Ex-Mann Fabio geeinigt. Die beiden haben das Alte hinter sich gelassen und waren freundschaftlich verbunden, ich weiß wirklich nichts…«
Commissario Rossi gab nicht gerne zu, dass sie im Trüben fischte, doch sie konnte so viel fragen, wie sie wollte, es gab kein Motiv oder gar einen Verdächtigen.

»Hatten Sie das Gefühl, dass ihr Ex-Mann seine Tat bereut hat und er keinen neuen Groll auf sie hegte?«

Signor Castorino schaute sie überrascht an. »Nein, die beiden hatten sich geeinigt. Laura hatte mir noch gesagt, dass sie ein Gespräch mit dem Psychiater von Fabio haben wird. Sie war verwundert, aber wollte sich anhören, was er ihr sagen wollte.«
Paola wurde neugierig: »Und was hat sie gesagt, wie war das Gespräch mit dem Dottore?«
Tomaso schaute sie bedrückt an: »Das weiß ich leider nicht!«

»Wie meinen Sie das? «, fragte Commissario Rossi.
Der Zeuge Castorino musste sich sammeln: »Wir wollten uns erst …«, eine Welle von Tränen erwischte ihn eiskalt. Er musste einen Moment warten, dann sprach er weiter »am Wochenende treffen. Ich habe sie nicht telefonisch erreichen können; und jetzt ist sie tot!«
Er schüttelte sich und die beiden Polizistinnen schauten sich ratlos an.
»Es tut mir leid. Mir geht es nicht gut!«, sagte Tomaso Castorino an die beiden gewandt.

»Beruhigen sie sich erst einmal.«
Ispettore Nero gab ihm ein Taschentuch und hielt es ihm hin. Er wischte seine Tränen weg, nahm einen Schluck Wasser aus dem Glas, was vor ihm stand und atmete mehrmals kräftig ein und aus.

»Ich würde Ihnen so gerne helfen.«

»Wissen Sie, wann Laura mit Dottore Mantova gesprochen hat.«

»Meines Wissens am Dienstag, aber wie gesagt, ich konnte sie nicht erreichen und dann ist das Unglück passiert!«
Er atmete tief durch, um nicht gleich wieder in Tränen auszubrechen.
Paola fragte nach: »Am 29.05. also?«, Signor Castorino nickte.
Ispettore Nero machte sich eine kurze Notiz.
Paola ergriff das Wort: »Signor Castorino, danke, dass Sie gekommen sind. Nur noch eine Frage der Form halber, wo waren Sie zur Tatzeit…«
Tomaso Castorino erkundigte sich, wann der genaue Tatzeitpunkt war und antwortete dann, dass er mit seinem Chef auf der Möbelmesse war. Zur Tatzeit saßen sie an der Bar des Hotels. Er zog eine Quittung heraus und übergab sie Commissario Rossi. Das Hotel lag knapp 300 km entfernt vom Tatort. Sie nahm den Beleg und übergab ihn Ispettore Nero zur Überprüfung.

»Falls Ihnen doch noch etwas einfällt, melden Sie sich bitte bei uns.«
Sie reichte ihm ihre Karte.
Dann verabschiedeten sie sich. Paola ging mit Maria zum Büro zurück. Als sie am Schreibtisch von Ispettore Nero ankamen, fragte Paola Assistente Mazzola, ob er schon Dottore Mantova erreichen konnte. Doch er schüttelte den Kopf. Es war wie verhext, alles zog sich hin und es gab keine Hinweise… auf gar nichts! Diese Situation belastete

Paola, sie war entnervt. Vor morgen, konnte sie auch nicht mit der Verwandten der Angelos sprechen, um vielleicht einen neuen Hinweis zu bekommen. Irgendetwas…

Sie ging in ihr Büro.

Wie sollte sie weiter vorgehen?

Sie schaute sich die Tatortfotos an, doch es war nichts Ungewöhnliches zu sehen. Dann ging sie die Zeugenbefragungen durch. Bis auf die Tatsache, dass es sich wahrscheinlich um ein- und denselben Täter handeln könnte, gab es keine Anhaltspunkte. Ihr Telefon klingelte und holte sie aus ihren trüben Gedanken heraus.

»Commissario Rossi am Telefon!«

»Hier ist Silvia, wir haben den Beschluss für das Krankenhaus!«

Das ging schnell, dachte sich Paola.

»*Perfetto!* Ich komme gleich vorbei und hole ihn mir ab. *Grazie!*«

Silvia Ponte antwortete freundlich: »Nicht dafür! Bis gleich!«, und legte auf.

Paola hoffte mit diesem Beschluss eine neue Spur finden zu können. Sie ging zu Maria Nero. Beide machten sich auf den Weg, holten den Beschluss ab und fuhren dann gemeinsam zum Krankenhaus. Auf dem Weg dorthin unterhielten sie sich über das bevorstehende Wochenende.

»Francesco hat Bereitschaftsdienst, viel planen können wir nicht«, sagte Paola zu Maria, »aber was

hältst du davon, wenn du spontan morgen vorbeikommst. Wir trinken etwas, essen eine Kleinigkeit und bei schönem Wetter springen wir in den Pool? Sollte Francesco plötzlich los, können wir es uns doch noch gemütlich machen.«
Maria antwortete spontan: »Das ist eine super Idee. Ich bringe etwas mit!«

»Prima! So, jetzt müssen wir nur noch einen Parkplatz finden und dann kann es losgehen. Ich bin gespannt, was uns gleich erwartet«, sagte Paola.
Einen Parkplatz zu finden, war ziemlich mühevoll, doch nach einigem Suchen konnten sie endlich in einer freien Parklücke einparken.

Die beiden Polizistinnen stiegen aus und liefen zum Haupteingang des Krankenhauses. Als der Fahrstuhl im obersten Stockwerk hielt, gingen sie zielstrebig zur Verwaltung. Als sie im Zimmer ankamen, zückten sie ihre Dienstausweise und stellten sich vor. Sie mussten einen Moment warten und nahmen im Vorzimmer Platz. Keine fünf Minuten später wurden sie hereingebeten. Die Klinikverwaltung wurde durch Signor Tozzi vertreten. Ein etwas untersetzter Mann, Mitte fünfzig, grau gewelltes Haar und einem freundlichen offenen Blick. Commissario Rossi begann mit ihren Ausführungen und zog dann den Beschluss der Staatsanwaltschaft heraus.

»Wir setzen auf ihre Kooperation…«, sagte Paola und setzte ihr freundlichstes Lächeln auf. Nach einer

Weile stellte sie fest, dass das gar nicht vonnöten gewesen wäre, denn Signor Tozzi hatte nicht vor, Einwände zu erheben, stattdessen bot er ihnen jegliche Hilfe an, damit die Klinik nicht in die Schlagzeilen geriet.

»Ich möchte verhindern, dass womöglich ein weiterer Anschlag, das Leben von Clarissa Angelo nicht nur gefährden, sondern womöglich auslöschen könnte«, sagte er zu den beiden Beamtinnen.

Auf so viel Kooperationsbereitschaft hatte selbst Paola nicht zu hoffen gewagt. Er nahm das Telefon zur Hand und wählte die IT – Abteilung, um den Abteilungsleiter zu sich kommen zu lassen. Ispettore Nero ließ sich seine Karte geben und besprach schon einmal das weitere Vorgehen. Paola plauderte derweil mit dem Verwaltungschef und nach kurzer Zeit ahnte sie, worauf seine Kooperationsbereitschaft, zurückzuführen war. Sie hatte es Francesco zu verdanken! Nach einer guten halben Stunde war das Gespräch beendet und sie verabschiedeten sich. Kaum, dass sie wieder vor der Tür standen, sagte Maria ihrer Chefin: »Das ist ja gut gelaufen! Darf ich raten, du hast vorher Francesco ins Boot geholt?« Paola machte einen Blick, der aussah wie:

Ich bin mir keiner Schuld bewusst… Vielleicht…

Bevor Paola antworten konnte, sprach Maria das aus, was sie sich auch wünschte: »Hauptsache, wir bekommen endlich eine Spur, das wünsche ich mir!«

Paola zwinkerte ihr zu: »Du meinst, der Zweck heiligt die Mittel?«

»So ungefähr«, antwortete Maria spontan.

»Wie spät ist es?«, fragte Paola mehr zu sich selbst, denn sie schaute auf ihre Uhr.

»Kurz nach halb drei, komm lass uns auf die Station von Clarissa Angelo gehen. Vielleicht kann ich kurz mit Francesco sprechen.«

»Na klar, wir sind gut in der Zeit und vielleicht gibt es etwas Neues.«

Die beiden bestiegen den Fahrstuhl und drückten auf den Knopf des dritten Stocks. Sie stiegen aus und liefen zum Dienstzimmer und klopften an.

»Herein!«, rief eine Stimme.

Paola öffnete die Tür und sah ihren Mann vor einem Wust von Papieren sitzen.

»*Ciao*, Bella, das ist eine schöne Überraschung!«

Im nächsten Augenblick sah er Ispettore Nero ebenfalls zur Tür hereinkommen.

»Ihr seid dienstlich da? Lasst mich raten, ihr wart bei der Klinikleitung?«

Paola nickte ihm zu.

»Deinem Gesicht entnehme ich, dass alles wie am Schnürchen lief?«, fragte Francesco sichtlich amüsiert seine Frau. »Ich hatte das Gefühl, Signor Tozzi hatte vorher ein Briefing?«, dabei lächelte sie ihn an.

»Na ja, so könnte man es nennen. Ich habe nur zu Bedenken gegeben, wie unangenehm es werden könnte, sollte ein weiterer Anschlag auf das Leben unserer Patientin… «, er ließ sich Zeit mit den letzten Worten, »Erfolg haben!«

Paola warf ihm einen Handkuss zu.

»*Grazie, Amore!* «

»Ich möchte gerne alles dafür tun, dass wir in Ruhe auf dieser Station arbeiten können und nicht das Leben unserer Patienten in Gefahr bringen«, erwiderte Francesco.

»Gibt es Neuigkeiten zum gesundheitlichen Zustand von Clarissa?«, fragte Paola ihn.

»Wir haben mit der Aufwachphase des künstlichen Komas angefangen. Ich hoffe, dass wir nicht mehr allzu lange warten müssen. Die Gefahr von Folgeschäden steigt natürlich, umso länger sie im Koma liegt.«

Paola fragte: »Weißt du, ob ihre Eltern da sind?«

Er bejahte.

Daraufhin beschloss Paola kurzerhand mit den Eltern zu sprechen. Ispettore Nero wollte mit dem Beamten sprechen, der das Zimmer bewachte.

»Ich komme gleich noch einmal zu dir«, sagte Paola, als sie aus dem Zimmer ging.

»Bis gleich«, rief er ihr hinterher.

Paola sah sich zuerst im Flur um. Dort waren sie nicht, dann sah sie die Eltern im Wartebereich sitzen.

»*Buongiorno,* Signora und Signor Angelo. Wie geht es Ihnen?«

Die Eltern freuten sich Commissario Rossi zu sehen und gaben ihr zur Begrüßung die Hand.

»*Buongiorno,* Commissario!«, sagte Mario Angelo, seine Frau nickte Paola zu und sprach: »Schön, Sie zu sehen!«

Paola erzählte den Eltern, dass sie eine neue Spur verfolgten und sie sich davon erhofften, den Täter zu entlarven. Genaueres sagte sie natürlich nicht, denn es ging um eine laufende Ermittlung.

»Morgen kommt Ihre Verwandte aus *Milano* zu Ihnen?«, fragte Paola die Eltern von Clarissa.

Sie nickten.

»Es wäre schön, wenn wir schnellstmöglich mit ihr sprechen könnten. Wären Sie so freundlich ihr das auszurichten.«

»Natürlich!«, erwiderte Mario Angelo.

Sie unterhielten sich noch für einen Moment.

»Ich drücke fest die Daumen, dass Ihre Tochter ganz bald aufwacht und es ihr gut geht.«

Paola verabschiedete sich von den Eltern und lief zurück zum Dienstzimmer ihres Mannes. Die Tür stand einen Spalt offen und so huschte sie rasch hinein. Sie gab ihrem Mann einen dicken Kuss und verschwand kurze Zeit danach mit Ispettore Nero Richtung Questura. Noch vom Auto aus rief sie bei Salvatore Torri an.

»*Ciao,* Salvatore, ich habe dich auf Lautsprecher, Maria sitzt neben mir: »*Ciao!* Ihr Beiden, habt ihr etwas für mich?«, fragte er neugierig.

»Wir haben etwas…! Maria schickt dir gleich die Nummer des IT-Menschen aus der Klinik. Wir haben den Beschluss und die Klinikverwaltung zeigt sich kooperativ.«

Freudig sagte Salvatore: »Gut! Maria, schick mir bitte die Nummer zu, ich spreche gleich mit unseren Technikern. Das ging ja schneller, als ich dachte. Hoffentlich bekommen wir jetzt eine Spur! Ich danke euch!«

»Gern geschehen…«, sagten Paola und Maria fast zeitgleich.

Das letzte Stück bis zur Questura ging schnell und so konnten Paola und Maria wieder an ihre Schreibtische zurück. Paola arbeitete noch zwei Stunden, dann überlegte sie nach Hause zu fahren. Sie packte ihre Sachen zusammen, ging aus ihrem Büro und verabschiedete sich bei Maria und den anderen Kollegen.

19

Susanna Angelo saß mit ihrem Mann Mario im Wartebereich, auf dem Flur der Station, des Krankenhauses. Sie hatten sich beide einen *caffè* geholt und eine kleine Pause abgehalten, bevor sie wieder in das Zimmer ihrer Tochter wollten.

»Commissario Rossi macht einen patenten Eindruck. Eine sehr freundliche Frau, ich habe das Gefühl, dass sie alles unternehmen wird, die Tat an unserem Engel aufzuklären!«

Mario nickte seiner Frau zu.

»Wir haben Glück mit ihr, das finde ich auch, mein Schatz!«, sagte er zu ihr.

»Ich frage mich die ganze Zeit, was Clarissa mir erzählen wollte, aber auch deine Cousine Gina wusste nicht so recht, um was es gehen könnte?«, fragend schaute sie ihren Mann an.

»Hast du eine Idee, Mario?«

Er schüttelte den Kopf.

»Nein, ich kann mir keinen Reim darauf machen. Aber sie hat doch gesagt, dass es sich um etwas mit dem Professore handelt, war das nicht so?«

»Nicht direkt, sie hat von ihren Kommilitonen erzählt und von ihrem Professore…«

Mario Angelo stutzte: »Mmh … vielleicht hat der Professore schlechte Zensuren vergeben. Ach, es muss doch etwas sein. Meinst du, der Professore ist unserer Clarissa zu nah gekommen?«

»Wir müssen warten, bis Clarissa aufwacht. Wer weiß, was sie damit meinte. Hoffentlich passiert das bald und die Ungewissheit hört auf«, erwiderte seine Frau Susanna.

»Ich habe mir immer wieder diese Fragen gestellt und komme auf keine Antwort, aber der Professore und unsere Clarissa? Nein, Mario, das glaube ich nicht!«

Mario Angelo trank seinen *caffè* aus und legte den leeren Becher in den Mülleimer, der neben den Stühlen stand. Er wirkte sehr angespannt und unruhig. Seine Frau Susanna sah das, leerte auch ihren *caffè* aus und sagte: »Lass uns zu Clarissa gehen, ich singe ihr etwas vor, vielleicht hört sie das und kommt zurück zu uns ins Leben!«

Die beiden standen auf und gingen den Flur zum Zimmer ihrer Tochter hinunter. Sie sprachen noch ein paar Worte mit dem diensthabenden Beamten, der vor der Tür von Clarissa aufpasste. Dann betraten sie ganz leise das Zimmer.

Clarissa sah aus, als würde sie friedlich schlafen. Sie lag noch genauso da, wie tags zuvor. Susanna Angelo holte sich einen Stuhl heran, setzte sich an die linke Seite des Bettes, und drückte die Hand ihrer Tochter. Dann fing sie leise zu singen an. Mario Angelo stand am Fußende des Bettes und schaute seine Frau an.

Gott! Wenn du mich hörst, lass unsere Clarissa wieder wach werden! Bitte! Ich flehe dich an!

Mario Angelo hatte seine Hände gefaltet, als er dieses Stoßgebet gen Himmel schickte. Diese Ohnmacht und Hilflosigkeit machten ihm sehr zu schaffen. Er sah seiner Frau an, dass es ihr, genauso erging. Die Stimme seiner Frau fiel während des Singens immer wieder in sich zusammen. Er war doch der Vater, der Ehemann, er musste doch eine Lösung finden und seine zwei Lieben beschützen. Diese Gedanken, die er hatte, waren irrational. Trotzdem war er so in seiner Trauer gefangen, dass er sich in gewisser Weise schuldig fühlte, obwohl das völliger Unsinn war. Seine Augen wurden feucht. Unwillkürlich drehte er sich um, damit seine Tochter es nicht sehen konnte. Doch im selben Augenblick hämmerte die Gewissheit wieder auf ihn ein, dass seine Tochter im Koma lag.

Diese emotionale Anspannung hatte auch Francesco gespürt und beiden bereits mehrmals dringend geraten, eine Pause einzulegen, um zur Ruhe zu kommen. Doch sowohl Susanna, als auch ihr Mann Mario hatten immer wieder abgelehnt und gesagt: »Wir waren schon nicht bei ihr, als sie überfallen wurde. Wir müssen jetzt bei ihr sein und sie beschützen.«
Was sollte Francesco angesichts dieser Tatsache dazu sagen, er würde als Vater auch nicht anders handeln

und so nickte er den beiden jedes Mal aufs Neue zustimmend zu.
Im Krankenzimmer war es ganz still.
Susanna Angelo beugte sich über ihre Tochter und küsste sie auf die Stirn. Dann streichelte sie ihr erneut über die Hand und flüsterte: »Meine Clarissa, hier ist deine *Mamma*, wach doch bitte auf.«
Mario Angelo war so in seinen Gedanken versunken, dass er fast ein wenig erschrak, als seine Frau zu sprechen anfing. Die Mutter drückte die Hand der Tochter noch einmal. »Bitte Clarissa, wache auf, mein Kind!«
Der Schmerz der Mutter brach erneut auf. Ein ganz leises unterdrücktes Schluchzen war zu hören. Die Mutter nahm ihre eigene Hand, die eben noch auf der rechten Hand der Tochter lag, und holte ein Taschentuch aus ihrer Hosentasche hervor. Sie wischte damit die Tränen fort.
Plötzlich passierte es, die Mutter sah es nicht, denn sie war mit dem Abwischen ihrer Tränen beschäftigt.

»Clarissa, hörst du uns?«, brach die Stimme des Vaters in die Stille des Krankenzimmers hinein.
Susanna Angelo zuckte zusammen und schaute zu ihrem Mann. »Da! Sieh nur!«, er zeigte mit seinem Finger auf die Hand der Tochter.
Susanna Angelo schaute perplex.
Doch dann sah sie, was ihr Mann meinte: Clarissa hob und senkte den kleinen Finger der rechten Hand.

Erleichterung war das erste, was in der Stimme der Mutter von Clarissa zu hören war: »Clarissa, Schatz, du kannst mich hören?«, während sie dies sagte, streichelte sie ganz behutsam über die Hand der Tochter. Mario Angelo hielt es nicht länger am Fußende des Bettes aus.

Er lief zur Tür und rief seiner Frau zu: »Ich hole Dottore Rossi, das muss er sehen!«

Kurze Zeit danach kehrte er gemeinsam mit Francesco an das Krankenbett seiner Tochter zurück.

»Dottore! Sie hat den kleinen Finger bewegt!«, sagte Susanna Angelo ganz aufgeregt, als der Dottore zur Tür hereinkam.

Ganz professionell sagte Francesco: »Ich würde sie gerne untersuchen und einige Tests machen.«

Die Mutter nickte und stand sofort auf und lief zum Fußende des Bettes. Ihr Mann Mario kam auf sie zu. Sie hielten sich an den Händen und schauten aufgeregt zu, als Dottore Rossi mit seiner Untersuchung begann.

Tatsächlich, der kleine Finger hob und senkte sich.

Ruhig und besonnen sprach Francesco zu seiner Patientin. »Hallo, Clarissa, mein Name ist Dottore Rossi, wenn Sie mich hören können, heben Sie noch einmal den kleinen Finger der Hand.«

Erneut hob und senkte sich der Finger.

Francesco drückte die Hand von Clarissa und sagte gleichzeitig: »Wenn Sie den Druck meiner Hand

spüren können, drücken Sie so fest sie können meine Hand!«
Es dauerte ein bis zwei Sekunden, dann spürte Francesco einen leichten Druck an seiner Hand. Erleichtert drehte sich der Arzt zu den Eltern um und nickte ihnen stumm zu.
Francesco drückte den Alarmknopf.
Er rief eine Krankenschwester zu sich. Dann wandte er sich zu den Eltern und sprach: »Darf ich Sie bitten kurz vor der Tür zu warten! Wir werden jetzt das Beatmungsgerät entfernen. Bleiben Sie vor der Tür, wir holen Sie danach gleich wieder herein.«
Die Eltern waren völlig aufgewühlt und durcheinander. Endlich schien das Warten ein Ende zu haben. Sie gingen zur Tür hinaus. Im nächsten Augenblick stand eine Krankenschwester im Zimmer und assistierte Dottore Rossi.
Clarissa öffnete ganz langsam ihre Augen.
Das Beatmungsgerät wurde entfernt.
Clarissa schaute verwirrt um sich.
Francesco beugte sich zu ihr und sprach langsam und deutlich. »Sie sind im Krankenhaus. Sie wurden überfallen und haben im Koma gelegen. Können Sie mich verstehen?«
Clarissa blinzelte mit den Augen.

»Gut! «, sagte Francesco zu ihr.

»Können Sie mit mir sprechen?«, fragte er Clarissa. Sie formte ganz langsam ihren Mund und ein leises »*Sì!*«, war zu hören.

Francesco machte weitere Untersuchungen. So wie es aussah, hatte sie die Operation gut überstanden. Anhand der ersten Untersuchungen, die Francesco durchführte, schienen keine Bereiche des Gehirns irreversible Schäden aufzuweisen. Doch eine genaue Diagnose konnte er erst nach Abschluss weiterer Tests mit Bestimmtheit stellen. Jetzt sollte Clarissa erst einmal zur Ruhe kommen.

»Ruhen Sie sich jetzt erst einmal aus. Das war alles sehr anstrengend für Sie. Ihre Eltern sind hier. Sie warten vor der Tür.«

Clarissa sagte ganz schwach: »Kann ich sie kurz sehen, bitte!«

Francesco nickte ihr zu, »aber nur für einen Moment! Sie sollen sich nicht überanstrengen.«

Clarissa hauchte: »Danke!«

Die Krankenschwester öffnete die Tür und ließ die Eltern von Clarissa hinein.

»Nur einen kurzen Moment, ihre Tochter braucht jetzt Ruhe. Ich lasse sie allein, kommen Sie danach bitte in mein Dienstzimmer!«, sagte Francesco zu den Angelos.

Die Eltern dankten ihm und er ging leise aus dem Zimmer und schloss die Tür hinter sich zu. Erleichtert stieß er einen Seufzer aus, als er vor der Tür stand. Der Beamte, der vor dem Krankenzimmer auf dem Stuhl saß, schaute ihn fragend an.

»Ihr Opfer hat soeben das Bewusstsein wiedererlangt. Sie ist aber noch zu schwach, um

befragt zu werden. Sie braucht jetzt absolute Ruhe. Ihre Eltern kommen auch gleich wieder heraus.«
Auf dem Gesicht des Beamten war ein Strahlen zu sehen. »*Madonna!*«, stieß er aus. »Das haben Sie gut gemacht, Dottore!«
Francesco nickte ihm erleichtert zu. Dann ging er in sein Dienstzimmer und schenkte sich einen *caffè* ein. Er ließ sich auf seinen Stuhl fallen und die Anspannung der letzten halben Stunde, fiel langsam von ihm ab.
Er dachte: *So wie es aussieht, hat sie es geschafft! Auf den ersten Blick sieht alles gut aus! Alles andere wird man sehen!*

Francesco nahm einen großen Schluck von seinem *caffè* und freute sich, dass Clarissa Angelo das Bewusstsein wiedererlangt hatte. Er genoss diesen Augenblick. Nach fünf Minuten klopfte es an seiner Tür. Bestimmt die Eltern von Clarissa Angelo, dachte Francesco.

»Herein! «
Sie waren es!
Susanna Angelo lief zum Schreibtisch von Dottore Rossi. Er stand auf und voller Emotionen umarmte Signora Angelo den Dottore. »Ich danke Ihnen von Herzen! Sie haben meiner Clarissa zurück ins Leben geholfen. Wir werden es nie vergessen, was Sie für uns getan haben.«
Überwältigt von diesen Emotionen, stand er für einen Moment sprachlos vor ihr.

»Signora Angelo, sehr, sehr gerne. Das Schicksal Ihrer Tochter, ich bin ehrlich, ging mir sehr nahe. Ich bin froh, dass es gut ausgegangen ist. Nehmen Sie Platz!«
Susanna setzte sich auf einen Stuhl, ihr Mann Mario saß bereits.

»Auch von mir, Dottore, Sie haben unserer Clarissa ein zweites Leben geschenkt. Vielen Dank!«

Alle Beteiligten schauten sich an, für einen kurzen Moment war eine besondere Stille im Raum wahrzunehmen.

Francesco ergriff das Wort: »Ich habe vorhin erste Untersuchungen durchgeführt. Wir können schon einmal Schäden im Bereich des Temporallappens, des Hinterhauptlappens und des Kleinhirns ausschließen. Alles andere werden wir zeitnah untersuchen. Falls Clarissa bestimmte Dinge nicht mehr weiß, zum Beispiel zum Tathergang des Überfalls, so muss das nicht heißen, dass das für immer so bleibt. Wir müssen jetzt erst einmal abwarten. Sie scheint auf dem besten Weg zu sein. Ich bin sicher, sie hat das Gröbste überstanden.«
Sichtlich erleichtert und froh schauten Susanna und Mario Angelo den Dottore an. Nachdem sie sich noch eine Weile ausgetauscht hatten, gingen die Eltern von Clarissa Angelo frohen Mutes aus dem Dienstzimmer. Das erste Mal nach dem Überfall, dass

sie Zuversicht spürten. Den gut gemeinten Rat des Arztes, sich jetzt für ein paar Stunden auszuruhen, nahmen sie sich zu Herzen und fuhren nach Hause. Francesco ordnete die Informationen der letzten Stunden in seinem Kopf und war sichtlich froh, dass endlich Entwarnung bei der Patientin Clarissa Angelo in Aussicht stand. Freudig griff er zum Hörer des Telefons, um seiner Frau davon zu berichten. Doch nach dem vierten Klingeln, hörte er nur die Stimme eines Mannes. »Sie sind verbunden mit der Questura von Verona, sie sprechen mit Assistente Mazzola.«

»*Buongiorno* Assistente Mazzola, hier spricht Dottore Rossi, ist meine Frau zu sprechen?«

»*No!* Sie hat vor ein paar Minuten das Haus verlassen und hat sich für heute verabschiedet.«

»Verstehe! Haben Sie vielen Dank. *Addio*!«
Francesco probierte danach seine Frau auf dem *telefonino* zu erreichen und hatte Glück.

»*Ciao*, Francesco! Wie schön! Ich bin auf dem Weg nach Hause… «, dann erzählte Francesco ihr von der neuesten Entwicklung seiner Patientin Clarissa Angelo. »Daher komme ich etwas später«, sagte Francesco zu ihr.

»Das verstehe ich, *mio caro*! Mach weitere Untersuchungen. Ich freue mich so sehr für Clarissa und natürlich auch für ihre Eltern. Hoffentlich wird Clarissa auch das erlebte Trauma des Überfalls gut überstehen«, meinte Paola eher fragend zu ihm.

»Man wird sehen, inwieweit sie sich überhaupt an die Ereignisse des Überfalls erinnern kann. Auf der einen Seite wünsche ich ihr sogar, dass sie keine Erinnerung daran hat, aber, wir werden sehen. Gehst du bitte etwas einkaufen, Paola! Ich schaffe es nicht. Unsere Kinder werden sicherlich schon mit knurrenden leeren Mägen auf Futternachschub warten«, sagte Francesco lachend.

»Na klar! Hast du einen besonderen Wunsch…«

Die beiden gingen alle möglichen Speisen durch, doch zu guter Letzt, meinte Paola: »Ich lass mir etwas einfallen. Melde dich, bevor du losfährst. Ich liebe dich. *Bacio*«

»Ich dich auch! *Ciao, cara*!«

Sie legten auf.

Paola brauchte nur noch ein paar Minuten, dann stand sie vor ihrem Haus. Die Sonne schien noch immer, obwohl es bereits später Nachmittag war. Sie ging ins Haus und begrüßte ihre Kinder. Sie saßen am Tisch und machten etwas für die Schule. Paola drückte beide und sie sprachen von ihren schulischen Erlebnissen des Tages.

»Sagt mal, wollen wir nach Sirmione fahren und dort essen gehen?«

Die Kinder schauten sie an, lachten los und antworteten: »Ja!«

Sie packten ihre Schulsachen zusammen und flitzten schnell in ihre Zimmer.

Giulia zog sich ein neues Kleid an. Als sie damit langsam die Treppe hinunterlief und Paola sie ansah, musste sie wehmütig feststellen, dass ihre Tochter langsam eine junge Frau wurde.

»Du siehst so zauberhaft aus, meine Süße.«

Giulia kam unten am Treppenabsatz an und drehte sich erst einmal. »Findest du?«, fragte sie ganz kokett.

»Ja! Das finde ich. *Bella Signorina*!«

Paola schmunzelte.

Jetzt ging es also los. Bald schon würden die Jungs Schlange stehen, um mit ihrer Tochter auszugehen,

Giulia hatte brünette lange lockige Haare. Ihr Gesicht sah wie gemalt aus. Durch die Sonne hatte sie ganz winzig kleine Sommersprossen unterhalb ihrer Augen. Ihre Tochter hatte sich ganz zart geschminkt und sah einfach hinreißend aus. Dann hörte sie, wie ihr Sohn Luca auf der Treppe stand und nach unten lief. Luca hatte sich seine dunklen Haare leicht mit einem Gel gestylt. Er trug ein helles Polo Shirt und eine dreiviertel lange dunkelblaue Hose.

Toller Typ, dachte Paola, als sie ihn betrachtete.

Jetzt habe ich schon so große Kinder, wie die Zeit vergeht.

Bevor sie in Melancholie verfallen würde, wollte sie sich lieber mit ihren Kindern auf den Weg machen.

»Sirmione, wir kommen!«, rief sie aus und alle drei machten sich auf den Weg zum Wagen.

»Wisst ihr was, lasst uns die Fähre nehmen.«

Paola schaute beide erwartungsvoll an. Begeisterung sah anders aus, aber nach einer Weile, fanden sie die

Idee *ganz cool!* Der Weg zur Fähre war tatsächlich nicht so weit und beim Laufen des Weges, überlegten sie, ob sie das *Aliscafo,* ein Schnellboot, noch rechtzeitig erreichen könnten. Das ganze Brimborium rund um das Ablegen des Tragflächenbootes war alleine schon den Aufpreis wert. Die Kinder liebten es und Paola insgeheim auch. Wenn das Schiff kurz nach dem Ablegen durchstartete und sich dann der Bug emporhob, das hatte etwas. Alle drei beeilten sich und kamen rechtzeitig am Hafen an. Das *Aliscafo* war gerade dabei, das Anlegemanöver an der Kaimauer, einzuleiten. Paola kaufte schnell die Karten und überlegte für den Rückweg ein Taxi zu spendieren. Giulia und Luca stellten sich bereits zum Einsteigen an.

Mit den Karten in der Hand, ging Paola zu ihnen.

»Da haben wir Glück gehabt, Kinder!«, sagte sie zu den beiden.

Nach und nach stiegen die Passagiere aus und dann durften die Wartenden in Desenzano das *Aliscafo* betreten. Die Kinder suchten sich jeweils einen Fensterplatz aus und Paola setze sich zu Giulia. Nach einer Weile waren alle Passagiere an Bord und das Ablege Manöver begann. Sie genossen die Fahrt. Paola schaute aus dem Fenster und erfreute sich an der rasanten Fahrt über das Wasser. Sie beobachtete wie die Sonnenstrahlen in den Wellen glitzerten. Dann fiel ihr Clarissa Angelo ein. Auch da hatte das Schicksal ein gutes Ende gefunden! Jetzt stand ihrer

Genesung nichts mehr im Weg. Nun fehlte Paola nur noch eine zündende Idee, um den Täter zur Strecke zu bringen. Doch die Gedanken an Clarissa zogen wieder fort. Sie hatte Feierabend und wollte die Zeit gemeinsam mit ihren Kindern genießen. Nach ein paar Minuten sah man bereits Sirmione. Eine Halbinsel am Südufer des Lago di Garda. Der Hafen rückte immer näher. Die Häuser rund um die Piazza sahen aus wie die Kulisse einer Oper. Ein zauberhafter Ort, mit dem Paola viele wunderschöne Erinnerungen knüpfte. Das *Aliscafo* drosselte die Fahrt und das Anlegemanöver begann. Nach einer Weile stiegen Paola und die Kinder aus. Sie liefen erst einmal die Piazza entlang und kauften sich ein leckeres Eis. Paola schaute sich die Boutiquen und Geschäfte an, die zahlreich in der wunderschönen Altstadt Sirmiones vorhanden waren, bevor sie ihren Weg zu ihrem Lieblingsrestaurant ›*La Botte*‹ fortsetzten. Doch an der nächsten Ecke sah Giulia etwas so Wunderschönes, dass sie bettelnd vor ihrer Mutter stehenblieb und mit zuckersüßer Stimme sagte: »Siehst du den Rock da. Bitte *Mamma*! Lass uns rein.«

Paola lachte: »Na gut!«, dann sah sie sich nach Luca um.

»Luca, wir gehen kurz hier in das Geschäft rein, wartest du?«

Neben der Boutique sah Luca eine Vitrine eines Spielzeuggeschäfts. Er traute seinen Augen kaum und lief näher heran. Dort lagen Zauberstäbe, Umhänge, Kartenspiele und vieles mehr. Er war ein großer Fan dieser Zauberer Saga. Obwohl Luca kein großer Bücherleser war, hatte er jedes Buch dieser Reihe mit großer Freude verschlungen. Als die Bücher verfilmt wurden, war Luca der Erste an der Kinokasse.

»Ich bleibe hier und warte auf euch.«

Er betrachtete noch eine Weile die Auslage der Vitrine, während seine Mutter und seiner Schwester in der Boutique verschwanden. Nach einer gefühlten Ewigkeit beschloss Luca nach den beiden zu schauen; das war gut, denn seine Mutter und seine Schwester waren dabei, den ganzen Laden leer zu kaufen.

»Ihr wolltet doch nur nach einem Rock schauen?«, sagte er etwas entnervt zu seiner Mutter, »Ich habe Hunger!«

Paola machte einen Schmollmund und verdrehte die Augen. »Wir probieren nur noch etwas an. Versprochen!«

Luca schüttelte den Kopf und sagte nur: »Frauen!«

Dann setzte er sich auf einen Stuhl und wartete weitere fünf Minuten. Paola kam freudestrahlend auf ihn zugelaufen.

»Wir sind fertig! Ich muss nur noch zahlen und dann gehen wir essen.«

»Na, hoffentlich!«, rief er schroff hinterher.

Paola schaute ihn an, lächelte, und hielt die gesammelten Kleidungsstücke in der Hand. Er sah, dass sie damit endlich zur Kasse lief. Es gab nicht nur

einen Rock für Giulia, auch noch ein Kleid und zwei Shirts. Paola hatte einiges anprobiert und sich dann für ein sommerliches Kleid mit einem raffinierten Rückenausschnitt entschieden. Voll bepackt mit ihren Einkaufsschätzen, verließen alle drei die Boutique. Sie machten sich rasch auf den Weg und bekamen im Innenhof, des Restaurants, einen Tisch. Paola bestellte für sich einen *vino rosato.* Für die Kinder eine große Flasche Mineralwasser, sowie eine große Vorspeisenplatte für drei Personen. Langsam hellte sich auch die Stimmung von Luca wieder auf. Sie hatten einen schönen Abend und viel Spaß. Als Hauptgang entschieden die Kinder sich für eine Pizza und Paola bestellte ihr Lieblingsessen: *Scaloppina al limone.* Als Beilage wählte sie Rosmarinkartoffeln und *Spinaci al burro.* Alle drei schlemmten und amüsierten sich prächtig. Zum Abschluss aßen die Kinder ein *gelato* und Paola bestellte sich einen *caffè corretto,* ein Espresso mit einem Schuss Grappa.
Sie lachten, als sie aus dem Restaurant kamen. Plötzlich klingelte ihr *telefonino.* Im ersten Moment erschrak Paola, denn sie dachte, hoffentlich war es kein dienstlicher Anruf, aber auf dem Display war der Name ihres Mannes zu sehen.

»*Ciao,* Francesco«, hauchte sie in ihr *telefonino*, »wobei störe ich dich denn gerade?«, fragte er amüsiert zurück.

»Wir haben einen Ausflug nach Sirmione gemacht und einen Einkaufsbummel«, antwortete sie mit leicht beschwipster Stimme.

»Wo seid ihr jetzt?«

»Gerade noch in der Altstadt, wir haben dir etwas zu essen mitgebracht.«

Francesco überlegte und sagte dann: »Wartet vorne am Eingang der Altstadt auf mich, ich bin gleich da.«

Paola und die Kinder liefen gemütlich durch die Altstadt und als sie gerade den großen Parkplatz hinter sich gelassen hatten, kam ihr Mann vorgefahren. Sie stiegen schnell ein, Francesco drehte an der nächsten Möglichkeit um, und so fuhren sie gemeinsam nach Hause. Es war dann doch schon ziemlich spät, als sie Zuhause ankamen. Die Kinder rannten schnell hoch, machten sich fertig und gingen schlafen.

Paola und Francesco machten es sich noch auf der Terrasse gemütlich. Francesco packte sein Essen aus: *Scoglia alla grilla* und dazu einen *Insalata mista.*

»Das ist eine gelungene Überraschung«, sagte er zu Paola. Beide freuten sich, dass der Tag so viele positive Wendungen genommen hatte. Sie unterhielten sich noch über Clarissa Angelo, doch nach einer Weile ging es nur noch um sie beide.

Der Mond schien hell und die Sterne leuchteten am Himmel, eine romantische Stimmung verzauberte alles und so beschlossen sie, den Abend auf romantische und liebevolle Weise ausklingen zu lassen. Sie kicherten, als sie leise versuchten, die Treppe nach oben zu ihrem Schlafzimmer hochzugehen. Sie öffneten die Tür zu ihrem Schlafzimmer ganz leise, gingen hinein, fielen sich in die Arme und küssten sich. Dann machte Francesco sachte die Tür, mit seinem Fuß, hinter sich zu.

20

Assistente Carlo Mazzola schaute immer wieder zum Schreibtisch von Ispettore Maria Nero. Er hatte schon längst Feierabend, aber er wollte heute unbedingt seine Kollegin ansprechen und sie fragen, ob sie nicht einen Cocktail mit ihm trinken wollte. Maria Nero schaltete ihren Computer aus. Sie hatte länger gearbeitet, als sie es eigentlich wollte. Carlo Mazzola bemerkte, wie sein Gesicht langsam rot wurde! Wenn er jetzt nicht handelte, würde es für heute wieder zu spät sein. Die anderen Kollegen waren derart in ihre Arbeit vertieft, dass sie es zum Glück nicht mitbekamen, in welch aufgewühlter Stimmung sich ihr Kollege gerade befand. Mutig stand Carlo von seinem Schreibtisch auf und lief zu Maria.

»Langer Tag heute?«, fragte er etwas unbeholfen.
Maria schaute gar nicht hoch, da sie gerade ihre Tasche aus der Schublade ihres Schreibtisches nahm. Carlo Mazzola räusperte sich. Maria schaute hoch und sah in das rot angelaufene Gesicht ihres Kollegen Mazzola. »Hast du mit mir gesprochen?«, fragte sie ihn. »Ja! Ich habe gesagt, war ein langer Tag!«
Sie nickte nur.
Carlo Mazzola nahm all seinen Mut zusammen.

»Wollen wir einen Cocktail trinken gehen? «
Es entstand eine Pause.

Das waren die längsten Sekunden für ihn. Carlo wurde es heiß und kalt und das alles auf einmal. Sein Gesicht brannte mittlerweile, wahrscheinlich sah er wie eine Tomate aus. Dieser Gedanke machte ihn noch nervöser, als er ohnehin schon war.

»Warum nicht…«, hauchte Marias Stimme plötzlich in die Stille hinein.

Sie drehte sich zu ihm um.

Auf Marias Gesicht sah man ebenfalls eine leichte Röte aufsteigen. Carlo Mazzola nahm dies zur Kenntnis und es durchzog ihn ein wohliges Gefühl. Mutig fragte er: »Wollen wir in die neue Bar gehen?«

»Du meinst an der *Arena di Verona*?«

»Genau!«

Sie schaute ihn mit strahlenden Augen an und bejahte. Carlo Mazzola fuhr seinen Computer schnell runter und ging mit Maria los. Beide waren sehr aufgeregt, offensichtlich fand nicht nur Carlo seine Kollegin sehr nett, denn auch Maria musterte ihn von der Seite, während sie losliefen. Die beiden verließen die Questura. Unterhielten sie sich anfangs noch über ihre beiden aktuellen Fälle, so wich das dienstliche Geplänkel spätestens beim Betreten der Bar. Maria taxierte Carlos Gesicht, als er beim Barmann zwei Cocktails bestellte. Er gefiel ihr sehr gut. Langsam wich bei beiden die Nervosität und das Gespräch lockerte sich auf. Sie unterhielten sich ganz ungezwungen und nach einer Weile berührten sich ihre Finger. Es geschah aus Versehen! Maria erzählte temperamentvoll eine Anekdote aus ihrem Leben, unterstrich dies, mit einer wild gestikulierenden Bewegung und just in diesem Moment hob auch Carlo seine Hand. Es schien für beide ein angenehmer Moment zu sein. Carlo bestellte eine zweite Runde und so saßen sie und unterhielten sich ganz angeregt. Maria erzählte von ihrer Familie und ihren Geschwistern. Sie hatte eine große Schwester und zwei größere Brüder. Als Nesthäkchen der Familie, wurde sie nicht nur von ihren Eltern, sondern auch von ihren Geschwistern umsorgt und verhätschelt. Carlo strahlte und himmelte sie die ganze Zeit über an, während sie fröhlich plauderte. Sein Blick wich nicht eine Sekunde von ihrem Gesicht.

»Und wie war es bei dir?«, fragte Maria ganz euphorisch, doch er schaute sie traumverloren an.

»Hallo, Erde an Carlo?«

»Oh! Bei mir … ich habe einen großen Bruder, er ist Anwalt. Leider sehen wir uns nicht so häufig, er lebt in Rom mit seiner Frau und seiner Tochter.«

Gerade noch einmal so gerettet, dachte er.

Sie bestellten noch einen dritten Cocktail und die Stimmung wurde immer vertrauter und gelöster. Etwas beschwipst, sagte Maria nach einer Weile: »Ich glaube, jetzt muss ich nach Hause. Der letzte Cocktail war doch einer Zuviel…«,

»Darf ich dich nach Hause bringen. Solange wie so ein durchgeknallter Mörder unter uns weilt, würde ich

dich gerne nach Hause begleiten. Ich habe dann ein besseres Gefühl…«
Sie schaute ihn mit schmachtenden Augen an und sagte schließlich: »Bitte begleite mich.«
Carlo zahlte, dann machten sie sich auf den Weg.

Als sie am Haus von Maria Nero ankamen, standen sie still voreinander und schauten sich an. Die Sterne leuchteten am Himmel. Der Mond schien auf ihre Gesichter und zauberte einen hellen warmen Schein, auf ihre Wangen. Zögernd schaute Carlo Maria an. Durfte er ihr einen Kuss geben? Maria schaute in den Sternenhimmel, ließ den Kopf langsam sinken und ihr Blick verharrte schließlich auf seinem Gesicht. Sie schaute tief in seine Augen. Sie gab ihm schüchtern ihre Hand, um sich zu verabschieden. Als Maria so vor ihm stand, überwand er all seine Angst und zog sie an sich heran. Er küsste sie ganz zart auf ihren Mund. Ihre Lippen waren so weich und warm. Maria ließ es geschehen. Er ging einen kleinen Schritt zurück, schaute ihr tief in die Augen und strich ihr leicht über ihre Wange. Dann nahm er sie erneut in den Arm und sie küssten sich leidenschaftlich. Langsam lösten sie sich aus ihrer Umarmung.

»Ich muss jetzt rein. Morgen wird wieder ein anstrengender Tag. Danke für den schönen Abend. Es war wunderschön…«, hauchte Maria ihm zu.
Er ließ sie ungern gehen!

Er begehrte sie sehr, doch er wollte sie nicht bedrängen. »*Amore*, schlaf gut! Ich freue mich auf morgen. *Ciao*, Maria!«
Sie winkte ihm hinterher, als er loslief, dann betrat sie ihr Haus.

Oben in der Wohnung angekommen, huschte sie nur noch schnell ins Bad, putzte ihre Zähne und ließ sich dann in ihr Bett fallen. Beim Einschlafen musste sie an Carlo denken. Sie war verliebt und das schon sehr, sehr lange. Sie hatte nicht zu hoffen gewagt, dass es ihm genauso ging. Mit diesem Gefühl schlief sie ein und hatte wunderschöne Träume.

21

Der Morgenzug aus Milano fuhr pünktlich in den Bahnhof von Verona ein. Mario Angelo und seine Frau Susanna standen am Bahnsteig und schauten auf den einfahrenden Zug. Der Zug hielt an, die Türen öffneten sich und die Reisenden stiegen aus.

»Da ist Gina!«, rief Susanna ihrem Mann zu.

Gina winkte von weitem und lief den beiden entgegen. Als Gina Susanna in den Arm schloss, schossen beiden Frauen Tränen in die Augen.

»Ich bin so froh, dass es Clarissa besser geht«, sagte Gina zu ihnen.

»Komm her, lass dich drücken«, Gina umarmte ihren Cousin Mario und weitere Tränen bahnten sich den Weg frei. Sie standen alle emotional noch immer unter Schock.

Gina, die Cousine von Mario, hatte Clarissa sehr ins Herz geschlossen. Clarissa lebte bei ihr, seitdem sie an der Universität zu Milano Veterinärmedizin studierte. Gina und ihr Mann Benito hatten zwei Söhne. Massimo war Bäckergeselle und lernte gerade für seine Meisterprüfung, während der andere Sohn, Sandro, gerade sein Abitur mit Bravour bestanden hatte und demnächst Ingenieurwesen studieren würde. Gina und ihr Mann hatten sich noch eine Tochter gewünscht, doch leider konnte Gina nach der komplizierten Geburt von Sandro keine weiteren Kinder bekommen. Als Mario seine Cousine Gina fragte, ob Clarissa bei ihnen während des Studiums wohnen könne, stimmten beide sofort zu. Clarissa war nicht nur ihr Patenkind, sondern für Gina und ihrem Mann Benito die Tochter, die sie nicht mehr bekommen konnten.

Mario nahm Gina die Tasche ab und sie liefen zum Wagen.

»Möchtest du dich erst einmal frisch machen?«, fragte Mario seine Cousine.

»Am liebsten würde ich sofort zum Krankenhaus um Clarissa zu sehen.«

Mario verstaute die Reisetasche im Kofferraum, während seine Frau und seine Cousine, ins Auto einstiegen. Als sie am Krankenhaus ankamen, steuerte Mario sofort den Krankenhausparkplatz an. Ein Parkplatz war schnell gefunden, sie verließen das Auto und liefen zum Eingang des Krankenhauses. Mario erzählte Gina, dass Clarissa am Tag zuvor aus dem Koma erwacht war. Sie verließen den Fahrstuhl im dritten Stock und gingen zum Krankenzimmer. Vor Clarissas Zimmer kontrollierte sie der wachhabende Beamte. Mario Angelo stellte seine Cousine Gina dem Beamten vor und dann konnten sie in das Zimmer gehen.

Clarissa schlief.

Leise schlossen sie die Tür hinter sich. Gina hielt sich die Hand vor dem Mund, da Clarissas Anblick im Krankenbett erneut Tränen in ihr auslöste.

»Das arme Mädchen«, flüsterte sie Susanna zu.

Gina schaute Clarissa ganz liebevoll an. Nach einer Weile öffnete Clarissa die Augen und sah in die Gesichter ihrer Eltern und ihrer Gina.

Mit immer noch schwacher Stimme sagte sie: »Oh wie schön, dass du da bist, Gina!« Sofort ging Gina zum Krankenbett und strich über Clarissas Gesicht und küsste sie auf die Stirn.

»Wie geht es dir, meine liebe Clarissa?«

»Besser, ich bin nur noch so schwach.«

»Ich soll dir ganz liebe Grüße von Benito, Massimo und Sandro ausrichten. Sie wünschen dir gute Besserung.«

»Danke«, hauchte Clarissa ihr zu.

Dann beugten sich die Eltern von Clarissa über sie, küssten und herzten sie.

»*Mamma*, ich habe versucht mich zu erinnern! Bin in meinem Kopf durchgegangen, ob ich mich wieder an den Überfall erinnern kann, aber es ist weg…«, eine Träne bildete sich am rechten Auge von Clarissa und lief zur Wange herunter.

Sofort nahm die Mutter die Hand ihrer Tochter und sagte: »Clarissa mein Schatz, werde erst einmal wieder ganz gesund. Die Erinnerung wird wiederkommen, ganz bestimmt! Wir sprechen nachher mit Dottore Rossi. Mach dir keine Sorgen, alles ist gut!«

Clarissa nickte ihrer Mutter zu.
Sie blieben noch eine Weile bei ihr im Krankenzimmer. Als die Visite anstand, verließen sie das Zimmer und sagten Clarissa, dass sie nun erst einmal mit Gina etwas essen gehen wollten.
Susanna küsste ihre Tochter noch einmal zum Abschied. Als Susanna sich verabschiedet hatte, trat Gina an Clarissas Bett und streichelte ihre Hand. Mario Angelo wartete bis die beiden zur Tür rausgingen und drückte seine Tochter noch einmal ganz fest.

»Bis später, *mia cara*!«

»Bis später, Papa.«

Als Mario Angelo die Tür hinter sich schloss und im Krankenhausflur stand, sah er, wie seine Frau Susanna und Gina sich weinend in den Armen lagen. Auch er musste mit seiner Fassung ringen.

»Ich würde gerne mit Dottore Rossi sprechen, wollt ihr mitkommen oder warten?«, fragte er die beiden Frauen.

»Meinst du, ich darf auch mit?«, fragte Gina ihn.

»Bestimmt! Dottore Rossi wird nichts dagegen haben. Ich schaue einmal, ob er Zeit hat.«

Mario Angelo machte sich auf den Weg zum Dienstzimmer.
Er klopfte.

»Herein!«

Mario Angelo öffnete die Tür.

»Dottore Rossi, haben Sie einen Moment Zeit? Dürfen wir Sie etwas fragen?«
Francesco sortierte gerade einige lose Blätter in eine Krankenakte hinein.

»Geben Sie mir fünf Minuten, dann bin ich fertig.«

»*Mille grazie!*«

Mario Angelo zog die Tür leise hinter sich zu, lief zu seiner Frau und seiner Cousine.

»In fünf Minuten können wir zu ihm.«

Die drei warteten ganz geduldig.

Dann öffnete sich die Tür des Dienstzimmers und Dottore Francesco Rossi schaute hinaus.

»Kommen Sie!«

Nachdem sie sich begrüßt hatten, ergriff der Vater von Clarissa das Wort.

»Dottore, Sie hatten uns zwar bereits darüber aufgeklärt, dass so etwas passieren kann, aber wir machen uns Sorgen um Clarissa. Sie scheint sich an den Überfall nicht erinnern zu können. Gerade eben hat sie das zu meiner Frau gesagt, und Tränen kullerten über ihre Wange.«

Dottore Rossi räusperte sich.

»Liebe Familie Angelo, bitte machen Sie sich keine Sorgen! Das ist durchaus normal, nach so einem Trauma. Ich hatte Ihnen ja bereits im Vorfeld gesagt, dass so ein Verlauf möglich ist. Wir haben weitere Tests vorgenommen. Wie gesagt, wir können bleibende Schäden ausschließen. Wir gehen davon

aus, dass durch dieses Trauma eine retrograde Amnesie ausgelöst wurde.«
Die Eltern und auch Gina schauten ihn verwirrt an. Francesco erklärte ihnen diese Diagnose.

»Also, verstehe ich sie richtig, es kann sein, dass Clarissa vielleicht morgen wieder alles weiß? Oder erst in ein paar Wochen?«, fragte Susanna Angelo Francesco.

»Ja! Wir gehen bei diesem Verlauf davon aus. Nach diesem brutalen Überfall hat das Gehirn die Ereignisse verdrängt, doch es kann jederzeit möglich sein, dass sie sich wieder erinnern kann. Wir müssen einfach abwarten! Zum Glück sind nicht Regionen im Gehirn irreversibel betroffen! Insofern seien Sie froh.«

»Sie wird wieder ganz gesund?«, fragte Susanna Angelo noch einmal mit Nachdruck.

»Sehen Sie es einfach mal so, das Gehirn schützt jetzt Ihre Tochter und da sie momentan noch sehr geschwächt ist, mag das sogar ein positiver Aspekt sein. Ihre inneren Verletzungen waren nicht unerheblich. Jetzt kann sie sich erst einmal erholen und gesund werden.«

»Aber vielleicht hat sie den Angreifer ja erkannt!«, sagte Signor Angelo ganz aufgeregt.

»Deshalb wird sie noch immer bewacht. Glauben Sie mir, meine Frau nimmt das alles sehr ernst.«
Gina schaute den Arzt und ihren Cousin fragend an.

»Meine Frau ist der leitende Commissario zu den Ermittlungen, die den Überfall von Clarissa betreffen. Sie hat die Bewachung von Clarissa angeordnet und hält sie auch Weiterhin aufrecht.«
Gina nickte dem Arzt zu.

»Geben Sie Ihrer Tochter die nötige Zeit, die sie braucht! Und wir tun alles, damit sie schnell wieder gesund wird.«
Die Angelos und Gina verabschiedeten sich von Dottore Rossi und fuhren nach Hause. Es blieb nur eine kurze Zeit für einen Snack. Dann rief Gina in der Questura an, um einen Termin mit Commissario Rossi zu vereinbaren. Kurze Zeit später setzte Mario Angelo seine Cousine vor der Questura ab.

Als Signora Gina Gallucci in das Gebäude der Questura eintrat, herrschte emsiges Treiben. Kurz zuvor gab es ein Handgemenge unter Jugendlichen - vor der Arena di Verona. Als die Polizei eintraf, schlugen sich die ersten Jugendlichen bereits. Die Polizei nahm die Gruppe junger Leute in Gewahrsam und nun saßen die Streithähne zwar getrennt, doch sie schrien wie wild umher. Signora Gallucci war durch den Tumult verunsichert. Als sie einen Polizisten sah, fragte sie nach dem Weg zu Commissario Rossi.

»Dort den Flur entlang. Dritte Tür rechts.«

»*Grazie!*«

Sie lief den Flur runter, blieb an der dritten Tür stehen und klopfte. Sie hörte ein »Herein!« Und betrat den Raum.

Dort saßen etliche Beamte.

»Sie wünschen bitte?«

»Ich möchte zu Commissario Rossi, mein Name ist Gina Gallucci. Ich bin die Verwandte von Clarissa Angelo.«

»*Buongiorno*, Signora Gallucci. Mein Name ist Ispettore Maria Nero, wir haben miteinander telefoniert. Ich sage Commissario Rossi Bescheid. Einen kleinen Moment bitte! Nehmen sie dort Platz.«

Gina Gallucci nickte und setzte sich auf einen Stuhl, der an der Wand des Büros stand. Nach einer kurzen Weile kam Paola zu Gina Gallucci nach vorne.

»*Buongiorno,* Signora Gallucci! Schön, dass Sie es einrichten konnten. Wir gehen in einen ruhigeren Raum, dann können wir sprechen.«

Paola öffnete die Tür und sie standen wieder im Flur.

»Wir warten nur noch kurz auf meine Kollegin, Sie haben Sie gerade kennengelernt…«, in dem Moment kam Maria Nero angelaufen. Ihren Notizblock hatte sie in der Hand und sie machten sich auf den Weg in ein Besprechungszimmer.

»Bei Ihnen ist ganz schön etwas los?«, sagte Gina lächelnd zu den beiden Polizistinnen.

»Das können Sie laut sagen. Es geht scheinbar um ein Mädchen und jetzt geht das Temperament der beiden jungen Männer mit ihnen durch«, sagte Ispettore Nero zu Gina Gallucci.

Als sie im Besprechungsraum ankamen, begann Paola, mit der Zeugenbefragung. Viel konnte Gina Gallucci nicht zu möglichen Motiven beisteuern oder zu Verdächtigen. Sie kannte niemanden, der Clarissa etwas Böses wollte. Signora Gallucci erzählte alles, was sie wusste.

»Ich weiß nicht, inwieweit das Wichtig sein könnte… Clarissa war doch bei Professore Marini, kurz bevor sie zu ihren Eltern fuhr.«

»Ja, wir haben bereits mit Professore Marini gesprochen. Hat Clarissa etwas darüber zu Ihnen gesagt?«

»Ja! Ach, aber ob das so wichtig ist…«, Paola nickte ihr aufmunternd zu und bat sie weiterzusprechen.

»Nun ja, sie sagte, der Sohn von Professore Marini, Andrea, heißt er wohl, der sei sehr komisch gewesen. Ihre Worte waren: ›Gina, als der mich plötzlich ansah, wirkte er wie versteinert.‹ «

»Hat sie noch etwas anderes gesagt?«

»Clarissa meinte, sie hätte angefangen zu recherchieren. Das Schicksal von Andrea Marini hätte sie sehr mitgenommen und beschäftigt. Sie sprach darüber, dass sie etwas im Internet über den Unfall gelesen hatte. Sie fragte sich aber, warum er so auf sie reagiert hat, denn er kannte sie doch gar nicht. Irgendetwas muss ihn an den Unfall erinnert haben.

Denn als er sie sah, war er total entsetzt. Mehr sagte sie nicht! Sie musste ihre Hausarbeit zu Ende machen. Clarissa wollte sich später noch einige Einträge ansehen, aber offenbar kam sie nicht mehr dazu. Jedenfalls hat sie mir nichts weiter erzählt. Sie war im Stress, weil sie zu ihren Eltern wollte und noch einiges erledigen musste.«

Signora Gallucci griff in ihre Tasche und nahm einige Blätter Papier heraus.

»Ich habe Ihnen die Hausarbeit mitgebracht. Komischerweise hat sie mit Bleistift einige Notizen zu dem Unfall des Sohnes von Professore Marini draufgeschrieben. Das ist sonderbar, denn Clarissa ist immer so akribisch und ordentlich. Ich dachte mir, ich bringe Ihnen diese Notizen mal mit. Können Sie eine Fotokopie davon machen? Der Rest betrifft ja ihre Hausarbeit, nicht dass Clarissa mit mir böse wird; weil sie alles noch einmal machen muss.«

Paola schaute sich die Papiere an und schickte Maria zum Fotokopierer. Nach fünf Minuten kam Ispettore Nero mit den Originalen und den Kopien zurück in den Besprechungsraum. Paola befragte die Signora nach einem möglichen Freund von Clarissa.

»Nein! Clarissa ist so eifrig mit ihrem Studium beschäftigt, sie hat keine Zeit für einen Freund. Sie hat eine Kommilitonin, mit der sie befreundet ist. Sie lernen zusammen und gehen hin und wieder einmal weg. Ich habe mir die Nummer von ihr aufgeschrieben, Gabriella Tramontin. Ich habe schon mit Gabriella telefoniert und ihr erzählt, was passiert ist! Sie war total geschockt und fragte: Wer sollte Clarissa etwas antun? Sie lernt doch nur für die Uni! Sie lernt, isst, schläft und tut doch keiner Fliege etwas zu Leide. Das waren ihre Worte.«

»Hmmh…«, machte Paola.

»Das haben Sie gut gemacht mit den Unterlagen und mit der Telefonnummer der Freundin. Wir kümmern uns.«

Dann fragte Paola, ob Signora Gallucci schon im Krankenhaus bei Clarissa war.

»*Sì!* Ich bin so froh, dass sie auf dem Weg der Besserung ist. Das ist schon ein Wunder! So wie mir mein Cousin sagte, hing Clarissas Leben am seidenen Faden. Ich bin so erleichtert, dass sie das überlebt hat. Ich frage mich nur, warum tut ihr jemand das an! Sie ist so eine freundliche junge Frau, sie setzt sich immer für jeden und alles ein, ist fleißig, fröhlich…«, Gina Gallucci stockte, holte einen tiefen Atemzug durch die Nase und schluckte ihre offenbar hochkommenden Gefühle runter. Nach einem kurzen Moment sprach sie weiter: »Ihren Mann habe ich vorhin auch kennengelernt…«, Signora Gallucci erzählte ihr kurz von dem Gespräch in der Klinik. Danach verabschiedeten Paola und Maria Signora Gallucci und begleiteten sie zum Ausgang der Questura.

Auf einer Bank saß Mario Angelo und wartete geduldig auf seine Cousine. Paola begrüßte Signor Angelo und erkundigte sich nach Clarissa.
Dann ging sie mit Ispettore Nero zurück in ihr Büro und studierte die Notizen, die ihr soeben Signora Gallucci, gegeben hatte.
Paola gab in der Suchleiste des Internets die Webseiten ein, die Clarissa als Notiz auf ihre Hausarbeit, geschrieben hatte. Sie tippte nacheinander die Seiten ein. Einige Webseiten konnte sie sofort ausschließen. Es ging mehr oder weniger bei fast allen Einträgen um den Unfall. Eine Mutter mit ihrem Kind saß eingeklemmt im Auto. Die Rettungssanitäter konnten die Frau - nur noch tot - bergen. Der kleine Sohn reagierte völlig traumatisch, konnte aber gerettet werden. Die Unfallgegnerin, Signorina E. Pausini, wurde im nachfolgenden Prozess freigesprochen. Es konnte bewiesen werden, dass Signora Marini auf die Gegenfahrbahn kam. Es lag daher kein Verschulden bei der entgegenkommenden Fahrerin. Signorina Pausini hatte versucht auszuweichen. Paola scrollte weiter im Internet.
Sie stieß auf folgenden Eintrag:

Unfall auf der Landstraße hat ein weiteres Opfer verschlungen. Signorina E. Pausini, 24 Jahre, nahm sich das Leben!

Laut diesem Eintrag konnte die Unfallgegnerin, trotz der Tatsache - zweifelsfrei unschuldig - an diesem tragischen Unfall gewesen zu sein, mit den Folgen dieses Ereignisses nicht leben.

Sie erhängte sich zwei Jahre später.

In ihrem Abschiedsbrief schrieb sie:

Sie kann die traurigen Augen des kleinen Sohnes nicht vergessen.

Obwohl das Gericht sie freigesprochen hatte, fühlte sie sich schuldig.
Was für ein Drama!
Schoss es Paola durch den Kopf! Aber was hatte dieses ohne Frage erschütternde Ereignis mit dem Überfall auf Clarissa zu tun? Clarissa Angelo hatte weder etwas mit der Familie Marini zu tun noch mit Signorina Pausini.
War dies ein Anhaltspunkt?
Sollte Paola dem nachgehen?
Doch in welchem Zusammenhang stand dieses fast zwanzigjährige Ereignis mit dem heutigen Fall: Clarissa Angelo? Paola schrieb sich die Daten des letzten Eintrages ab. Es handelte sich dabei um einen Zeitungsbericht. Sie rief bei der Zeitung an, fragte, ob es im Archiv der Zeitung noch weitere Einträge zu dem Unfall, dem Gerichtsprozess oder zu dem tragischen Selbstmord der Unfallgegnerin, gäbe. Die Dame am Telefon sagte, dass sie leider die

Archivunterlagen nicht einsehen könne, aber sie wolle ihr helfen. Paola sollte eine amtliche Anfrage an das Archiv per Mail stellen. Man würde ihr dann sämtliche Berichte zur Verfügung stellen und mailen. Mit dieser Aussage war Paola zufrieden. Sie schrieb eine amtliche Anfrage, druckte sich das Papier aus, versah es mit einem Stempel und ihrer Unterschrift und scannte es in ihrem Computer ein. Als sie damit fertig war, schickte sie die Datei an das Archiv der Zeitung.
Hoffentlich dauert die Übermittlung dieser Berichte nicht allzu lange und ich finde einen Anhaltspunkt, dachte Paola, als sie das Dokument verschickt hatte.
Paola sah auf die Uhr.
Mittagszeit!
Ihr Magen knurrte. Sie stand auf und lief in das Nachbarbüro, um Maria Nero zu fragen, ob sie Lust hatte mit ihr ein Panini, in der Bar an der Ecke, zu essen. Maria Nero hatte Appetit und auch Zeit. Die beiden Frauen machten sich auf den Weg.

Als sie aus der Questura kamen, empfing sie ein sonniger Himmel. Die Temperaturen glichen einem Sommertag, obwohl es erst Ende Mai war. Paola nahm ihre Sonnenbrille vom Kopf und setzte sie sich auf.

»Was für ein wunderschöner Tag!«, sagte sie zu Maria.

»Ach ja … das finde ich auch…«, seufzte Maria zurück. Paola schaute sie etwas irritiert an, denn die Stimme von Maria war anders als sonst. Sie betraten das Café und bestellten sich etwas. Der kleine Tisch in ihrer Lieblingsecke war frei. Bepackt mit Essen und Trinken, steuerten sie diesen an. Paola schaute Maria durchdringend an. Irgendetwas war anders als sonst.

»Sag Maria, gibt es etwas Neues bei dir? Du wirkst so gelöst, so fröhlich, glücklich…«, sie wartete einen kurzen Moment: »wenn ich es nicht besser wüsste, würde ich sagen, ein Mann ist im Spiel?«

Augenblicklich wurde ihre Kollegin ganz verlegen und zarte rote Flecken legten sich auf ihre Wangen.

»Äh…sag, du musst mir alles erzählen, jedes einzelne Detail. Kenne ich ihn? Wie hast du ihn kennengelernt…?«

Paola sprach ohne Punkt und Komma.

Maria Nero wurde noch nervöser, als sie ohnehin, bereits war.

»Sag schon… «, Paola stupste sie mit der Hand an.

»Also…«, Maria stockte, sollte sie ihrer Chefin sagen, dass sie sich in ihren Kollegen verliebt hatte? Eigentlich wurde das nicht so gerne in der Questura gesehen, andererseits war Paola mehr als ihre Chefin, mittlerweile waren sie gut befreundet.

Paola schaute Maria noch immer ungeduldig an.

Da platzte es raketenartig aus Marias Mund,

»Ja, ich glaube, ich bin schwer verknallt und…du kennst ihn!«

»Wie? Wann? Wer?«, wie aus der Pistole geschossen, kamen die Worte aus Paolas Mund.
Maria wand sich auf ihrem Stuhl, doch dann sprudelte es aus ihr heraus. »Du darfst dir aber bitte, noch nichts anmerken lassen. Es ist noch alles ganz frisch.«
Paolas Augen weiteten sich.
Sie kombinierte im Kopf und sagte: »Habe ich es mir doch gedacht…liege ich richtig mit der Annahme, dass es sich um einen gewissen…«, sie legte eine kurze Pause ein und fuhr dann fort: »Carlo handelt?«, fragte Paola, ganz süffisant und lächelte ihre Kollegin dabei an.

»Woher weißt du es?«

»Bin ich Commissario oder bin ich Commissario…«, fragte sie zurück.

»Ja, aber…ich wusste es bis gestern Abend doch selbst noch nicht.«

»Kriminalistisches Gespür!«, entgegnete Paola.
Dann erzählte Maria ihr vom gestrigen Abend mit Carlo. Paola freute sich mit ihr. Carlo schien Maria gutzutun, denn sie war so ausgelassen und entspannt, wie lange schon nicht mehr. Paola musste daran denken, wie traurig ihre Freundin Maria vor zwei Jahren war. Ihr damaliger Verlobter kam nach einem Ausflug mit dem Fahrrad nicht mehr wieder. Er verschwand einfach spurlos und Maria verlor den Boden unter den Füßen. Erst dachte sie, ihm sei etwas passiert. Sie ging durch die Hölle während

dieser Zeit. Vier Wochen später kam eine Nachricht von ihm, er schrieb:

Es tut mir leid! Ich kann nicht länger mit dir zusammen sein. L.

»Hallo Paola, alles ok, hörst du mir zu?«

»Entschuldige, doch natürlich!«

Paola riss sich zusammen und hörte gespannt zu, während Maria, ihr alles ausführlich erzählte. Als Maria zum Schluss kam, fragte sie: »Was sagst du?«

»Ich sage dir …du bist ein Glückspilz! Und Carlo auch! Ihr passt gut zusammen und ich wünsche euch alles Glück dieser Welt. Ich hoffe nur, dass ihr es hinbekommt, das Berufliche vom Privaten zu trennen. Ansonsten kann ich nur sagen: Ich finde Carlo sehr sympathisch und er wirkt authentisch. Meinen Segen hast du! Wie wollt ihr es in der Questura angehen? Habt ihr darüber schon gesprochen?«

Maria zögerte und sorgsam überlegte sie sich ihre Worte: »Na, erst einmal wollen wir es für uns behalten! Mal schauen, wie es sich anfühlt. Und ob es uns gelingt! Wahrscheinlich können wir es dann doch nicht vor euch verbergen.«

Sie grinste Paola an.

»Genieße die Zeit. Lebe und liebe, ich freue mich für dich.«

Dann nahm Paola Maria in den Arm und drückte sie ganz fest. »Und…wenn er sich blöd verhält, dann kommst du zu mir. Hörst du!«, erschrocken schaute Maria sie an.
Doch dann lachte Paola los und Maria begriff, dass Paola ihr lediglich zeigen wollte, dass sie immer für sie da sein würde; wie auch schon in der Vergangenheit.
Paola drehte sich zum Barmann um und rief: »Zwei Prosecco bitte!«
Der Barmann nickte und machte die Bestellung fertig. Als er den Prosecco an den Tisch brachte, fragte er:

»Gibt es etwas zu feiern?«

»Und ob!«, sagte Paola fröhlich gestimmt.

Die beiden Frauen prosteten sich zu, gluckste und lachten miteinander. Die Pause fiel länger aus, als geplant. Kurz bevor sie ihre Gläser geleert hatten, musste Paola doch noch einmal dienstlich werden.
Sie sprach den Fall Angelo an.

»Übrigens, ich habe mir vorhin die Notizen von Clarissa Angelo angeschaut. Ich bin auf einen Zeitungsartikel gestoßen. In der Zwischenzeit habe ich eine formelle Anfrage an das Archiv der Zeitung geschickt. Im Internet gibt es ganz schön viele Einträge, deshalb habe ich mich direkt an die Zeitung gewandt, um die Zeit nicht mit Suchen zu vertrödeln. Wir müssen doch langsam eine Spur finden! Ehrlich gesagt sehe ich noch immer keinen Zusammenhang und langsam macht mich das mürbe.«

Maria schaute nachdenklich: »War das etwas zu dem Unfall?«

»Es geht um die Unfallgegnerin Signoria E. Pausini.«

Paola erzählte ihr von ihrer Recherche.

Dann machten sich die beiden Frauen auf den Weg zurück in die Questura. Als Paola am Schreibtisch vom Assistente Carlo Mazzola vorbeiging, huschte ihr ein Lächeln über das Gesicht. Sie stand gerade an ihrer Bürotür, da rief ihr der Assistente hinterher:

»*Scusi!* Commissario!«

Paola drehte sich um.

»Ja!«

»Salvatore Torri hat gerade eben angerufen. Ich wollte sie schon auf dem *telefonino* anrufen. «

»Gerade eben?«

»*Sì!* Vielleicht vor zwei Minuten.«

»Danke, Carlo! Ich rufe ihn gleich an.«

»Gern geschehen.«

Paola drehte sich um und lief in ihr Büro.

»*Ciao*, Salvatore, du hast gerade angerufen und wolltest mich sprechen.«

»*Ciao*, Paola. Ja! Ich habe Neuigkeiten für dich…«

22

Professore Marini saß nachdenklich an seinem Schreibtisch. Er kam einfach nicht zur Ruhe. Die Vorlesung hatte er soeben, eher schlecht - als recht, abgehalten. Er war völlig unkonzentriert. Ständig musste er an seine Studentin Clarissa Angelo denken. Ob die junge Frau aus dem Koma erwacht war?
Er könnte schlecht bei Commissario Rossi anrufen und fragen. Sie würde sich sicherlich darüber wundern und nachhaken.
Und was dann?
Er wollte mit ihr nicht darüber sprechen.
Was, wenn Commissario Rossi rausfinden würde, dass Clarissa Angelo der Unfallgegnerin seiner Frau zum Verwechseln ähnlichsieht. Sie würde ihre Schlüsse ziehen und womöglich kombinieren?
Und dann … würde sie sich fragen, warum er so etwas Signifikantes nicht erwähnt hatte, obwohl er sich doch so präsent an die Vergangenheit erinnern konnte. Leichtsinnigerweise rutschte ihm auch noch das Zusammentreffen zwischen Clarissa und seinem Sohn raus, als die Studentin bei ihm Zuhause war, um ihre Hausarbeit zu besprechen. Was hat er nochmal zu Commissario Rossi gesagt, er überlegte, dann setzte er die Wörter in seiner Erinnerung zusammen:
Ich erinnere mich wieder, das war eine dumme Situation. Sie wollte gerade zur Tür, da kam Andrea rein. Er schaute sie an und stieß mit ihr zusammen. Alle Blätter fielen in

unterschiedliche Richtungen. Ich bin dann schnell aufgestanden und habe ihr geholfen. Andrea musste auf einmal ganz schnell weg. Das war alles.

Panik ergriff ihn.

Er hatte seinen Sohn Andrea förmlich auf ein ›silbernes Tablett‹ gelegt. Commissario Rossi musste nur noch die Happen sortieren und auf einen Teller legen.

Sie machte auf ihn einen sehr fähigen, kompetenten und intelligenten Eindruck. Ob es an ihren gezielten Fragen oder an dem Gesamtbild ihrer Erscheinung gelegen hat, konnte er nicht sagen; doch etwas wusste er mit Sicherheit, sie würde dahinterkommen. Was, wenn Sie erfahren würde, wie zornig sein Sohn damals - auf Signorina Pausini - gewesen ist. Andrea hielt sie lange Zeit für die Mörderin seiner Mutter. Womöglich hatte Commissario Rossi bereits mit ihren Recherchen angefangen. Er rutschte nervös auf seinem Stuhl hin – und her. Und dann musste er Commissario Rossi auch noch die Bilder seines Sohnes zeigen. Er hat sie förmlich darauf hin gestoßen …*Schauen Sie nur …seine Augen!*

Hatte er mit diesen Äußerungen - unter Umständen - eine Lawine ausgelöst? Was dachte er sich nur dabei?

Sein Verhalten war nicht nur leichtsinnig, sondern dumm!

Ich bin so ein Idiot! Du legst ihr Andrea förmlich vor die Füße!

Warum hatte er den Unfall erwähnen müssen!
Ihm fiel wieder die Situation ein und wie es dazu kam. Hätte Commissario Rossi das Bild seiner Frau nicht umgekippt, dann wäre diese Information nicht ans Tageslicht gekommen.

Er war zu aufgewühlt in dem Moment, als es passierte. Ohne nachzudenken, erzählte er davon. Er überlegte, wie er die verfahrene Situation doch noch retten könnte. Er drehte sich gedanklich immer wieder im Kreis.
Ihm wurde heiß und kalt!

Die Erinnerung von damals klopfte unaufhörlich an sein Gewissen an. Der Tag des Unfalls war ihm wieder präsent. Er hatte sich mit seiner Frau gestritten. Im Nachhinein schämte er sich, dass es so weit gekommen war. Der Streit ging um so ein banales Thema, doch endete mit dem größten Schicksalsschlag seines Lebens. Schließlich kannte er doch seine Frau. Ihr aufbrausendes Temperament! Genau das, liebte er doch, so an ihr. Warum hatte er den Streit nur eskalieren lassen und nicht einfach eingelenkt? Bestimmt würde sie noch leben. Und wäre nicht so aufgeregt losgefahren. Seine Frau war eine gute Autofahrerin. Professore Marini gab sich die Schuld an dem tragischen Unglück! Nur durch die emotionale Anspannung, glaubte er, hat seine Frau dieses riskante Überholmanöver unternommen. Es kam zum Unfall und das Schicksal nahm seinen Lauf. Doch jetzt konnte er die Zeit nicht mehr zurückdrehen. Außerdem lebte Professore Marini mit der quälenden Tatsache, dass er es bis heute versäumt hatte, seinen Sohn darüber zu informieren.

Der damalige Kinderarzt riet ihm, seinem Sohn erst einmal nichts davon zu sagen. ›Andrea sei zu traumatisiert! ‹ Professore Marini hielt sich an den Rat des Kinderarztes. Doch umso länger er schwieg, desto mehr wuchs seine Schuld. Das fatale an dieser Situation war, dass unabhängig von der Schuld, die er empfand, sich ein weiteres Gefühl immer mehr Raum verschaffte.

Das war seine Angst!

Wie würde sein Sohn auf solch ein viel zu spätes Geständnis reagieren? Unbehagen machte sich in ihm breit! Würde Andrea das Gefühl haben, sein Vater habe ihn in all den Jahren belogen? Was, wenn er daraufhin – komplett - den Boden unter den Füßen verlieren würde. Sein Sohn litt schon genug an den Folgen des Unfalls. Würde sein Sohn Konsequenzen daraus ziehen? Sich von ihm abwenden oder gar hassen? Er hatte sich durch sein jahrelanges Schweigen in eine Zwickmühle manövriert. Ihm fielen die Worte des Kinderarztes ein. Mehrmals betonte dieser: »Sie müssen mit ihrem Sohn sprechen! Das Schweigen löst auch bei ihnen etwas aus!«

Seine Erklärung für diese Behauptung war: »Auch Sie müssen mit sich ins Reine kommen!«
Unverblümt und schnörkellos, äußerte der Kinderarzt, seine Vermutung: »Sie geben sich die Schuld am Tod Ihrer Frau! Immer wieder erwähnen Sie diesen banalen Streit, den Sie hätten verhindern müssen.«
Jedes Mal, wenn Professore Marini, den Kinderarzt konsultierte, beendete der Arzt den Besuch, mit den Worten: »Professore Marini, es war ein tragischer Unfall! Sie trifft keine Schuld!!!«

Diese Last wurde immer schwerer.

Beim Prozess sagte er nichts davon, auch später nicht. Professore Marini behielt diese schmerzhafte Wahrheit für sich! Er verpasste den richtigen Zeitpunkt und mittlerweile war er innerlich zerfressen von Schuld. Im Laufe der Zeit manifestierte sich in seinem Kopf weitere Schuld, ein weiteres Leben auf dem Gewissen zu haben. Signorina Pausini! Hätte er beim Prozess ausgesagt, wäre sie nicht auf den Gedanken gekommen, Suizid zu verüben!
Er war so ein Feigling!
Zorn über sein eigenes Unvermögen stieg in ihm auf. Wenigstens Signorina Pausini hätte er seine Befürchtungen, seine Schuld eingestehen müssen. Vielleicht hätte die Signorina zurück ins Leben finden können! Doch er dachte nur an sich.

Und jetzt…?
Er hatte es nicht geschafft, ein vertrauensvolles Verhältnis, zu seinem Sohn aufzubauen; und glaubte auch zu wissen, warum… Dieses Schweigen stand zwischen ihnen beiden, wie ein imaginärer Berg. Mittlerweile war er sich sicher, dass Andrea spürte nur die halbe Wahrheit zu kennen.
Was mache ich nur …
Ja! Er hatte den Zeitpunkt verpasst, seinem Sohn, die Wahrheit zu sagen. Wollte er weiterhin in Angst und Schuld verharren oder diese Gefühle durchbrechen? Er rang mit sich…und traf eine Entscheidung! Er musste seinem Sohn die Wahrheit sagen, koste es, was es wolle. Länger konnte er nicht mit diesem Schweigen leben. Jetzt hatte der Unfall von damals, ein weiteres Opfer gekostet: Clarissa Angelo! Sie hatte nichts, aber auch gar nichts, mit diesem Ereignis von damals zu tun. Wie viele Menschen würde er noch auf seinem Gewissen haben, wenn er nun nicht endlich das einzig Richtige tun würde. Er musste sein Schweigen brechen. Seine Angst überwinden! Womöglich würde er seinen Sohn für immer verlieren.
Er musste es tun…
Professore Marini griff zu seinem *telefonino* und wählte die Nummer seines Sohnes…
Es klingelte. Sein Sohn nahm ab.
»*Ciao*, Andrea!«

»*Ciao*, Papa! Was gibt es? Ich muss gleich zu einer Vorlesung.«

»Können wir uns treffen, ich muss dir etwas sagen«, »ich habe viel zu tun Papa, reicht es nicht, wenn du es mir bei unserem nächsten Treffen sagst!«

»Nein, Andrea! Ich habe schon viel zu lange gewartet, es ist wichtig für dich! Ich kann heute den Zug um drei nehmen und dann gehen wir zusammen essen. Bitte Andrea!«

Die Stimme von Professore Marini war sehr bestimmt und ließ keinen Widerspruch zu. Erschrocken über den Tonfall seines Vaters willigte Andrea sofort ein. Sie legten auf. Professore Marini bat seine Sekretärin zu sich. Er übergab ihr korrigierte Hausarbeiten seiner Studenten und gleichzeitig trug er ihr auf diese zu verteilen. Zu den einzelnen Arbeiten diktierte er seiner Mitarbeiterin Anmerkungen, die sie den Studenten, mitteilen sollte. Seine Sekretärin wunderte sich, denn so etwas hatte ihr Chef noch niemals gemacht. Dann verkündete er ihr, dass er einen dringenden, persönlichen Termin wahrnehmen muss, der keinen zeitlichen Aufschub zulässt. Er sagte dies mit solch einer Bestimmtheit, dass seine Sekretärin nur still nickte. Sie nahm die Arbeiten an sich und traute sich nicht einmal zu fragen, wann er wieder zurück sein würde. Das würde sie später machen und direkt auf seinem Anrufbeantworter eine Nachricht hinterlassen. Sie hatte Professore Marini noch nie so erlebt. Was ihren Chef auch immer so sehr bewegte, es musste sich um etwas Schlimmes handeln, dachte sie nur. Kaum, dass Professore Marini seiner Sekretärin alles übertragen hatte, rannte er mit fliegenden Fahnen fort.

Seine Sekretärin schaute ihm völlig verwundert hinterher. Dann nahm sie den korrigierten Stapel der Hausaufgaben und versah sie mit den Anmerkungen.

Professore Marini traf auf dem Flur der Universität einen Dozenten, der ihn fragte, wo er denn wohl hin wolle, er hätte doch gleich Sprechstunde.

Professore Marini winkte im Vorbeieilen ab und sagte nur kurz: »Meine Sekretärin weiß Bescheid!«

Damit ließ er seinen Kollegen verdattert stehen und rannte zum Ausgang. Während er lief, rief er sich ein Taxi und kaum, dass er auf der Straße stand, kam der Wagen auch schon vorgefahren. Hatte einst Schuld und Angst ihn jäh gelähmt und ließ ihn fast erstarren, überrollte ihn nun Aktionismus, der ihn geballt agieren ließ.

Er setzte sich in das Taxi und bat dem Fahrer sich zu beeilen, er müsse seinen Zug nach Bologna noch erreichen. Der Fahrer raste los und innerhalb kürzester Zeit, kamen sie am Bahnhof an. Schnell kaufte sich Professore Marini eine Fahrkarte und erwischte den Zug in der letzten Minute.

Als er einen freien Platz am Fenster gefunden hatte, setzte er sich hin und erst da bemerkte er, dass sein Kopf schmerzte. In der Hektik der letzten Stunde war er so fixiert endlich sein Gewissen zu erleichtern, dass er erst jetzt die Migräne Attacke bemerkte. Sie breitete sich rasant aus. Er öffnete seine Aktentasche und schaute nach seinen Tabletten. In der Seitentasche befand sich noch eine Packung. Er rief den Schaffner zu sich und fragte, wo, das Bordrestaurant sei. Leider war dies geschlossen. Professore Marini schaute betroffen und sagte dem Schaffner, dass er lediglich ein Glas Wasser braucht, um eine Tablette zu nehmen.

»Da kann ich Ihnen helfen! Signor!«

Der Schaffner kam nach ein paar Minuten zurück und brachte ihm eine Wasserflasche.

Professore Marini bedankte sich, zahlte und gab ihm ein fürstliches Trinkgeld. Er nahm seine Tablette und nach einer halben Stunde, ließen die hämmernden und pochenden Kopfschmerzen nach. Er ging das bevorstehende Gespräch mit seinem Sohn im Geiste schon einmal durch. Hoffentlich würde sein Sohn ihn nicht für alle Zeiten zurückstoßen.

Doch was ihm weitaus größere Sorgen machte, war sein Verdacht!

Hatte Andrea etwas mit dem Überfall auf Clarissa Angelo zu tun?

Dieser Verdacht machte ihn nun auf einmal so umtriebig, dass er seinem Sohn – endlich - die Wahrheit sagen wollte.

Natürlich hatte er bemerkt, wie entsetzt sein Sohn auf seine Studentin Clarissa Angelo reagiert hatte. Er

hoffte so sehr, dass er mit seinem Verdacht falsch lag. Doch was, wenn es stimmte?
Professore Marini saß nervös und fahrig auf seinem Sitz. Er war komplett mit dieser Situation überfordert. Andrea war schließlich sein Sohn, sein eigen Fleisch und Blut.

Sein Sohn hatte viel Leid durch den Unfall erfahren. Es ging ihm lange Zeit sehr schlecht. Der Unfall hatte ihm seine Mutter genommen. Der Verlust, der daraus entstand, tiefe Narben auf seiner Seele gebrannt. Das Bild der sterbenden Mutter löste Albträume bei Andrea aus. Viele Nächte wurde er wach, lag schweißgebadet und apathisch in seinem Kinderbett. Hatte Professore Marini die Folgen des Unfalls falsch gedeutet?
Und womöglich übersehen, dass sein Sohn nicht nur mit Trauer und Verlust zu kämpfen hatte! War das teilweise merkwürdige Verhalten seines Sohnes auf etwas ganz anderes zurückzuführen.
Legte der Unfall den Grundstein für eine psychische Erkrankung?
War es möglich, dass die Seele seines Sohnes krank wurde?
Verschwamm bei Andrea - die Realität der Wirklichkeit - und spielte ihm einen bösen Streich?
Professore Marini bekam es mit der Angst zu tun.
In seinem Kopf leuchteten zwei Begriffe auf: multiple Persönlichkeitsstörung und Schizophrenie!

Professore Marini rang nach Luft, er lockerte seine Krawatte und öffnete den obersten Knopf seines Hemdes. Als Andrea damals wütend sagte: ›Die Pausini, ist an allem schuld. Sie ist eine Mörderin! ‹, konsultierte er sofort den Kinderarzt. Er bat ihm um Hilfe und fragte ihn, wie er seinem Sohn in dieser Situation helfen könne. Der Kinderarzt begann mit einer Therapie und nach einiger Zeit schien es so, als hätte sein Sohn diese Wut verarbeitet.
Hat der Anblick Clarissa Angelos bei seinem Sohn die alte Wut aufs Neue entfacht?
Spielte ihm dieses Zusammentreffen einen Seelenstreich?
Vermischte er das Erlebte und sah in Clarissa Angelo die auferstandene Mörderin seiner Mutter?

Er machte sich solche Vorwürfe.
Hoffentlich stimmten seine Befürchtungen nicht.

Nur noch eine gute Viertelstunde Fahrzeit, dann würde der Zug in Bologna einfahren. Professore Marini wurde von Minute zu Minute nervöser. Er versuchte sich mit aller Macht abzulenken. Die Häuser, die am Fenster vorbeizogen, begann er zu zählen. Doch seine Nervosität glitt ins Uferlose. Als der Zug in den Bahnhof einfuhr, stand er bereits an der Zug Tür. Kaum, dass der Zug hielt, drückte er den Türöffner und stieg hastig aus dem Waggon.

Am Bahnhofsvorplatz winkte er ein Taxi zu sich heran und sagte dem Fahrer die Adresse. Langsam kroch ein erneuter Schmerz in seinen Schläfen hoch. Die Migräne setzte erneut ein.
Kein Wunder!
Er befand sich in einem absoluten Ausnahmezustand.
Er wühlte in seiner Aktentasche. Öffnete die Wasserflasche, die noch halb voll war; gleichzeitig zog er die Packung Schmerztabletten hervor und nahm eine weitere Tablette heraus. Er schluckte die Tablette hinunter und trank kräftig nach.
Der Fahrer hielt an.

»So, Signor, wir sind da.«

»*Perfetto!*«

Professore Marini zog seine Geldbörse heraus und zahlte mit einem fünfzig Euroschein. Er sprang aus dem Auto, obwohl der Fahrer ihm noch hinterherrief.

»Ihr Wechselgeld!«

Professore Marini winkte ab und rief: »Stimmt so!«
Für den Taxifahrer war das ein Fest, denn die Fahrt kostete lediglich fünfzehn Euro. Er ahnte nicht, dass sein Fahrgast gerade vor der schlimmsten Situation seines Lebens stand; und einfach nur alles hinter sich bringen wollte.

Professore Marini klingelte auf dem verblichenen Schild. Nach kurzer Zeit ertönte der Summer und er stieß die Haustür auf. Bevor er die Treppe nach oben lief, hielt er für einen Moment inne und atmete noch einmal tief ein und aus. Plötzlich schlug seine akute Hast um und er ging ganz langsam die letzten Stufen hoch. Im zweiten Stock stand bereits sein Sohn und wartete, an der Wohnungstür.

»*Ciao,* Papa! Was ist denn nur los? Was ist passiert? Was willst du mir sagen, dass nicht bis nächste Woche Zeit hat.«

Professore Marini winkte ab. »Ich wollte dich sehen.«

»Bist du dir sicher?«

»Ja!«

Professore Marini lief an seinem Sohn vorbei, ohne ihn bei der Begrüßung umarmt zu haben. Er war so voller Zweifel und Angst. Kaum, dass er im Flur stand, drehte er sich zu seinem Sohn um und fragte ihn: »Können wir - erst einmal - etwas essen gehen. Das Bordrestaurant war geschlossen. Ich habe großen Hunger!«

Sein Sohn Andrea schaute ihn mit großen Augen an.

»Papa, was ist los mit dir? Du machst mir Angst!«

»Nichts! Ich habe Hunger!«

In Wirklichkeit wollte er dieses Thema nicht in der Wohnung besprechen. Was, wenn seine Vermutung stimmte und sein Sohn die Fassung verlor und auf ihn losgehen würde.

»OK. Dann lass uns nach unten gehen, gleich vorne an der Ecke, ist eine kleine, aber gute Trattoria, da können wir hin.«

Sein Vater lief geradewegs wieder zur Eingangstür. Sein Sohn schaute ihn komisch an, er wirkte verwirrt. Dann nahm er seine Schlüssel und ging mit ihm raus.

In der Trattoria angekommen, setzten sich die beiden Männer an einen ruhigen, kleinen Tisch an der Wand. Dort konnten sie sich ungestört unterhalten.

»Was ist los, Papa?«

»Lass uns erst einmal etwas bestellen.«

»Du spannst mich hier auf die Folter. Du wirkst als hättest du den leibhaftigen Teufel gesehen«, sagte Andrea zu seinem Vater.

So geht es mir auch, dachte Professore Marini.

Der Kellner kam und sie bestellten. Als er das Wasser brachte, nahm Professore Marini einen großen Schluck und dann fing er zu reden an.

Anfangs schaute sein Sohn ihn ungläubig an. Dann weiteten sich seine Augen, als sein Vater den Namen Clarissa Angelo, fallenließ.

»Andrea, ich habe dir etwas verschwiegen, in all den Jahren.«

Er berichtete ihm vom Kinderarzt, der damals meinte, es sei besser die Wahrheit, erst später zu sagen.

»Welche Wahrheit. *Mamma* ist tot…und die Pausini war daran schuld!«

Sein Vater schaute ihn betroffen an und begann fast flüsternd zu sprechen.

»Ich bin schuld!«

Andrea Marini schüttelte den Kopf und schrie fast.

»Was? Du? Nein! Die Pausini!«
Dann sprudelte es aus seinem Vater hervor und er erleichterte seine Seele und sein Gewissen.

»Wir hatten uns heftig gestritten! Deine Mutter und ich. Ich hätte sie nicht fahren lassen dürfen! Auf jeden Fall hätte ich einlenken müssen bei unserem Streit. Sie hätte dieses riskante Überholmanöver nicht gemacht und würde noch leben! Deine Mutter hatte so ein aufbrausendes Temperament. Warum habe ich euch nur fahren lassen... und nicht eingelenkt? Ich mache mir seitdem große Vorwürfe…und jetzt wirst du mit mir nichts mehr zu tun haben wollen. Ich alleine bin schuld am Tod deiner Mutter!«
Andrea Marini wich sämtliche Farbe aus seinem Gesicht. Er wurde aschfahl und schaute völlig entgeistert in das Gesicht seines Vaters. Für einen Moment blieb die Welt um sie herum stehen. Andrea Marinis Ausdruck auf seinem Gesicht, verhieß nichts Gutes. Doch zur Überraschung seines Vaters fing Andrea Marini zu weinen an.

»Ich habe dir auch etwas verschwiegen?«
Professore Marini atmete schwer.
Doch bevor er darüber nachdenken konnte, sagte sein Sohn: »Warum hast du mir das nicht gesagt? Ich habe immer gedacht, dass *Mamma* mit mir böse war und deswegen den Unfall hatte.«
Professore Marini schaute betroffen und verwirrt.

»Was meinst du damit?«
Andrea Marini schossen Tränen aus den Augen.

»Ich hatte auf der Rückbank gequengelt und *Mamma* drehte sich zu mir um. Dann wurde sie so böse und schimpfte. Als dann der Traktor vor ihr fuhr, da…«, Andrea Marini fiel in sich zusammen und schluchzte hemmungslos.

Sein Vater griff nach seiner Hand und auch seine Fassung geriet ins Wanken.

»*Madonna!* Das mit der Pausini hast du nur gesagt, weil du dachtest, du seiest schuld!«

»Ja!«, schluchzte sein Sohn.

»All die Jahre hast du dir Vorwürfe gemacht und ich war nicht für dich da! Andrea! Kannst du mir das jemals verzeihen?«

Andrea Marini wischte sich die Tränen weg.

»Als ich Clarissa Angelo sah, Papa, da habe ich wieder angefangen, darüber nachzudenken. Ich weiß doch auch, dass es ein Unfall war, aber als ich sie sah, da…«, er stockte.

»Da dachtest du an die Pausini und wolltest dein Gewissen damit schützen?«

»Ja! Ich war wie versteinert, als sie vor mir stand. Alles kam wieder hoch in mir und ich dachte: Ich werde verrückt!«

»Und was hast du gemacht? Weißt du, dass Clarissa Angelo brutal überfallen wurde?«

»Was?!«, stieß sein Sohn hervor.

Augenblicklich ratterte es im Kopf von Andrea Marini.

Als sein Vater dies sah, wurde ihm plötzlich angst und bange. Würde sein Sohn ihm jetzt sagen, dass er einen Aussetzer hatte und Clarissa überfiel, um sein Gewissen zum Schweigen zu bringen?

Man hätte in die einsetzende Stille eine Stecknadel fallen hören können. Sie schauten sich an. Jeder schien eine konkrete Vorstellung von dem zu haben, was der andere dachte.
Doch plötzlich sagte Andrea: »Papa, du glaubst doch nicht, dass ich etwas mit dem Überfall auf deine Studentin zu tun habe? Das glaubst du doch nicht…oder? Aber… ich bin trotzdem schuld daran.«
Jetzt schaute sein Vater ihn völlig entgeistert an.

»Wie kommst du darauf? Was hast du gemacht? Sag Sohn, was ist los mit dir?«

»Ich glaube, ich werde verrückt, Papa!«
Andrea Marini stand mit einem Mal vom Tisch auf und rannte hemmungslos heulend aus der Trattoria. Professore Marini saß fassungslos da und schaute ihm hinterher.
Was war los?
Hatte sein Sohn etwas damit zu tun?
Nein!
Aber, was war es dann?
Was sollte er jetzt tun?
Er musste hinterher. Er stand auf und ging an den Tresen. Der Kellner schaute ihn verdutzt an, denn das

Essen war noch nicht fertig. Professore Marini gab ihm einen Geldschein und rannte aus dem Lokal.

Vor der Tür schaute er sich um, doch sein Sohn war nicht zu sehen. Er lief zur Wohnung seines Sohnes, klingelte, doch es tat sich nichts. Professore Marini lief die Straße hinunter und überlegte, was sein Sohn gemeint haben könnte. Nach einer Weile sah er ein Taxi auf der gegenüberliegenden Seite der Straße. Er winkte es zu sich heran und bat den Fahrer, schnellstmöglich zur Universität zu fahren.
Als er dort ankam, lief er die Korridore hinunter und schaute überall nach seinem Sohn; doch er konnte ihn nicht finden.
Was sollte er nun tun?
Er lief nach draußen und setzte sich auf eine Bank, er musste überlegen… nahm sein *telefonino* aus seiner Aktentasche und wählte die Nummer seines Sohnes. Er wartete und wartete, doch sein Sohn nahm nicht ab. Nach einer gefühlten Ewigkeit sprang die Mailbox an.
Die Stimme seines Sohnes, war zu hören: »Bitte hinterlassen Sie eine Nachricht. Ich bin momentan nicht zu erreichen!«
Er legte auf, schaute in den Himmel und fragte sich, was er jetzt unternehmen sollte. Die Migräne meldete sich zurück. Professore Marini versuchte ruhig zu atmen und einen klaren Gedanken zu fassen. Nach einer Weile stand er ruckartig auf und lief zur Straße.

Das erste Taxi, das er sah, winkte er zu sich und stieg ein. Er wollte wieder zurück zum Bahnhof, doch diesmal nach Verona.

23

Keuchend kam er auf eine Bank zugelaufen. Das war knapp! Fast hätte man ihn erwischt. Schließlich, war es noch taghell! Das Opfer hatte sich wie wild gewehrt und um sich geschlagen. Erst jetzt sah er, dass er sich erneut verletzt hatte. Er tobte innerlich, denn er hielt sich für einen Perfektionisten! Erst hatte er den Hieb von Clarissa Angelo abbekommen, der ihn immer noch leicht humpeln ließ; und nun hatte er sich dummerweise an der Hand verletzt.

Wahrscheinlich würde die Polizei ihn jetzt zu fassen bekommen, denn sein Blut klebte am Opfer.

Die Bewachung - bei Clarissa Angelo - wurde aufrechterhalten. Er kam nicht in ihr Zimmer, ohne aufzufliegen. Heute Morgen hatte er versucht sich erneut in das Netzwerk des Krankenhausservers zu hacken, aber offensichtlich gab es eine neue Firewall und er kam nicht durch.

Unbändige Wut durchschoss seinen Körper. Eine Welle von Zorn machte sich in ihm breit. Sein Adrenalin schoss unaufhörlich durch seine Adern. Aus der Ferne sah er einen Mann auf sich zukommen.

Mit letzter Kraft versuchte er aufzustehen, um die Bank zu verlassen.

Er lief zu seinem Wagen. Als er endlich dort ankam, fuhr er schnurstracks zu seinem Haus, stellte den Wagen ab und lief hinein. Zuerst ging er in das Badezimmer. Seine Wunde war tiefer, als er dachte. Sie musste genäht werden. Er nahm ein Handtuch und wickelte es erst einmal grob um seine Hand. Dann ging er in den Keller. Dort angekommen, torkelte er zum Regal und öffnete eine Schublade. Er suchte Desinfektionsmittel, um seine Wunde zu behandeln. Plötzlich bemerkte er eine aufkommende Schwäche. Alles wurde schwarz vor seinen Augen. Mit letzter Kraft setzte er sich auf einen Stuhl. Wickelte das Handtuch ab, um sich die Wunde anzuschauen, doch in dieser Sekunde, sackte er in sich zusammen und fiel in Ohnmacht…

Er fiel vom Stuhl und lag auf dem Boden seines Kellers.

24

»Dann schieß mal los, Salvatore! Ich kann dringend Neuigkeiten gebrauchen und möglichst etwas, womit ich meine Fälle abschließen kann. Es geht doch hoffentlich um die Fälle Angelo und Cantaneo?«

»Geht es!«

»Mach es bitte nicht so spannend, Salvatore, mir läuft die Zeit davon.«

Während sie mit Salvatore telefonierte, hantierte sie zeitgleich mit ihrem Mail Account und rief eingehende Mails ab. Im Fenster erschien die Information, dass fünf neue Nachrichten übermittelt werden. »Also Paola, wir haben einen Hinweis auf den Hacker des Krankenhauses!«

»Sag!«, blitzartig war Paolas Neugier geweckt.

»Frag mich bitte nicht, wie diese Computernerds es geschafft haben. Es war offenbar eine schwierige Aktion, doch ich glaube, wir haben jetzt eine Spur! Das ganze Fachchinesisch erspar ich dir. Folgendes haben sie herausgefunden: Die IP-Adresse wurde zwar manipuliert, aber da diese angeblich aus der Mongolei stammte, haben sie noch ein anderes Programm gestartet. Unser Täter hat sich nämlich heute Morgen – erneut – in den Server hacken wollen. Das Programm hat folgende Ortung der IP-Adresse herausgefunden: Es handelt sich um das Gelände der Universität von Bologna! Kannst du damit etwas anfangen?«

Paola musste sofort an Andrea Marini denken.

»Warte bitte einen Moment, ich bekomme hier gerade eine Mail.«

»Willst du mich gleich wieder anrufen?«

Paolas Stimme wurde etwas zu schrill, als sie sagte:

»Bleib bitte dran.«

»Gut, ich warte… «, sagte Salvatore in einem Ton, der etwas beleidigt klang.

»Entschuldige, Salvatore, es ist wichtig! Ich glaube, wir haben eine Spur!«

Paola drückte mit der Maus auf die Nachricht, um sie zu öffnen. Der Absender der Nachricht: Das Archiv der Tageszeitung!

Wir senden ihnen anbei, die angeforderten Artikel, sowie zwei Bilddateien zu…

Sie öffnete die Mail und überflog den ersten Artikel. Nichts Neues! Dann wechselte sie zum zweiten Artikel, leider auch keine neue Spur. Etwas entmutigt, öffnete sie danach die Bilddateien.

»Das kann doch nicht wahr sein!«, entfuhr es Paola etwas zu laut, denn sie hatte noch immer das Telefon am Ohr.

Salvatore Torri sagte nur noch: »Autsch!«, griff zu seinem Ohr und rieb es, »Paola, wenn du das nächste

Mal losschreist, denkst du daran, dass ich am Telefon bin. Was ist denn los bei dir?«

»Du wirst es nicht glauben, die Unfallgegnerin von damals… «,

»Welche Unfallgegnerin?«, fragte Salvatore.

»Egal, erkläre ich dir später. Ich glaube, ich weiß, wer es ist! Die IP-Adresse kommt also von dem Gelände der Universität in Bologna. Hast du noch mehr dazu.«

»*Scusa!* So wie die Techniker mir sagten, sei das schon eine Sensation, denn diese IP-Adresse, wurde mittels eines Programms von unserem Täter verändert. Der wollte ganz schlau sein und seine eigene IP-Adresse unter Zuhilfenahme eines Programms verschleiern. Unsere Techniker haben ein neues Programm dazwischengeschaltet und siehe da, es ist ihnen gelungen, den tatsächlichen Standort der IP-Adresse ›mit Sicherheit‹ dem Gelände der Uni in Bologna zuzuordnen.«

»Entschuldige Salvatore, ich bin nur so aufgeregt, weil langsam alles einen Sinn ergibt. Zwar weiß ich noch nicht, wie der Fall Cantaneo damit zusammenhängt; aber die Indizien sprechen dafür, dass es sich um Andrea Marini handelt. Ich hatte so ein vages Bauchgefühl, das haben mir deine Techniker soeben bestätigt. Mit diesen Informationen kann ich handeln und einen Gerichtsbeschluss erwirken; und Andrea Marini vorläufig festnehmen. Sag deinen

Technikern, ›*mille grazie*‹, sie haben einen großen Schritt zur Aufklärung beigetragen. Ich danke dir!«

»Halte mich auf dem Laufenden!«

»Mach ich! «, versprach Paola und legte auf.

Sie schaute sich noch einmal das Bild von Signorina Pausini an, es bestand kein Zweifel, sie sah Clarissa Angelo zum Verwechseln ähnlich.

Warum hatte Professore Marini ihr das verschwiegen?

Der Unfall seiner Frau schien ihm doch immer noch so präsent zu sein, als wäre es erst gestern gewesen und dann verschweigt er so einen wichtigen Aspekt! Da stimmte doch etwas nicht? Paola schoss aus ihrem Büro und lief mit eiligen Schritten zu Ispettore Nero, die allerdings gerade telefonierte.

»Ja! Wir kommen!«

Sie legte mit einem erschrockenen Gesichtsausdruck den Hörer auf.

»Paola, wir müssen los! Wir haben ein neues Opfer! Es sieht verdammt danach aus, als ob der Täter von Clarissa Angelo und Laura Cantaneo erneut zugeschlagen hat. Lass uns fahren!«

Paola stand fassungslos am Schreibtisch.

Sie rannte zurück in ihr Büro und holte ihre Tasche.

War sie sich eben noch so sicher, den Täter zu kennen, zweifelte sie nun doch stark an dieser Theorie.

Die Fahrt zum Tatort nutzte Paola, Ispettore Maria Nero, über den aktuellen Ermittlungsstand ins Bild zu setzen.

»Die Fäden münden bei Andrea Marini, da gebe ich dir recht. Allerdings frage ich dich: Was haben der Fall Cantaneo und womöglich unser heutiger Tatort damit zu tun? Merkwürdig ist es wirklich, dass Professore Marini uns nichts von der Ähnlichkeit: Clarissa Angelos und der Unfallgegnerin Pausini, gesagt hat. Außer natürlich…«
Paola fiel ihr ins Wort: »Außer … er will seinen Sohn schützen!«

»Stimmt! Das wäre eine plausible Erklärung. Die IP-Adresse vom Universitätsgelände zu Bologna ist ein weiteres Indiz dafür. Reicht das für eine vorläufige Festnahme?«

»Ich denke schon! Und selbst wenn nicht, was spricht dagegen Signor Andrea Marini zu einer Zeugenbefragung auf die Questura vorzuladen. Und dann kochen wir ihn weich und konfrontieren ihn mit unseren Erkenntnissen. Das muss er uns erst einmal erklären…«
Maria Nero stimmte ihr zu und ergänzte: »Ja! Die Taktik ist auf jeden Fall machbar! Hauptsache ist doch, wir verschaffen uns Zeit und können womöglich weitere Verbrechen verhindern! Offensichtlich löste Clarissa Angelos Anblick bei ihm das alte Trauma aus.«

Da stimmte Paola ihr zu. »So oder so Maria, wenn wir ihn vor Ort in der Questura haben, kommen wir sicher in diesen ominösen Fällen weiter.«

Sie kamen zum Tatort.
Ein stillgelegtes Fabrikgelände.

Die Spurensicherung war scheinbar noch auf dem Weg dorthin. Paola konnte Salvatore nirgendwo entdecken. Wahrscheinlich kam der Anruf rein, als er noch mit ihr telefonierte. Paola lief gemeinsam mit Ispettore Nero zu dem Beamten, der vor Ort die Absperrung errichtet hatte.

»Was haben wir?«, fragte Paola ihn.

»Das Opfer heißt: Annalisa Razzauti. Das hat uns der Zeuge gesagt. Er bekam eine Sprachnachricht von ihr, er solle sofort zum Fabrikgelände kommen‹…dann brach die Nachricht ab. Er setzte sich sofort in Bewegung und als er hier ankam, rang das Opfer mit einem männlichen Täter. Sie macht Kampfsport! Offensichtlich wusste das der Täter nicht. Als dann auch noch der Zeuge kam, machte er sich so schnell er konnte aus dem Staub. Aufgefallen ist dem Zeugen, warten Sie, sein Name ist Frederico Torresan, dass der Täter anfangs noch rannte, doch dann plötzlich humpelte. Er hat sich außerdem verletzt. Der Zeuge hat gesehen, dass seine Hand geblutet hat.«

Paola und Maria schauten sich an! Kein Zweifel, offensichtlich handelte es sich erneut um denselben Täter, der sie seit einigen Tagen rotieren ließ.

»Was ist mit dem Opfer?«, fragte Paola den Beamten.

»Signor Torresan hat sofort die Rettung informiert und das Opfer, so gut er konnte, versorgt.«

Paola schaute irritiert.

»Er ist Krankenpfleger!«, sagte der Beamte sofort zu ihr.

»Verstehe! Wissen Sie, wie es dem Opfer geht? Ist sie lebensgefährlich verletzt? In welches Krankenhaus hat man sie gebracht?«

»Laut Aussage der Rettungssanitäter hat sie sich eine Stichverletzung zugezogen! Sie war noch ansprechbar. Näheres weiß ich leider nicht. Sie haben sie in das Ospedaliera Universitaria gebracht.«

Paola dankte dem Himmel, denn das war das Krankenhaus, in dem Francesco arbeitete.

»Kann ich mit dem Zeugen sprechen? Wo ist er?«

Der Beamte zeigte auf einen Mann, der neben einem alten, hellblauen *Fiat Cinquecento*, kauerte.

»Vielen Dank! Wir werden ihn gleich befragen«, sagte Paola zu dem Beamten.

Dann stellten sich Paola und Maria etwas abseits vom Beamten hin und tauschten sich aus.

»Das scheint der gleiche Täter wie von Clarissa und Laura zu sein. Sag mal, das ist doch ein Psychopath. Bestimmt gibt es wieder keine

Verbindung zwischen den Opfern…«, die Stimme von Maria Nero klang enttäuscht und ratlos.

»Es muss eine Verbindung geben. Wir sehen sie einfach nur noch nicht. Ich bin mir sicher! Es ist bestimmt kein Zufall, dass wir den Computer des Hackers auf dem Gelände der Universität zu Bologna geortet haben. Und wie du weißt, studiert der Sohn - von Professore Marini - dort. Erinnere dich, dass Andrea Marini völlig versteinert schaute, als er mit Clarissa zusammenstieß. Professore Marini hat das nicht erwähnt, das muss etwas bedeuten!«
Paola sagte diesen Satz mit energischer Stimme.

»Ja, Paola, ich glaube auch, dass es da einen Zusammenhang gibt, aber nur im Fall Angelo. Was haben die anderen beiden Frauen damit zu tun. Sie sehen auch nicht im Entferntesten wie Signorina Pausini aus. Wenn er es ist, dann haben wir etwas übersehen. Wir müssen noch einmal von vorne anfangen«, brachte Maria Nero vor.

»Ich sage dir eins, der Schlüssel ist Andrea Marini. Der hat etwas damit zu tun. Direkt oder indirekt. Glaube mir das! Wir laden ihn vor«, erwiderte Paola ziemlich aufgewühlt.

»Komm, lass uns zu…« Paola stockte, »wie heißt der Zeuge?«

»Frederico Torresan«, antwortete Maria, nachdem sie auf ihren Notizblock geschaut hatte, »Lass uns zu ihm gehen und ihn befragen«, beendete Paola den Satz.

Doch bevor sie zum Zeugen gehen konnten, sah Paola Salvatore Torri vorfahren.

»Ich gehe nur schnell zu Salvatore. Ich komme gleich nach, Maria! Ach, bevor ich es vergesse! Rufe bitte schnell bei Francesco im Krankenhaus an und sage ihm, die Kleidung des Opfers hat Spuren vom Täter. Sie muss sofort an den Beamten übergeben werden und dann ins Labor. Welcher Beamte ist zum Krankenhaus unterwegs? Egal, falls noch keiner unterwegs ist, dann organisiere es bitte! Sofort! Danke dir!«

Maria Nero ging zu dem Beamten zurück, mit dem sie vorher gesprochen hatte.

Paola lief derweil dem vorfahrenden Wagen Salvatores entgegen. Salvatore stieg aus dem Wagen, da stand Paola bereits vor ihm.

»Na Paola, heute ist unser Tag!«, sagte er scherzhaft, doch als er in das ernste Gesicht von Paola sah, entwich sein Lächeln.

»Salvatore, tue mir einen Gefallen. Schaue dir alles ganz genau an vor dem Hintergrund, dass wir es mit ein und demselben Täter wie bei den Fällen Angelo und Cantaneo zu tun haben. Laut der Aussage des Zeugen hat der Täter sich erneut verletzt. Ich habe bereits veranlasst, dass die Kleidung des Opfers sofort zu euch in das Labor gebracht wird. Solltest du weitere Spuren finden, gleiche sie bitte mit der DNA, die wir im Fall Angelo gefunden haben, aber noch nicht zuordnen konnten, ab.«

»Verhärtet sich dein Verdacht von vorhin?«, fragte Salvatore sie.

»Sieht danach aus. Ich habe erst einmal nur die grobe Richtung. Konkret fehlt mir noch ein Puzzlestein.«

Salvatore stutzte: »Das hört sich kompliziert an.«

»Ja…schon, aber immerhin habe ich eine Spur und tappe nicht wie bisher komplett im Dunkeln.«

Salvatore schaute sie an: »Was ist mit diesem Opfer? Hat sie es überlebt?«

Paola nickte ihm zu. »Ich habe bisher nur den Beamten vor Ort sprechen können. Laut seiner Aussage hat sie eine Stichverletzung, war aber ansprechbar und bei Bewusstsein. Sie ist bei Francesco im Krankenhaus. Ich werde nachher gleich noch hin. Gut, Salvatore, dann will ich dich nicht länger aufhalten. Ich spreche jetzt mit dem Zeugen.«

»Oh, es gibt einen Zeugen! Da hast du aber Glück, dieses Gelände liegt doch völlig verlassen. Dass sich hier jemand hin verirrt, ist wirklich Glück für dich!«

Paola musste ihm zustimmen, klärte ihn aber über den Sachverhalt auf.

»Der Zeuge hatte kurz zuvor eine Sprachnachricht von unserem Opfer bekommen und deshalb ist er hier.«

»Ach so! Ich drück dir die Daumen, dass er dir etwas Konkretes zum Täter sagen kann.«

Paola verabschiedete sich von Salvatore und winkte Maria Nero zu. Machte eine Handbewegung, die bedeutete, ob sie mit zum Zeugen kommen könne.
Paola wartete einen Moment, bis Ispettore Nero zu ihr gelaufen kam.

»Ich habe alles veranlasst bezüglich der Spuren an der Kleidung des Opfers. Der Beamte von vorhin macht sich auf den Weg. Außerdem habe ich Francesco informiert.«
Paola freute sich und sagte nur: »*Perfetto!* Das hast du prima gemacht. Dann gehen wir mal zu Frederico Torresan.«

Signor Torresan, der vorhin an seinem Auto kauerte, hatte sich in der Zwischenzeit in seinen Wagen gesetzt. Als er die beiden Polizistinnen sah, die auf ihn zuliefen, öffnete er die Fahrertür und stieg hinaus.

»*Buonasera,* Signor Torresan. Mein Name ist Commisario Rossi, das ist meine Kollegin Ispettore Nero. Dürfen wir Ihnen ein paar Fragen stellen?«
Er reichte den beiden Frauen die Hand und begrüßte sie.

»*Buonasera, Sì*! Natürlich helfe ich Ihnen. Sie ist meine Schwester und ich möchte alles dafür tun, damit Sie den Täter fassen.«
Betroffenheit spiegelte sich auf Paolas Gesicht.

»Das tut uns leid, wir wussten nicht, dass es ihre Schwester ist. Wie kam es dazu, dass Sie hierhergekommen sind? Wir wissen von einer

Sprachnachricht…?«, fragte Ispettore Nero Signor Torresan und zückte ihren Notizblock, um alle Informationen aufzuschreiben.

»*Sì*. Sie hatte mir über das *telefonino* eine Sprachnachricht geschickt. Warten Sie, ich kann sie Ihnen abspielen oder soll ich sie an Sie weiterleiten?«

»Wenn es Ihnen nichts ausmacht, spielen Sie sie bitte einmal ab und danach leiten Sie uns die Nachricht weiter, geht das?«

Frederico Torresan nickte ihnen zu.

Er suchte die Nachricht und dann drückte er auf den Startknopf: »Fedez, hier ist Annalisa. Ich habe so ein komisches Gefühl. Komm bitte, so schnell du kannst, zur alten Fabrik. Hier will sich …«, dann brach die Sprachnachricht ab.

Offensichtlich kannte das Opfer den Täter und wollte sich mit ihm treffen, dachte sich Paola.

»Haben Sie eine Idee, mit wem sie sich treffen wollte?«

»Nein, das weiß ich nicht! Ausschließen kann ich ihren Ex- Mann?«

»Wieso?«

»Ich hatte mich vorhin mit ihm getroffen, er wollte mit mir sprechen. Er hat Probleme mit meiner Schwester…«, er zögerte, denn er wollte den Ex-Mann seiner Schwester nicht belasten.

Paola bemerkte es.

»Waren sie im Streit? Also der Ex–Mann und Ihre Schwester?«

Signor Torresan wand sich und bewegte dabei den Oberkörper.

»Er hat mit diesem Überfall bestimmt nichts zu tun! Als die Sprachnachricht ankam, stand Matteo direkt neben mir. Er war so traurig und durcheinander! Er sah nicht so aus, als würde er zu Annalisa rennen, um sie zu überfallen oder zu töten. Verstehen Sie, was ich meine? Der war fertig und wollte nur nach Hause und seinen Kummer ertränken.«

»Aber es muss doch etwas zwischen den beiden vorgefallen sein. Können Sie uns etwas dazu sagen? Alles ist wichtig!«

Er fing zu sprechen an: »Matteo hat ziemlichen Mist gebaut. Anders … meine Schwester ist eine sehr beliebte, tolle Frau. Sie hat viele Freunde, auch männliche. Aber alles nur auf einer Kumpel Ebene.«

Paola machte eine Kopfbewegung, die ausdrückte, dass sie verstand, was er meinte.

»Letztes Jahr hatte sich Annalisa mit einem Freund verabredet. Matteo war eifersüchtig. Als Annalisa, später als verabredet nach Hause kam, war er ziemlich sauer. Sie müssen wissen, meine Schwester lässt sich nichts sagen! Sie ist total selbstbewusst. Jedenfalls, der Streit schaukelte sich hoch. Er wollte sie am Arm greifen und im nächsten Moment knickte Annalisa um und verletzte sich. Da sah meine Schwester nur noch rot und schmiss Matteo sofort aus der gemeinsamen Wohnung. Wie gesagt, sie hat Temperament! Als er unten an der Straße ankam, musste er den Kopf einziehen, da Annalisa mehrere Töpfe vom Balkon nach unten schmiss.«

Paola schnalzte mit der Zunge und sagte: »Autsch!«

»Verstehen Sie jetzt, warum ich glaube, dass Matteo damit nichts zu tun hat… Im Übrigen war er ja bei mir! Das würde zeitlich auch gar nicht passen. Ich bin sofort los! Und ich habe mich sehr beeilt!«, sagte er mit Nachdruck.

»Wie ging es damals weiter? Hatten Ihre Schwester und Matteo nach diesem unglücklichen Streit noch einmal Kontakt?«

»Matteo rief mich direkt am Abend des Vorfalls an. Wir sind befreundet. Er hat total darunter gelitten. Matteo hat sich bei Annalisa tausendmal entschuldigt, doch Annalisa lenkte erst einmal nicht ein. Dann machte Matteo ihr den Vorschlag, er würde sich professionelle Hilfe suchen. Er wollte sie nicht verlieren. Ich sage Ihnen: ehrlich…ich finde, da hat Annalisa zu heftig reagiert. Aber gut, sie ist, wie sie ist. Als Schwester ist sie einfach toll, als Partnerin…«, er knirschte mit den Zähnen, »ich bin froh, dass sie meine Schwester ist.«

Ispettore Nero schrieb eifrig mit.

Paola überlegte: »War dieser Matteo bei einem Psychiater oder Psychologen, wissen Sie da Näheres?«

»Ja, das war er. Aber der Typ, der scheint auch nicht ganz bei Trost zu sein. Was der dem Matteo für einen Schwachsinn erzählt hat. Der hat versucht Matteo gegen meine Schwester aufzuhetzen. Wie ich schon sagte, ich fand auch, dass Annalisa überreizt reagiert hat, aber sie ist keine durchgeknallte Furie!«
Um seine Worte zu unterstreichen, nahm er seine Hände nach oben und gestikulierte wild.

»Wissen Sie, wie der Dottore heißt?«, fragte Paola ihn.

»Momentan fällt es mir nicht ein. Als Matteo mir so einiges nach seinen Sitzungen erzählt hat, fand ich diesen angeblichen Dottore unangenehm; ich habe den Namen verdrängt…aber ich kann doch Matteo fragen.«
Paola schüttelte den Kopf. »Das machen Sie bitte nicht, das werden wir tun. Der Ex–Mann Ihrer Schwester, heißt Matteo Razzauti?«

»*Sì!* Warten Sie, ich kann Ihnen seine *telefonino* Nummer geben und seine neue Adresse.«
Maria Nero schrieb alles auf.

»Können Sie uns etwas zum Tathergang schildern? Wie schnell waren Sie da? Was haben Sie gesehen?«

»Ich war circa fünfzehn Minuten später hier. Wer es auch immer war, er wusste nicht, dass meine Schwester Kampfsport macht. Das hatte sie nur mir erzählt, auch nicht Matteo. Nach dem Streit mit Matteo fing sie damit an. Sie wollte sich künftig schützen. Also, als ich ankam, stand der Täter hinter

meiner Schwester und ich sah etwas Silberfarbenes blitzen. Ich vermute mal ein Messer. Im nächsten Moment machte meine Schwester einen Satz und drehte dem Angreifer das Handgelenk; dabei rutschte das Messer ab und der Täter verletzte sich. Meine Schwester wollte wegrennen, doch der Täter schlug wie wild um sich. Er traf sie und sie sackte zusammen. Ich bin in der Zwischenzeit aus meinem Auto gerannt und habe los geschrien. Es ging alles blitzschnell. Er sah mich! Gleichzeitig versuchte er zuzustechen und dann rannte er los. Ich hatte es dem Beamten vorhin schon gesagt, er rannte erst los und dann humpelte er plötzlich. Ich bin sofort zu meiner Schwester und wollte sehen, wie schlimm ihre Verletzung ist. Ich bin Krankenpfleger, müssen Sie wissen. Dann habe ich den Notarzt angerufen.«
Paola dachte nach.

»Hat Ihre Schwester etwas zu Ihnen gesagt, vielleicht, wer es war? Die Vermutung liegt nahe, denn sie schien den Täter ja zu kennen; sonst hätte sie doch keine Sprachnachricht an Sie verschickt?«

»Als ich mich über sie gebeugt habe, hat sie nur noch flüstern können. Ich habe nur gehört, dass sie sagte, sie hat so große Schmerzen. Habe ich etwas Falsches gemacht? Sie wollte mir etwas sagen und ich meinte nur: Pscht…gleich kommt der Notarzt, versuche ruhig zu bleiben. Ich pass auf dich auf! Ich habe die ganze Zeit geredet, weil ich dachte, sie wird bewusstlos. Ach…hätte ich sie doch nur reden lassen.«

Paola streifte seinen Arm. »Signor Torresan, alles ist gut. Sie standen unter Schock. Sie haben alles richtig gemacht. Bitte, machen Sie sich keine Vorwürfe! Sie wollten sie retten und das haben Sie mit Sicherheit durch ihr sofortiges Handeln getan.«

»Ich bin froh, dass Sie das sagen.«

Ispettore Nero nahm seine Personalien auf und dann verabschiedeten sich die Polizistinnen von ihm.

Sie tauschten noch ein paar Worte mit Salvatore Torri aus. Kurze Zeit später verließen sie den Tatort und fuhren zur Questura zurück.

»Sobald wir in der Questura ankommen, veranlasse bitte, dass Andrea Marini vorgeladen wird. Professore Marini soll ebenfalls vorgeladen werden.«

»Das mache ich sofort«, antwortete Maria.

»Sag mal, dieser Psychiater…«, Paola überlegte, dann fiel ihr wieder die Eselsbrücke ein, die Assistente Carlo Mazzola erwähnte.

»Ich komme darauf, wie eine Stadt«, murmelte sie laut vor sich hin. »Mantova!«

»Carlo hat alles versucht. Aber bislang haben wir ihn nicht erreichen können.«

»Wie kommst du jetzt auf den Psychiater?«

»Fiel mir gerade ein. Bestimmt, weil wir eben mit dem Zeugen über einen Psychiater gesprochen haben.«

Paolas Blick veränderte sich auf einmal. Sie nahm ihre Hand an den Mund, dachte nach und sagte plötzlich.

»Der Ex-Mann von Laura Cantaneo war bei einem Psychiater. Professore Marini, hatte der nicht auch gesagt, dass sein Sohn in Behandlung sei…«, ihre Stimme zitterte, als sie sagte: »und Matteo Razzauti war ebenfalls in Behandlung. Maria! Wir müssen ganz schnell mit dem Ex-Mann, Matteo Razzauti sprechen; bevor er völlig alkoholisiert und komatös in seiner Wohnung liegt.«

An der nächsten Ecke wäre die Questura gewesen, doch blitzschnell wendete Maria Nero den Wagen.

»Das ziehen wir am besten vor…«, waren Marias Worte, bevor sie losjagte. Sie packte das Blaulicht heraus und fuhr mit einem Affenzahn zur Adresse von Matteo Razzauti. Sie kamen bei der Wohnung an, suchten das Namensschild, doch da stand nirgends: Razzauti.

»Mist! Der wohnt bestimmt bei einem Freund. Rufe mal auf dem *telefonino* von ihm an.«
Maria Nero suchte in ihren Notizen nach der Nummer, wählte, doch nur die Mailbox ging ran. Sie blätterte erneut in ihrem Block und begann eine weitere Nummer einzutippen.

»*Pronto!*«

»*Scusi,* hier spricht Ispettore Nero! Signor Torresan, sind Sie das?«

»*Sì!* Wie kann ich Ihnen helfen?«

»Wir stehen vor der Adresse ihres Ex-Schwagers. Wir finden kein Namensschild ›Razzauti?‹ Wohnt er bei jemandem?«

»Oh, *Scusi!* Das habe ich vergessen. Klingeln Sie bei: Ziglio!«

Maria Nero schaute auf die Schilder und sah den Namen.

»*Grazie!*«, dann legte sie auf.

»Ziglio!«, sagte sie laut zu Paola und drückte den Klingelknopf. Es dauerte eine Weile, bis der Summer die Tür öffnete.

Als sie im Hausflur standen, rief eine Stimme von oben, »Zweiter Stock!«

Sie nahmen eiligst die Stufen und kamen etwas außer Atem oben an.

Paola zückte ihren Dienstausweis, als sie vor dem jungen Mann stand. »Mein Name ist Commissario Rossi, das ist meine Kollegin, Ispettore Nero. Sind Sie Matteo Razzauti?«

Der Mann schaute sie verwundert an, sein Gesicht wirkte zerknautscht, als hätten sie ihn gerade aus dem Schlaf gerissen.

»*Sì!* Was wollen Sie von mir?«, fragte er mit erschrockener Stimme.

»Wir müssen Ihnen leider mitteilen, dass ihre Ex-Frau Annalisa Opfer eines Überfalls wurde.«

Augenblicklich wankte Matteo Razzauti. Er griff an seinen Kopf und fuhr durch seine Haare. Seine Stimme war zittrig.

»Geht es ihr gut? Was ist mit ihr? Oh, *Madonna!*«

»Dürfen wir hereinkommen?«, fragte Ispettore Nero.

»Ja, natürlich! Kommen Sie! Ich gehe mal vor.«

Die beiden Polizistinnen folgten ihm.

Paola schaute auf die Hände von Matteo Razzauti.

Nirgends die Spur … einer Verletzung.

Er kann es also nicht gewesen sein, dachte Paola.

Signor Torresan hatte recht!

Sie kamen in das Wohnzimmer. Matteo setzte sich auf einen Sessel.

»Nehmen Sie Platz!«, er deutete auf die Couch, doch auf dieser lag Bettzeug.

»Oh, *Scusi!*«

Hastig nahm er das Bettzeug zur Seite, um etwas Platz zu schaffen.

Paola nahm Platz, Maria bevorzugte stehenzubleiben.

»Entschuldigen Sie, Annalisa ist überfallen worden? Wo ist sie?«

»Sie wird im Krankenhaus behandelt.«

»Oh mein Gott!«, er verlor seine Fassung und kämpfte mit den Tränen.

»Ist sie schlimm verletzt?«, fragte er mit weinerlicher Stimme.

Paola erzählte ihm alles ganz ausführlich.

Langsam wurde er etwas ruhiger.

»Im Zusammenhang unserer Ermittlungen haben wir folgende Frage: Sie gehen zu einem Psychologen?«

»Ja! Und nein!«

Paola schaute ihn irritiert an.

»Entschuldigen Sie, ich bin so aufgeregt. Der Dottore hat gesagt, er muss die Behandlung abbrechen.«

Farbe stieg in sein Gesicht auf, als er sagte: »Ich hätte die Behandlung jetzt sowieso abgebrochen. Der hat solch einen Unsinn erzählt. Manches Mal, hatte ich regelrecht Angst vor ihm. Man soll doch Vertrauen zu einem Dottore haben. Seine Augen…ich sag Ihnen, so etwas habe ich noch nicht gesehen…eiskalt! Der wirkte wie in Trance bei der letzten Sitzung. Ich war froh, als ich heil aus dem Termin kam. Der sah aus wie ein Irrer…!«

Paola unterbrach ihn, schluckte und sagte mit unruhiger Stimme: »Dottore Mantova?«

Verblüfft schaute Matteo Paola an. »Ja! Hat er meine Frau überfallen?«

Jetzt schaute Paola nicht schlecht, »Wie kommen Sie auf den Dottore?«

»Ist doch naheliegend, dachte ich…«, seine Stimme wurde verlegen.

»Weil Sie doch den Namen kennen und Annalisa überfallen wurde, dachte ich, der Dottore wurde festgenommen…«

Blitzartig fiel es Paola wie ›Schuppen von den Augen‹.

Das könnte der Zusammenhang zwischen ihren Opfern sein. Nicht Andrea Marini war der Täter,

sondern der Dottore. Das ergab plötzlich alles einen Sinn. Von Dottore Mantova gingen die Fäden aus. Wenn sich herausstellte, dass Andrea Marini ebenfalls bei diesem Dottore in Behandlung war, dann könnte die Vermutung des Signor Razzauti der Wahrheit entsprechen.
Dieses plötzliche Szenario musste Paola in ihrem Kopf erst einmal zuordnen.
Ispettore Nero schien die gleichen Gedankensprünge in ihrem Kopf zu haben, das sah Paola ihr an.

»Signor Razzauti, wann hatten Sie den letzten Termin bei Dottore Mantova?«

»Warten Sie! Es war am Dienstag, den 20. Mai. Das war der letzte Termin. Er hat so schlimme Dinge über Annalisa gesagt. Als ich ihn anschaute, sah ich nur, wie seine Augen eiskalt und böse dreinschauten. Ich habe mich total erschrocken. Die ganze Therapie bei dem war völliger Quatsch und Zeitverschwendung?«

»Wieso?«, fragte Paola.

»Ich wollte meine Annalisa zurück. Doch er, er tat so, als wenn Sie die größte und schlimmste Furie überhaupt sei. Schließlich sollte ich doch froh sein, dass ich sie los bin, denn wer braucht schon ›eine Ehebrecherin‹ zur Frau. Der hat mir gar nicht zugehört. Meine Motivation, eine Therapie zu machen, war es, meine Eifersucht in den Griff zu bekommen. Doch er stellte Annalisa als Monster hin. Ich wollte Hilfe und hatte jedes Mal Angst, wenn ich eine Sitzung bei ihm hatte. Die Argumente seinerseits betreffend Annalisa fand ich völlig überzogen und unangemessen. Oh Gott!«, plötzlich überrollte ihn eine Gefühlswelle und er atmete ganz schwer.

»Was meinen Sie?«

»Der Überfall fand auf einem stillgelegten Fabrikgelände statt?«

»Ja! Wissen Sie etwas dazu?«

»Was für ein dummer Fehler…«,

»Sagen Sie schon! Warum löst der Tatort bei Ihnen solch einen Schrecken aus?«

»Annalisa hat mir erzählt, dass sie früher immer mit ihrem Bruder dort gespielt hat. Sie sagte dann zu Fedez: Eines Tages, wenn sie groß sei, wolle sie sich dort ein Loft einrichten und wohnen. Ich bin dann irgendwann, ist schon mindestens ein Jahr her hin und habe mir das Grundstück angeschaut. Ziemliche Ruine. Sie fand es dort immer noch besonders…so sagte sie, dieses Morbide und Verfallene gefiel ihr. Sie machte sogar Zeichnungen und hatte schon die Besitzer recherchiert…und wenn Annalisa sich etwas in den Kopf gesetzt hat…aber ich schweife ab. Sie ist Innenarchitektin, müssen Sie wissen und hat ein tolles Gespür für Einrichtungen und Bauelemente.«
Paola wollte es abkürzen und fragte: »Inwieweit ist das wichtig für uns? *Scusi!* Ich will nur besser verstehen, was Sie meinen?«

»Dottore Mantova fragte mich bei dieser fürchterlichen letzten Sitzung ganz konkret zu diesem Grundstück aus. Ob ich den Besitzer kennen würde?

Ob Annalisa noch immer darüber spricht … Und um mich scheinbar auf eine andere Fährte zu bringen, tat er so, als wenn das ein weiteres Indiz dafür wäre, wie selbstgerecht und durchgeknallt meine Frau sei. Irgendwann während der Sitzung habe ich aufgehört, mich gegen seine Argumente aufzulehnen. Gedacht habe ich … nur noch ein paar Minuten und dann siehst du diesen Irren nicht mehr wieder! Ehrlich gesagt, habe ich nicht im Entferntesten damit gerechnet, dass er plant, sie dort hinzulocken. Ich bin so ein Idiot! Habe alles brav beantwortet, habe ihm sogar die genaue Adresse genannt! Einfach alles, was ich wusste. Ich könnte mich ohrfeigen!«

»Seien Sie gnädig zu sich. Sie waren der Patient und konnten doch nicht ahnen, dass ihr Therapeut womöglich ganz andere Ziele verfolgt. Sie waren doch auf ihr Problem fixiert und wollten sich Hilfe in ihr Leben holen. Wie können Sie denn davon ausgehen, dass ein Therapeut nur ein Ziel hat nämlich neue Opfer ausfindig zu machen…«, er warf ein: »Trotzdem!«

Paola versuchte ihn zu beruhigen, es gelang ihr nicht wirklich, doch immerhin wirkte er nun wieder gefasster.

»Darf ich meine Frau besuchen? Wo ist sie denn?« Paola gab ihm die Auskunft, doch bat sie darum, dass er sich erst einmal bei Dottore Rossi melden solle; bevor er zu ihr gehen könne. Es standen noch einige kriminaltechnische Untersuchungen an, die erst einmal abgeschlossen werden sollten. Zudem sagte sie ihm, dass auch seine Frau erst einmal - unter polizeilicher Bewachung – stand; und sie erst einmal Bescheid geben musste, damit er die Erlaubnis bekommt, sie sehen zu dürfen.

»Auch?«, fragte er verunsichert.

»Ich kann leider nicht über laufende Ermittlungen sprechen! Nur so viel, es sieht so aus, als hätte Dottore Mantova weitere Opfer überfallen.«

»*Madonna!* In was bin ich da nur reingeraten. Da gehst du zu einem Therapeuten und willst dir helfen lassen und dann versucht der deine Frau umzubringen. Ich kann das noch immer nicht fassen. Das ist doch unglaublich! Am Anfang habe ich Dottore Mantova auch noch nichts angemerkt, erst jetzt zum Schluss. Wie kann denn so ein Mensch als Therapeut, arbeiten…«

Das fragte sich Paola auch.

Wie konnte er nur praktizieren?

Der Fall müsste nun komplett anders aufgerollt werden.

Paola sah auf ihre Uhr.

»Signor Razzauti, wir müssen los! Sie haben uns sehr geholfen! Hier ist meine Karte. Falls ihnen noch etwas einfällt, melden Sie sich. Wir müssen jetzt – sofort - reagieren! Ihre soeben gemachte Aussage lässt den Schluss zu, dass wir in eine andere Richtung ermitteln müssen.«

»Natürlich, das verstehe ich. Ich werde mich schnell frisch machen und dann ins Krankenhaus fahren. Ich melde mich bei Dottore Rossi. Vielen Dank!«

Paola und Maria verabschiedeten sich und liefen die Treppe zügig nach unten. Als die beiden Frauen am Treppenabsatz standen, flüsterte Paola ihr zu:

»Hast du auf seine Hände geschaut?«

Maria schaute sie an und sagte nur:

»Ihn können wir definitiv ausschließen!«

»Hättest du gedacht, dass dieser Fall so eine Wende nimmt und plötzlich alles einen Sinn ergibt«, sagte Paola ernüchternd.

Maria zückte ihr *telefonino* und wählte die Nummer der Questura.

»Carlo, hier ist Maria! Suche bitte sofort die Adresse von Dottore Mantova raus. Dann brauchen wir eine Überwachung seines *telefonino*. Die Beschlüsse versuchen wir gleich zu beantragen. Bereite alles vor. Wir sind auf dem Weg in die Questura…«

Paola setzte sich schon einmal ins Auto. Offensichtlich tauschte Maria noch ein paar persönliche Worte mit Carlo aus, aber keine zwei Minuten später öffnete sie die Fahrertür.

»Alles gut?«, fragte Paola.

»Das Persönliche wird überschätzt…«, sagte Maria zähneknirschend.

Dann sah sie auf und antwortete: »Es ist alles ok! Paola! Wenn man so einen Fall bearbeitet, da kann man nicht einfach umswitchen. Aber… Alles gut. Mal sehen, wie lange wir heute noch arbeiten müssen. Irgendwann haben wir Feierabend und dann streifen wir Psychopathen ab; und können uns ›auf uns selbst‹ besinnen. Jetzt ist dafür keine Zeit!«

»So philosophisch…«, Paola schaute sie von der Seite an, »ich mein ja nur… «

Als sie wieder in der Questura ankamen, rief Paola Francesco von ihrem Büro aus an. Zum einen wollte sie ihn bezüglich des neuen Opfers informieren und gab ihm auch gleich Bescheid, dass der Ex-Mann Matteo Razzauti sich bei ihm melden würde. Zum anderen, dass sie noch einige Zeit zu tun hätte, obwohl sie diesen Abend ganz anders geplant hatten. Sie hauchte einen Luftkuss in das Telefon und sagte zur Verabschiedung:

»*Mio caro,* sobald ich weiß, welche Richtung die Ermittlungen nehmen, gebe ich dir Bescheid. Bis später. *Amore!*«

Dann legte sie auf und ging zu Ispettore Nero zurück.

»Wie sieht es aus? Könnt ihr mir einen kurzen Lagebericht geben?«

Carlo Mazzola sammelte sämtliche Notizen zusammen und fing zu sprechen an.

Andrea Marini war telefonisch nicht zu erreichen, er hatte ein Hilfegesuch an die Kollegen in Bologna gestellt. Leider insofern erfolglos, da Andrea Marini nicht in seiner Wohnung war. Assistente Mazzola hatte in der Universität zu Milano angerufen, um Professore Marini zu sprechen. Die Sekretärin berichtete, dass der Professore völlig aufgelöst fort sei. Sie vermutete etwas Persönliches. Sie erzählte Assistente Mazzola, dass sie Professore Marini noch nie so erlebt hätte. Daraufhin gab sie ihm anstandslos die *telefonino* Nummer von Professore Marini. Die Sekretärin macht sich ›große Sorgen um ihren Chef‹, hob Assistente Mazzola, ergänzend hervor. Er hatte dann unter der *telefonino* Nummer kurz mit Professore Marini telefoniert. Er war scheinbar im Zug – unterwegs - nach Verona. Die Leitung war nicht sehr stabil und brach immer wieder zusammen. Die Wortfetzen, die Carlo verstehen konnte, setzte er sich folglich zusammen… ›Professore Marini ist auf dem Weg zur Questura in Verona… ‹ Carlo Mazzola, nahm ein anderes Blatt zur Hand. Seine vorläufigen handschriftlich verfassten Notizen zu: Dottore Tizian Mantova. Ihn betreffend hatte er ebenfalls ein Hilfegesuch an seine Kollegen in Bologna gestellt. Unter der Adresse seiner Praxis in Bologna war er nicht zu erreichen. Da noch kein richterlicher Beschluss bezüglich der Krankenakten des Dottore vorlag, konnten sie die Akten der Praxis nicht beschlagnahmen. Sie mussten warten, bis dieser vorlag. Auf dem Universitätsgelände hatten sie in Erfahrung gebracht, dass Dottore Mantova am frühen

Morgen bis zum Vormittag in seinem Büro zu tun hatte. Der Computer, an dem er gearbeitet hatte, war weg!

Paola nahm das alles zur Kenntnis.

»Wie sieht es in Verona aus? Hat er nicht auch hier eine Praxis?«, fragte Paolo Carlo.

»Die Kollegen waren vor Ort. Es ist niemand da und wir brauchen jetzt dringend einen Beschluss. Sie kennen die rechtlichen Folgen, Beweismittel ohne Beschluss haben keine Verwertbarkeit vor Gericht!«

»Besorg ich gleich…ist nur noch eine Frage von Minuten. Die Indizien und die Zeugenaussage belasten Dottore Mantova erheblich. Ich gehe zum Vice Questore und Sie, machen bitte weiter. Ähm … gibt es eine private Adresse in Verona von Dottore Mantova?«

»Nein! Er muss ja irgendwo sein. In der Praxis ist er nicht.«

»Wühlen Sie?«

»*Come?*«, fragte Carlo, etwas entgeistert, seine Chefin.

»Schauen Sie bitte, ob er verheiratet ist oder war. Schauen sie nach seinen Eltern. Liegt etwas bei uns gegen ihn vor…das meine ich mit *wühlen!*«

»Ah!«, sagte Carlo mit einem Strahlen in den Augen, »verstehe Commissario, sehr guter Ansatz!«

Paola drehte sich um und trotz der angespannten Lage, huschte ihr ein Lächeln über das Gesicht.

Sie machte sich auf den Weg zum Vice Questore.

»*Ciao*, Silvia!«

»*Ciao*, Paola!«

»Ist er da?«

Die Assistentin vom Vice Questore, Silvia Ponte, nickte ihr zu.

»Kannst rein!«

»*Grazie!*«

Sie klopfte an die Tür und hoffte, dass der Vice Questore ohne Umschweife einen Beschluss veranlassen würde. Für Spielchen hatte sie keine Zeit! Ihr brannte die Zeit unter den Nägeln … Noch ein kurzer tiefer Atemzug, dann ging sie in das Büro.

»Commissario Rossi, wie schön! Ich habe schon gehört, Sie sind kurz davor, den Täter dingfest zu machen?«

Paola sah Vice Questore Dal Molin an.

Er schien zumindest gerade jetzt auch an einem schnellen Ablauf interessiert zu sein.

»Vice Questore, ich brauche dringend Beschlüsse! Sie müssen mir bitte helfen, damit wir keine Zeit verlieren. Wir wissen leider nicht, ob der Täter noch weitere Opfer im Visier hat.«

Er bat Paola Platz zu nehmen.

»Berichten Sie!«

Paola setzte ihn ins Bild.

Er schrieb sich einige Angaben auf.

»Commissario, sehen sie die Beschlüsse schon einmal als beantragt! Meine Assistentin gibt ihnen sofort Bescheid, sobald sie vorliegen.«
Völlig verdattert bedankte Paola sich bei ihm.

»*Grazie!* Vice Questore. Das ist… «, ihr fehlten die Worte.
Er winkte ab: »Das ist doch meine Aufgabe. Liebe Commissario Rossi, Sie haben gute Arbeit geleistet.«
Seine Stimme klang gönnerhaft und selbstverliebt, doch letztlich hatte sie gleich ihre Beschlüsse und konnte agieren. Sie ging erleichtert aus dem Büro ihres Vorgesetzten.
Als sie bei Silvia Ponte vorbeikam, hob sie ihre Hand und machte den Daumen hoch.
Silvia Ponte verstand und hielt sich ihrerseits die Hand ans Ohr, aussagend: Sie würde sie anrufen, sobald die Beschlüsse vorlagen.

Sofort überbrachte Paola die frohe Botschaft, als sie am Schreibtisch von Ispettore Nero und Assistente Mazzola ankam.

»Wie hast du das gemacht, das ging aber schnell«, war der Kommentar ihrer Kollegin Maria.
Paola winkte nur ab.
Carlo Mazzola hatte ein Blatt in seiner Hand und wirkte sehr aufgeregt.

»Ist das für mich?«, fragte Paola ihn.

»*Sì!* Commissario. Sie hatten - so recht - zu *wühlen*!«

»Hatte ich?«

»Es liegt eine Anzeige gegen Dottore Mantova vor?«

Paola machte große Augen.

»Ein Patient?«

»*Sì!* Eine gewisse: Valentina Orlandino! *Mamma mia*!«

Paola schaute ihn verwundert an.

»Was steht in der Akte?«

»Eine ganze Menge! Aber… ich habe die Dame eben angerufen. Als ich mich vorgestellt habe und den Grund meines Anrufs genannt habe, fing sie sofort fast schon hysterisch an zu sprechen.«

»Jetzt haben Sie meine Neugierde geweckt!«, sagte Paola mit ernster Miene.

»Signora Orlandino hat bei ihm drei Sitzungen abgehalten. Sie sagte wörtlich: drei zu viel… Jedenfalls, kommen wir zum Wesentlichen. Sie hatte sich freiwillig einer Therapie unterzogen, da sie teilweise sehr aufbrausend reagierte, wenn ihr eifersüchtiger Mann ihr eine Szene machte. Ich lass mal alle persönlichen Ausführungen diesbezüglich weg. Fakt ist: Als Dottore Mantova davon erfuhr, verhielt er sich … merkwürdig. Das machte sie daran fest, dass er ihr nicht nur ins Gewissen redete, sondern fast schon so hinstellte, als sei sie eine Furie. Sie könne froh sein, dass ihr Mann noch nicht Hand an sie gelegt hatte. Des Weiteren riet er ihr, nein, er befahl ihr, sich zu trennen! Sie sei nicht in der Lage mit einem Partner zu leben. Sie sei eine selbstverliebte, egoistisch handelnde Person, die mal zur Räson gebracht werden müsste. Außerdem hat sie eine Beobachtung gemacht, die sie aber nicht der Polizei sagte; als sie den Vorfall zur Anzeige brachte. Sie wollte einen Tag nach der letzten Sitzung bei ihm vorsprechen und ihm persönlich mitteilen, dass sie von einer weiteren Behandlung absieht.«

Paola hörte aufmerksam zu.

»Da sah sie eine wild gestikulierende Frau, mit langen roten Haaren, in der Praxis auf und ab gehen. Das Sonderbare an dieser Situation war aber, dass diese Frau auch an dem Schreibtisch des Dottore Mantova Platz nahm. Jedenfalls, nach einer Weile stand diese Frau wieder auf, lief in die andere Ecke des Zimmers, welche man aber von der Straße nicht einsehen konnte. Als Signora Orlandino schon fast klingeln wollte, sah sie, wie plötzlich Dottore Mantova, aus dieser Ecke kam.«

»Nun ja, sicherlich merkwürdig, aber vielleicht war das ja seine Frau?«

»Nein! Die ist tot!«

»Ja, dann halt die Freundin, wer auch immer!« Auf Carlo Mazzolas Gesicht, machte sich ein triumphales Grinsen breit.

»Warten Sie ab, Commissario! Ich bin noch nicht fertig. Signora Orlandino fiel vor Schreck, ihr Schlüsselbund aus der Hand, denn …«, er baute eine Pause ein »Dottore Mantova hatte eine Perücke, mit langen roten Haaren, in der Hand.«

Paola blieb der Atem stehen.

Wenn die Patientin Orlandino dies bereits bei der Polizei erwähnt hätte, vielleicht wäre es gar nicht erst zu diesen fürchterlichen Verbrechen gekommen. Sie hielt sich die Hand vor den Mund, doch ein entsetztes »Oh, *mio dio*!«, entwich ihr.

»Wir müssen diesen Dottore Mantova so schnell es geht finden. Der stellt eine Bedrohung dar! Der ist nicht nur verrückt, sondern auch gefährlich. Das hört sich für mich so an, als hätte er eine gespaltene Persönlichkeit. Egal, welche Hintergründe eine Rolle spielen, Vorrang hat jetzt nur eins, wir müssen ihn finden und dingfest machen. Danach können wir weiter in seiner Vergangenheit kramen und nach dem Motiv suchen.«

Paola wandte sich an die restlichen Beamten im Büro.

»Kann ich bitte kurz Ihre Aufmerksamkeit haben!«

Augenblicklich wurde es mucksmäuschenstill im Raum.

»Lassen Sie alle ihre Fälle liegen. Wir müssen jemanden finden. Laut unseren bisherigen Ermittlungen handelt es sich um Dottore Mantova! Er ist Psychiater mit eigener Praxis in Bologna und ebenfalls hier vor Ort. Wir stufen ihn als einen gefährlichen Psychopathen ein. Laut unserem bisherigen Stand der Ermittlungen hat er bereits eine

Frau ermordet, zwei weitere schwer verletzt. Da wir noch nicht seine Krankenakten der Patienten einsehen konnten, wissen wir nicht, ob er ein weiteres Opfer, beziehungsweise weitere Opfer, anvisiert hat. Dieser Fall hat oberste Priorität! Ispettore Nero und Assistente Mazzola geben ihnen gleich weitere Hintergrundinformationen. Bilden Sie Arbeitsgruppen! Damit wir – schnellstmöglich – zum Ziel kommen können. Ich danke Ihnen!«

Das Telefon am Platz von Maria Nero klingelte.

»*Pronto!Sì!* Warte!«

Maria rief zu Paola: »Für dich!«

Paola nahm den Hörer.

Es war Silvia Ponte!

Die Beschlüsse lagen vor. Paola bedankte sich und machte sich eiligst auf den Weg zur Assistentin des Vice Questore. Als sie dort ankam, hatte Signora Ponte die Beschlüsse schon in der Hand.

»Es kann sein, dass wir noch einen weiteren Beschluss brauchen.«

»Melde dich einfach, das kriegen wir hin!«

Paola nahm die amtlichen Dokumente und rannte wieder zurück.

Sie übergab die Beschlüsse an Maria Nero. Sofort begann ein emsiges Treiben; alle Beamten waren im Einsatz. Hoch motiviert stürzten sie sich auf diese Herausforderung. Assistente Carlo Mazzola schickte erneut zwei Beamte zur hiesigen Praxis des Dottore

Mantova los. Jetzt konnten die Beamten die Krankenakten beschlagnahmen und endlich mit ihrer Arbeit anfangen.
Paola rief derweil im Labor bei Salvatore Torri an und klärte ihn über den momentanen Stand der Ermittlungen auf. Sie veranlasste, dass die Spurensicherung zur Praxis fuhr und bat Salvatore, einen IT-Spezialisten mitzuschicken. Paola erhoffte sich davon eventuelle Hinweise auf den Aufenthaltsort des Dottore Mantova zu bekommen. Dann nahm sie ihre Tasche und überlegte zum Krankenhaus zu fahren. Sie wollte sehen, ob ihr drittes Opfer Annalisa Razzauti, befragt werden konnte. Außerdem konnte sie dann gleich das Angenehme mit dem Nützlichen verbinden und mit ihrem Mann sprechen. Sie hielt es für angebracht alleine zu fahren, während sie Maria Nero die Leitung in der Questura anvertraute. Sie lief zum Ausgang und überlegte, wo ihr Auto stand. Im nächsten Moment stellte sie fest, dass sich ihr Magen vor Hunger zusammenzog. Mit eiligen Schritten lief sie zur Bar an der Ecke, bestellte sich zwei Panini und ein Wasser, zahlte und beeilte sich zu ihrem Wagen zu kommen. Während der Fahr biss sie immer Mal wieder von ihrem Panini ab und trank einen Schluck aus der Wasserflasche. Ihren Wagen parkte sie kurzerhand auf einem ›Behindertenparkplatz‹.
Direkt vor der Tür!

Sie legte das amtliche Dokument, das besagte, dass es sich hierbei um einen Polizeieinsatz handelte, in die Windschutzscheibe und rannte zum Eingang des Krankenhauses. In ihrem Inneren stieg eine solche Unruhe auf, die sie veranlasste, nicht weitere Zeit zu vergeuden. Die Fahrstuhltür sprang im dritten Stock auf. Sie rannte aus dem Fahrstuhl, stieß mit einer Krankenschwester zusammen, entschuldigte sich bei ihr. Konsequent, mit schnellen Schritten, setzte sie ihren Weg zum Dienstzimmer ihres Mannes fort. Sie klopfte und wartete noch nicht einmal das ›Herein‹ ab.

»Paola, wie siehst du denn aus? Hast du einen Geist gesehen?«, fragte sie ihr Mann Francesco, der hinter seinem Schreibtisch an einem Bericht schrieb.

»Einen Geist! Ja! So könnte man ihn nennen. Er hat uns ganz schön an der Nase rumgeführt. Francesco, ich habe ganz wenig Zeit! Mein Bauchgefühl sagt mir, wir müssen die beiden Patientinnen auf eine andere Station verlegen oder die Bewachung noch weiter ausdehnen.«

Francesco sah bestürzt in das Gesicht seiner Frau. Er erhob sich von seinem Stuhl und schloss Paola erst einmal in seine Arme.

»Sag mir, was du weißt…«

Paola erzählte im Zeitraffer die neuen Erkenntnisse.

Francesco rollte mit seinen Augenbrauen.

»Ich habe eine Idee?«

Paola schaute ihn erleichtert an.

»Wir legen Clarissa Angelo und Annalisa Razzauti in ein Zweibettzimmer, danach stellen wir einen Beamten vor das alte leere Zimmer von Clarissa. Der Täter denkt, sie ist noch da drin…«

»OK. Soweit so gut, aber was, wenn er erst einmal zu Annalisa geht.«

»Da machen wir das Gleiche. Besorge du ganz schnell einen weiteren Beamten.«

»Dann setze ich mich da hin?«

»So weit kommt es noch, Paola! Es wird doch hoffentlich, einen freien Beamten in ganz Verona geben, oder?«

»Entschuldige, aber dieser Fall bringt mich an meine Grenzen …«

Francesco drückte ihre Hand. »Alles gut! Warte mal, mir fällt etwas ein.«

Francesco drehte sich zu seinem Schreibtisch um und griff zum Hörer des Telefons.

In der Zwischenzeit forderte Paola einen weiteren Beamten zur Bewachung im Krankenhaus an.

»Oberschwester Maria, ich habe einen besonderen Auftrag für Sie! Können Sie bitte kurz in mein Büro kommen.«

»Was wird das jetzt, Francesco?«

»Warte ab…*mia cara.*«

Es klopfte an der Tür.

Oberschwester Maria trat ein.

»Dottore! Da bin ich!«

Als sie Paola sah, begrüßte sie seine Frau herzlich:

»Wie schön, Sie zu sehen!«

»Ganz meinerseits«, sagte Paola.

Francesco weihte die Oberschwester in seinen Plan ein.

Paola musste anerkennend zugeben, dass offensichtlich ihr kriminalistisches Gespür auch auf ihren Mann übergesprungen ist.

»Dottore, das ist ein guter Plan! Wir müssen auf jeden Fall die Betten beziehen, das wird ganz schön eng auf dem Flur«, dabei zwinkerte sie beiden zu.

»Ich mach mich auf den Weg! Allerdings bräuchte ich Hilfe, damit es schneller geht!«

»An wen hatten Sie gedacht?«

»Ob Dottore Manzoni mir helfen könnte. Sein Dienst beginnt erst in einer Stunde, aber ich habe ihn schon im Schwesternzimmer gesehen.«

Francesco pfiff und grinste: »Typisch, Pierluigi!«

»In diesem Fall doch gut für uns«, sagte Oberschwester Maria mit einem Lächeln.

»Können Sie ihm Bescheid geben? Ich kann ihm schlecht eine Anweisung geben.«

»Natürlich! Ich kümmere mich und piepe ihn gleich einmal an.«

Oberschwester Maria ging aus dem Dienstzimmer des Arztes.

»Francesco! Bevor jetzt diese Umbettung stattfindet. Kann ich nur ganz kurz mit Annalisa

Razzauti sprechen? Ich brauche nur fünf Minuten. Ist sie denn bei Bewusstsein?«

»Es geht ihr nicht gut, aber sie hat keine inneren Verletzungen. Die Stichwunde hat keine Organe getroffen. Wir haben ihr ein Beruhigungsmittel verabreicht. Ach so, bevor ich es vergesse. Die Kleidung des Opfers ist sofort an euren Beamten übergeben worden und Spuren unter ihren Nägeln haben wir auch gefunden.«

»Sehr gut! Francesco, auf dich kann ich mich verlassen.«

Er drehte seinen Kopf zu ihr.

»Gut! Ich gebe dir fünf Minuten. Ich komme vorsichtshalber mit.«

Francesco stand auf und lief gemeinsam, mit seiner Frau, zum Krankenzimmer der Patientin: Annalisa Razzauti. Der Wachmann, der vor der Tür saß, salutierte, als er Commissario Rossi sah.

»Ich möchte nur kurz in das Zimmer und mit unserem Opfer sprechen.«

»Sehr wohl, Commissario!«

Paola und Francesco traten in das Krankenzimmer. Annalisa Razzauti lag schlaftrunken in ihrem Bett. Wie ihr Mann Francesco sagte, war sie nur leicht verletzt und hatte anders, als Clarissa Angelo, lediglich einen Zugang und einen Verband angelegt bekommen.

»Signora Razzauti!«
Sie öffnete ihre Augen, als sie die Stimme von Francesco hörte.

»Commissario Rossi möchte Ihnen nur kurz ein paar Fragen stellen. Schaffen Sie das?«
Sie nickte.
Paola ergriff das Wort: »*Buonasera*, Signora Razzauti. Ich bin die leitende Ermittlerin in ihrem Fall. Ich möchte Ihnen nur kurz ein paar Fragen stellen, dann lass ich Sie in Ruhe.«
Annalisa Razzauti nickte verhalten.

»Ich kann nicht so gut sprechen…«, kam es flüsternd aus dem Mund der Patientin.

»Ich stelle die Fragen so, dass sie nicken oder mit dem Kopf schütteln können. OK?«
Sie nickte ihr zu.

»Haben Sie einen Verdacht, wer der Angreifer war?«
Sie nickte.
Dann formte sie mühevoll ihren Mund und sagte ganz leise: »Dottore Mantova!«

»Sie haben ihn erkannt? «
Wieder nickte die Patientin.
Sie winkte Paola zu sich heran.

»Ich hatte im Internet nach ihm geschaut, Matteo hatte…«, ihre Stimme versagte. Sie stöhnte auf.

»Ich verstehe schon. Ihr Ex-Mann hat Ihnen von seinem Therapeuten erzählt?«
Ein Nicken kam als Antwort.

»Sie haben dann im Internet recherchiert und ein Foto von ihm gesehen?«, eine weitere Bejahung folgte.

»Sie sind sich sicher?«

Annalisa Razzauti hauchte: »Ganz sicher…«

»Ich danke Ihnen sehr. Ich wünsche Ihnen gute Besserung. Sie werden aus Sicherheitsgründen, gleich in ein anderes Zimmer verlegt. Wundern Sie sich nicht, es dient ihrer Sicherheit. Wir haben Dottore Mantova noch nicht dingfest machen können und haben entschieden ihre Sicherheitsmaßnahmen zu erhöhen.«

Sie nickte.

»Mein Mann…«, sagte Annalisa mit gebrochener Stimme.

Commissario Rossi schaute Annalisa Razzauti an.

»Ich habe mit ihrem Mann gesprochen. Er macht sich sehr große Sorgen um Sie. Er darf nur noch nicht zu Ihnen. Sicherheitsvorkehrungen… «, dabei drehte Paola ihren Kopf zur Seite.

»Sobald die Gefahr gebannt ist, darf er zu Ihnen.«

Annalisa Razzauti schaute Paola mit einem dankbaren Blick an.

Paola sah, wie eine Träne an der Wange ihres Gesichts herunterlief.

»Alles wird gut. Wir passen auf Sie auf. Ich muss jetzt gehen.«

Paola drückte die Hand von Signora Razzauti und verließ mit ihrem Mann das Krankenzimmer.

Sie liefen zurück zum Dienstzimmer. Pierluigi Manzoni kam ihnen Entgegengelaufen. Kurze Zeit später war auch Dottore Manzoni in den Plan eingeweiht und er und die Oberschwester setzten kurze Zeit danach die geniale Idee um. Eifriges Geklapper war im Flur zu hören. Betten wurden hin – und hergerollt. Eine Tür öffnete sich, eine andere ging zu. Der Bettenwagen stand quer im Flur und niemand konnte sehen, was dort gerade passierte. Dem übrigen Pflegepersonal wurde gesagt, dass zwei weitere Patienten eingeliefert werden; die allerdings direkt von Dottore Manzoni und der Oberschwester Maria betreut werden sollen. Das Personal gab sich mit dieser Antwort zufrieden.
Paola sah ihren Mann an und meinte augenzwinkernd:

»Du kannst jederzeit bei uns anfangen, Schatz! Ich hoffe, der Wahnsinnige durchschaut nicht unseren Plan.«

»Wie sollte er.«

Erneut klopfte es an der Tür.
Der angeforderte Beamte trat herein.
Paola erklärte ihm, was er zu tun hatte. Dann warteten sie auf Oberschwester Maria, die den Beamten abholen sollte.

Als Maria zur Tür kam, folgte der Beamte ihr und sie nahmen einen sicheren Weg zum neuen Krankenzimmer.

Der Beamte hatte die Anweisung erhalten, im Krankenzimmer der beiden Opfer zu bleiben.
Clarissa Angelo war ebenfalls in den Plan eingeweiht worden und ziemlich froh, eine Zimmergenossin und einen Polizisten im Zimmer zu haben. Sie hatte Angst, der Täter würde sie erneut angreifen. Anders als Annalisa konnte sie sich noch immer nicht an den Tathergang erinnern. Doch die Angst vor einem weiteren möglichen Anschlag schnürte ihr die Kehle zu. Paola hatte zudem entschieden, dass bis auf Weiteres kein Besuch zu den beiden Opfern ins Zimmer kommen dürfe. Das machte Clarissa sehr traurig, denn sie vermisste ihre Eltern. Sie betete inständig, dass der Täter so schnell als möglich von der Polizei festgenommen werden würde.

Paola verabschiedete sich von ihrem Mann.

Francesco wollte noch einmal einen kleinen Rundgang in der Klinik machen und dann in den Feierabend aufbrechen.

»Du willst zu deinen Patientinnen? Habe ich recht?«

Francesco fühlte sich ertappt. »Ich pass auf. Mache dir keine Sorgen. Ich kenne die Klinik besser, als dieser durchgeknallte Psychopath. Ich werde sie nicht in Gefahr bringen, aber du musst schon sagen, die Idee mit dem Familienzimmer auf der

Entbindungsstation ist doch wirklich eine Gute, oder?«

Paola musste trotz des anstrengenden Tages lächeln.

»Darauf wird dieser Dottore Durchgeknallt, nicht kommen.«

»Und unser Personal wird es hoffentlich auch nicht zuordnen können. Falls alle Stricke reißen, übernehme ich eine zusätzliche Schicht bei unseren Opfern. Offiziell laufe ich nach Feierabend hier den Flur lang und inoffiziell gehe ich auf die andere Station.«

Paola drückte ihren Mann und machte sich auf den Weg zur Questura zurück. Nach zwanzig Minuten war sie wieder im Büro und ließ sich von Maria Nero berichten, was sie in der Zwischenzeit herausgefunden hatten. Anhand der Krankenakten konnten sie einen Zusammenhang zum Fall Laura Cantaneo und Annalisa Razzauti erschließen. Nur eine Akte zu Andrea Marini fanden sie nicht! Auch keinen Hinweis zu Clarissa Angelo. Sollte Andrea Marini doch etwas mit dem brutalen Überfall auf Clarissa Angelo zu tun haben? Oder hatten sie die Akte nur noch nicht gefunden? Hinter einem Bild befand sich ein Safe.

Sie öffneten ihn.

Weitere Akten…

Sie schauten sich die Namen an. Allerdings tauchte auch dort nicht der Name Marini auf. Im Safe befand sich eine grüne Kassette. Als sie diese öffneten, sahen

sie zwei Bündel mit Geldscheinen, unter diesen befand sich ein weiterer Hohlraum. Sie zogen ein kleines, rotes Büchlein hervor.
Mit sauberer akribischer Schrift hatte der Psychiater die Adressen der bisherigen Opfer notiert. Vorlieben, Hobbies und vieles mehr. Unter anderem, stand hinter dem Namen:

Annalisa Razzauti die Adresse des stillgelegten Fabrikgeländes. Sie blätterten im Buch, doch auch in diesen Notizen stand nichts von Marini oder Angelo. Zwei weitere Namen tauchten auf: Giovanna Celentano und Valentina Orlandino.
Die beiden Frauen wurden in der Zwischenzeit bereits von der Polizei informiert und an einen sicheren Ort verbracht.
Diese Gefahr war gebannt.
Allerdings wusste die Polizei noch immer nicht, wo sich der Gesuchte aufhielt. Ein Wettlauf gegen die Zeit begann.
Was würde passieren, wenn Dottore Mantova ahnte, dass die Polizei auf seinen Fersen war?
Würde er wahllos unschuldige Menschen töten?

Paola schloss sich mit dem forensischen Kriminologen der Questura kurz und bat: um ein kurzfristiges Profil, des Täters. Die Ermittlungen liefen auf Hochtouren, doch immer noch fehlte ihnen der entscheidende Hinweis:
Wo hielt sich Dottore Mantova auf?

Der forensische Kriminologe Dottore Ciro Massimo Edizioni schaute sich alle bisherigen Informationen an. Emsiges Treiben herrschte in dem Großraumbüro der Questura.

Plötzlich stand kein Geringerer als Professore Marini im Raum. Paola entdeckte ihn sofort und lief ihm entgegen.

»*Buonasera*, Professore. Kommen Sie, gehen wir in mein Büro.«

Professore Marini schaute sich nervös um.

Waren diese Beamten dabei die Spur zu seinem Sohn zu verfolgen?

Entsetzt überlegte er, ob er umdrehen und besser schnellstes aus der Questura gehen sollte. Doch es war zu spät! Er musste sich der Realität stellen. Es führte kein Weg daran vorbei.

»Bei Ihnen herrscht ja hektisches Treiben«, versuchte er mit ruhiger Stimme zu sagen.

Paola nahm seine Unruhe zur Kenntnis, doch ließ sich nichts anmerken und bejahte seine Aussage durch ein kurzes Nicken.

»Dottore Edizioni haben Sie einen Moment für mich.«

Er drehte sich um und folgte ihr.

Paola ging mit beiden in ihr Büro und schloss die Tür. Sie zeigte auf die Stühle vor ihrem Schreibtisch und die beiden Männer nahmen Platz.

»Professore Marini, können Sie uns sagen, wo sich ihr Sohn aufhält?«

In einem Anfall von Panik schrie Professore Marini einfach drauflos: »Mein Sohn war es nicht! Ich will mich stellen! Ich habe Clarissa Angelo versucht zu töten! Ich konnte ihren Anblick nicht ertragen.«

Paola verdrehte die Augen, Dottore Edizioni tat es ihr gleich.

»Wie kommen Sie darauf, dass wir ihren Sohn verdächtigen? Und vor allen Dingen, was ist das für ein Geständnis?«

Paola schaute ihn mit einem ernsten Blick an.

»Bevor Sie antworten. Eine Frage habe ich vorab, welcher Psychiater behandelt Ihren Sohn?«

»Wie? Welcher Psychiater? Warten Sie … er war damals bei Dottore Zanussi, der ging letztes Jahr in den Ruhestand. Mein Sohn hatte einen Psychiater an der Universität zu Bologna ausfindig gemacht. Ich war mit den Behandlungsmethoden des Psychiaters nicht einer Meinung. Als mein Sohn eines Tages erneut von seinen Sitzungen erzählte, fing ich an Erkundigungen über diesen angeblichen Dottore einzuholen. Er ist kein unbeschriebenes Blatt, müssen Sie wissen! Wie auch immer, ich habe dann mit meinem Sohn darüber gesprochen. Ich bat Andrea, darüber nachzudenken einen anderen Psychiater aufzusuchen. Er kam letzte Woche zu mir und meinte: *Es hätte sich mit dem Psychiater erledigt, er könne ihn nicht länger behandeln.*

Im Übrigen schien auch mein Sohn mittlerweile unangenehme Erfahrungen mit ihm gemacht zu haben. Aber er wollte nicht weiter darüber sprechen. Er hat ihn an dem Abend, als er mit Clarissa Angelo zusammenstieß, das letzte Mal konsultiert. Sein Name ist:«…eine Stille machte sich im Raum breit.

Paola hielt ihren Atem an und auch Dottore Edizioni schaute wartend auf Professore Marini. Mitten in diese Stille sprach Professore Marini den Namen aus:

»Dottore Mantova! Meines Erachtens: ein Quacksalber!«

Als er die ernsten Blicke sah, die Commissario Rossi und Dottore Edizioni, miteinander austauschten, wurde er ganz rot. Hatte er womöglich etwas Falsches gesagt? Hielten sie seinen Sohn für den Täter? Glaubten Sie das etwa jetzt?

»Sie sind sich sicher?«, fragte Paola noch einmal nach.

»Ganz sicher!«

»Dann kann ich Ihnen mit Sicherheit folgendes sagen: Ihr Sohn hat mit dem Anschlag auf Clarissa Angelo nichts zu tun. Unsere Ermittlungen haben einen anderen Täter in unseren Fokus gebracht. Sie bestätigen uns noch einmal umso mehr, dass es sich bei dem gesuchten Täter um Dottore Mantova handelt.«

Professore Marini sackte in sich zusammen.

Mit allem hatte er gerechnet, aber damit nicht! Ihm wurde ganz flau und seine Migräne nahm plötzlich wieder Fahrt auf.

»Mein Gott! Was habe ich nur getan…«, sagte er ohne zu überlegen.

»Was meinen Sie?«

Professore Marini erzählte Commissario Rossi und dem Dottore, was heute alles passiert war. Sein plötzlicher Aufbruch nach Bologna. Von dem Gespräch mit seinem Sohn und natürlich davon, dass sein Sohn – plötzlich – völlig durcheinander, aus der Trattoria stürzte und er ihn nicht finden konnte. Und …er schämte sich sehr, als er es laut aussprach:

»Commissario, ich dachte…«, er stockte, »ich dachte wirklich mein Sohn…«, er konnte nicht weitersprechen.

Sein Kopf hämmerte jetzt wie wild. Paola beugte sich nach vorne und sprach ruhig aus, was er nicht imstande war, laut auszusprechen:

»Sie glaubten, er hat Clarissa Angelo das angetan. Habe ich recht?«

»Ich schäme mich sehr! Ja! Das habe ich gedacht! Einen Zusammenhang zu seinem Psychiater habe ich nicht erkannt. Wie denn auch… Ich mache mir solche Vorwürfe! Was geht jetzt nur in Andrea vor? Was denkt er von mir? Ich habe ihn ein zweites Mal im Stich gelassen…«

Dottore Edizioni ergriff das Wort und wandte sich an Professore Marini: »Professore, ich möchte mich kurz vorstellen. Ich bin der forensische Kriminologe und wurde zu den Ermittlungen hinzugezogen. Ich bitte Sie um eins, überlegen Sie noch einmal ganz in Ruhe, wo wir ihren Sohn finden können. Hat er einen Freund, ein Lieblingsrestaurant, einen Platz, an dem er sich zurückzieht; wenn er Probleme hat? Versetzen Sie sich bitte in seine jetzige Lage, wo würde er hingehen, wenn er sich schlecht fühlt? Wir konnten ihn bislang noch nicht aufspüren.«

Professore Marinis Blick wurde starr. Offenbar ging er im Geist zu Plätzen und Menschen, die in solch einer Situation seinem Sohn Kraft geben würden. Seine Atmung wurde ruhiger und sein angespannter Kiefer löste sich. Nach einem Moment des Innehaltens rief er aus: »Wenn es ihm schlecht geht, besucht er das Grab seiner Mutter…«

Paola notierte sich die Adresse und rief bei Maria Nero an, um sofort einen Beamten hinzuschicken. Allerdings lag Signora Marini auf dem Friedhof in *Milano*.

Professore Marini durchzuckte förmlich ein Geistesblitz und schlagartig wurde er erneut unruhig und verkrampfte sich.

»*Madonna!* Ist mein Sohn in Gefahr? Jetzt verstehe ich erst Ihre Fragen, ist dieser Verrückte hinter ihm her…«

Commissario Rossi schaute fragend zu Dottore Edizioni.

Sie wusste nicht so recht, was sie jetzt sagen sollte. Mitten in diesen Gedanken, hörte sie die ruhige und sonore Stimme ihres Kollegen, der behutsam mit Professore Marini zu sprechen begann. Er konnte den Vater von Andrea Marini beruhigen und so konnten sie die Zeugenbefragung fortsetzen. Plötzlich klopfte es laut an der Bürotür, ohne zu warten, trat Ispettore Nero in den Raum.

»Es ist wichtig! Kannst du bitte vor die Tür kommen, Paola!«

Sie schaute Maria Nero fragend an, doch diese blieb in der Tür stehen und sagte erneut: »Bitte!«

»Wir sind gerade mitten in einer wichtigen Befragung!«

Doch dann meinte Paola: »Die Herren entschuldigen mich…«

Paola lief etwas barsch auf Maria Nero zu, trat mit ihr hinaus und schloss die Tür etwas zu heftig.

»Paola, es tut mir leid, aber es ist wichtig! Andrea Marini ist eben bei uns vorne angekommen.«

Völlig erstaunt schaute Paola sie an und ihre eben noch harsche Art, tat ihr leid.

»*Scusa!* Maria«

»Schon gut! Pass auf! Er möchte etwas zu Dottore Mantova aussagen, gleichzeitig ist er besorgt, dass sein Vater - eine Dummheit - machen könnte. Ich weiß nicht, was er damit meint …«,

»Ich schon. Wo ist er?«

»Er hat im Wartebereich Platz genommen.«

»Bring ihn zu mir. Ich kümmere mich um alles Weitere.«
Maria Nero ging zu Andrea Marini, der sehr angespannt und nachdenklich wirkte.

»Kommen Sie bitte mit, Commissario Rossi hat jetzt Zeit.«
Paola atmete tief durch und stand wartend vor ihrer Bürotür.

»*Buonasera*, Commissario! Mein Name ist Andrea Marini. Ich möchte eine Aussage machen.«
Paola schaute ihn besorgt an, denn sie sah ihm an, dass er völlig durcheinander war.

»*Buonasera,* Signor Marini! *Piacere!* Sie werden schon ganz sehnsüchtig erwartet.«
Andrea Marini schaute sie verwirrt und erstaunt an.

»Nun ja, ihr Vater ist auch schon bei uns. Er sitzt dort im Zimmer und macht sich wahnsinnige Sorgen um Sie.«
Er riss seine Augen auf und sprach sofort los.

»Was er Ihnen auch immer erzählt haben sollte, es stimmt nicht…«

»Pscht…bitte, bleiben Sie ruhig, das wissen wir alles schon. Machen Sie sich keine Sorgen. Kommen Sie, wir gehen jetzt gemeinsam in mein Büro und dann können Sie erst einmal kurz mit ihrem Vater sprechen. Wir haben aber noch Fragen an Sie.«

»Kein Problem! Ich will ihn nur kurz sehen, dann können wir sofort beginnen. Ich glaube, ich kenne den Täter von Clarissa. Sie dürfen keine Zeit verlieren, das wird mir immer klarer…«, seine Stimme überschlug sich fast, als er dies sagte.

»Na kommen Sie, jetzt begrüßen Sie ihren Vater und dann können wir sofort mit der Befragung anfangen.«

Paola nickte ihm noch einmal aufmunternd zu und fragte: »Sind Sie bereit! «, er bejahte und sie öffnete die Tür ihres Büros.

Professore Marini war derart in ein Gespräch mit Dottore Edizioni vertieft, dass er im ersten Moment gar nicht wahrnahm, dass hinter Commissario Rossi eine weitere Person ins Zimmer trat. Er begann einen Satz und während des Sprechens verzog sich sein Gesicht. Voller Rührung sprang er auf und nahm seinen Sohn in den Arm. Andrea Marini schnappte nach Luft, denn auch er war sichtlich ergriffen. Beide Männer standen eng aneinander und umarmten sich.

Commissario Rossi und ihr Kollege schauten etwas verschämt, zur Seite. Professore Marini war der erste, der zu sprechen anfing.

»Andrea, mein Lieber. Ich bin so froh, dass du gesund und wohlbehalten bist.«

Mit tränenerstickter Stimme sagte sein Sohn:

»Ach, Papa!«, und nahm ihn gleich noch einmal in den Arm. Es dauerte einen kurzen Moment, bis beide sich wieder gefangen hatten und in der Lage waren, sich zu setzen. Andrea Marini nahm ein Taschentuch aus seiner Hosentasche und wischte sich die Tränen aus seinem Gesicht, atmete einmal tief durch und

sprach Commissario Rossi an: »Commissario, ich glaube, dass ich den Täter kenne.«
Seine Kehle wurde ganz trocken und er räusperte sich, er setzte sich auf seinem Stuhl in eine gerade Position und fing mit schwacher Stimme zu sprechen an.

»Ich bin seit einem Jahr in Behandlung bei einem Psychiater. Bis heute habe ich mit dem Unfall von vor fast zwanzig Jahren zu kämpfen. Wie Sie wahrscheinlich wissen, habe ich zusehen müssen, wie meine Mutter neben mir starb. Noch heute werde ich nachts wach und sehe in die leblosen Augen meiner Mutter. In all den Jahren dachte ich, dass ich schuld am Tod meiner Mutter bin. Als wir die Landstraße lang fuhren, saß ich ungeduldig und quengelig auf der Rückbank des Wagens. Meine Mutter drehte sich um und schimpfte mit mir. Als sie wieder nach vorne schaute, sah sie einen Traktor vor sich und anstatt zu bremsen, überholte sie und dabei geriet der Wagen ins Schlingern. Das entgegenkommende Fahrzeug versuchte auszuweichen, doch es schlitterte an unseren Wagen; und dann geriet unser Auto außer Kontrolle. Der Wagen überschlug sich…«
Er schaute nach unten und musste erst einmal seine Gedanken fassen, um weitersprechen zu können.

»Dieses Erlebnis ging einfach nicht mehr aus meinem Kopf. Die Schuldgefühle erdrückten mich und ich habe so sehr gehofft, dass mir der Psychiater helfen könnte. Dottore Mantova begann eine

Therapie mit mir. Anfangs hatte ich das Gefühl, dass es mir besser geht, doch dann fing er an sich so merkwürdig zu verhalten. Ich glaube zu wissen, warum!«

Paola schaute ihn aufmerksam an und auch Dottore Edizioni klebte an seinen Lippen. Womöglich würden sie nun erfahren, welcher Auslöser dazu geführt hatte, dass Dottore Mantova mit dem Morden unschuldiger Menschen begann. Andrea Marini sammelte sich erneut.

Im Büro von Commissario Rossi war es totenstill.

Alle Anwesenden schauten auf Andrea Marini und warteten gespannt auf seine Erklärung.

»Ich weiß nicht mehr genau, wann es war … Eines Tages war ich bei ihm und wir besprachen den Unfall. Er fragte mich nach der Unfallgegnerin aus. Bereitwillig habe ich ihm Auskunft gegeben und meinte: Warten Sie, ich kann ihnen etwas zeigen. Ich zog ein Album heraus. In dieses hatte ich alle Zeitungsartikel eingeklebt, die damals im Zusammenhang mit dem Unfall standen. Er nahm es in seine Hand und blätterte … plötzlich schaute er völlig wirr, doch gleichzeitig – auch - versteinert. Das Album fiel zu Boden. Ich hob es auf, die Seiten waren noch aufgeklappt. Da sah ich, dass es sich um den Artikel der Unfallgegnerin handelte. Die Zeitungen hatten damals nach ihrem Selbstmord viel berichtet und unter anderem auch ein Foto von Elena Pausini veröffentlicht. Dottore Mantova saß wie in Trance in seinem Sessel und murmelte vor sich hin:

»Diese unsagbar entsetzliche, selbstgerechte, ekelhafte Beatrice.«

Ich bekam es mit der Angst zu tun und klappte aus Versehen das Album zu. Dieses Geräusch schien bei ihm etwas auszulösen, denn nach einem kurzen Moment schien er wieder völlig gefasst, schaute mich an und meinte: Da sind wir ein gutes Stück weitergekommen. Sie machen Fortschritte! Er lächelte mich aufmunternd an und verwickelte mich in ein Gespräch. Plötzlich wurde ich ganz müde und nach einer Weile kam ich wieder zu mir. Im Nachhinein glaube ich, er hatte mich hypnotisiert …«, Professore Marini entwich: »Du meine Güte, der arme Junge!«

Andrea Marini schaute zu seinem Vater. Er legte seine Hand auf die des Vaters. »Papa. Mir geht es gut! Lass mich weitererzählen …«

Professore Marini nickte ihm zu.

»Dieses Erlebnis habe ich die folgenden Wochen verdrängt. Erst heute, als ich mit meinem Vater sprach, kam die Erinnerung daran zurück. Sie werden es mir nicht glauben, aber als ich vorhin panisch aus der Trattoria verschwand, stürzte alles auf mich und es fiel mir wieder ein. Völlig durcheinander bin ich in den Park gelaufen und setzte mich erst einmal auf eine Bank. Ich habe dann einfach intuitiv den Namen:

Beatrice Mantova in die Suchleiste meines Smartphones eingegeben. Es war seine Frau!«
In Paolas Kopf begann es zu pulsieren, wenn die Frau von Dottore Mantova, Elena Pausini und auch Clarissa ähnlich sehen würde, war das der Schlüssel…?
Paola saß völlig geschockt hinter ihrem Schreibtisch, was sollte sie tun? Egal, sie musste kurz nach draußen und Maria Nero diese Information geben.
Um Andrea Marini nicht zu verunsichern, sagte sie knapp: »*Scusi!* Entschuldigen Sie mich einen Moment, ich habe eine Nachricht bekommen.«
Sie deutete mit ihrem Blick an Dottore Edizioni gewandt, dass sie eine Spur verfolgen wollte.

Paola ging hinaus und lief eiligst zu Ispettore Nero, die gerade mit Assistente Mazzola in ein Gespräch vertieft war.
Carlo Mazzola sprang zur Seite, um seiner Chefin Platz zu machen.

»Maria, ich glaube, wir haben einen Hinweis zu dem Auslöser der Taten von Dottore Mantova. Check bitte folgendes: Beatrice Mantova ist die verstorbene Frau von Tizian Mantova, unserem Verdächtigen. Schau, ob du irgendwo ein Bild von ihr findest. Dann sieh nach, wie sie gestorben ist. Ein natürlicher Tod, ein Unfall oder was auch immer. Bereite mir so schnell als möglich diese Information auf und dann komm einfach rein, aber leg es mir nur hin.«

Maria Nero schaute entgeistert, »Mache ich!«

»Und wühle…«

Carlo Mazzola sagte sofort: »Ich helfe ihr… Sie haben gleich etwas auf dem Schreibtisch.«

Paola musste erneut über den Assistente staunen. Er war ein sehr intelligenter und fähiger Mitarbeiter. Sie lief zurück in ihr Büro.

Als sie ins Zimmer trat, schaute Andrea Marini schon ganz ungeduldig.

Paola setzte sich an ihren Schreibtisch und überlegte, dann fragte sie Andrea Marini: »Signor Marini. Diese Information, die Sie uns eben gegeben haben, ist von ungeheurem Wert. Ich möchte Sie gerne aufklären…Dottore Mantova steht im Verdacht, zwei weitere Taten begangen zu haben. So viel wie wir bislang wissen, war Clarissa Angelo das erste Opfer. Dann überfiel er eine Frau, die leider an den Folgen des Überfalls starb. Ein weiteres Opfer hat es heute gegeben, zum Glück hat sie es überlebt. Wir suchen nach Dottore Mantova und können ihn aber nicht finden. Ob in Bologna oder hier vor Ort in Verona. Er ist wie vom Erdboden verschwunden. Haben Sie vielleicht eine Idee? Oder hat er etwas erwähnt, was mit seinem jetzigen Aufenthaltsort zu tun haben könnte. Ich weiß, es ist bestimmt alles schwierig für Sie…«

Andrea Marini fiel ihr ins Wort,

»Nein, überhaupt nicht. Im Gegenteil, ich wollte gerade etwas dazu sagen, als Sie angepiepst wurden.«

Paola schaute perplex, damit hatte sie nicht gerechnet.
»Erzählen Sie, was Sie wissen, ich höre zu!«
»Irgendwann unterhielten wir uns über meine Großeltern, mütterlicherseits. Sie wohnten auf dem Land und ich erzählte ihm, wie schön es dort immer war. Ich konnte spielen, herumtollen und musste nicht aufpassen, ob ein Auto vorbeikommt.«

Professore Marini wirkte sehr aufgewühlt, als sein Sohn dies sagte. Er erinnerte sich nur zu gut, an damals… Damals als die Welt noch rosig für ihn schien und seine geliebte Frau lebte. Sie fuhren oft zu seinen Schwiegereltern aufs Land, auch er fühlte sich dort immer sehr wohl. Fern von der Stadt, dem Verkehr und der Arbeit. Wie glücklich sein Sohn dort wirkte.

Sein Sohn sprach weiter: »Wie bei der Sitzung davor, als er wie in Trance diesen Satz sagte, benahm er sich auch bei dieser Sitzung auf einmal anders. Sein Gesicht blühte auf, er lächelte, wirkte heiter und froh. Wie ein Kind! Ich weiß gar nicht, wie ich es beschreiben soll. Anders als sonst. Er erzählte plötzlich von sich, als wenn ich ein Freund wäre… Seine Tante hatte ein Haus auf dem Land, dieses Haus lag am Lago di Garda. Den Ort nannte er nicht. Mit diesem Haus schien er positive Erinnerungen an seine Kindheit zu haben. Er blühte regelrecht auf. Dummerweise hatte ich, als ich seine Euphorie

spürte, nachgefragt, ob er denn immer noch zur Tante fährt oder zum Haus. Als er bemerkte, dass ich nachfragte, hörte er plötzlich zu sprechen auf …Er wurde wieder zum professionellen Therapeuten und seitdem hat er nie wieder, auch nur im Ansatz etwas Privates erzählt. Vielleicht beantwortet das ihre Frage. Intuitiv hatte ich das Gefühl, dass er immer noch zu diesem Haus fährt. Den Namen der Tante kenne ich nicht, aber vielleicht können Sie das herausfinden?«
Dottore Edizioni räusperte sich.

»Sie hatten natürlich ein besonderes Verhältnis zu ihm. Sie waren sein Patient, es ist durchaus möglich, dass Ihre Intuition richtig ist.«
Andrea Marini schaute und nickte.

»Das Schicksal von Clarissa Angelo geht mir sehr nah. Es tut mir so unendlich leid, dass ich Dottore Mantova von ihr erzählt habe.«
Er verschluckte sich fast, da er so schnell sprach.

»Aber, verstehen Sie …«, er stockte. »Clarissa Angelo sieht Elena Pausini, so ähnlich … Ich ärgere mich so sehr, dass ich Dottore Mantova, das gesagt habe. Mir ging es nach dem Zusammentreffen mit Clarissa Angelo sehr schlecht. Ich möchte Ihnen helfen. Dieser Dottore hat mein Gehirn in der letzten Zeit so durchgewirbelt und ich dachte schon, ich sei verrückt geworden. Das muss aufhören!«
Andrea Marini lehnte sich an seinen Stuhl und fing ganz leise zu weinen an.

Professore Marini griff zu seiner Hand und drückte sie ganz kräftig.
Paola schaute ergriffen zu Andrea Marini und danach ging ihr Blick zu seinem Vater. Das Schicksal hatte den beiden bereits vor fast zwanzig Jahren übel mitgespielt und nun noch einmal auf so drastische Art und Weise. Sie musste sich erst einmal fassen. Nach einem Moment des Innehaltens sagte sie: »Andrea, es tut mir sehr, sehr leid, was Ihnen widerfahren ist. Ich bin sehr froh, dass Sie gekommen sind! Und ich würde gerne meinen Kollegen diese Information geben. Umso schneller wir jetzt handeln, desto zügiger können wir Dottore Mantova das Handwerk legen.«
Andrea Marini sah sie mit einem traurigen Blick an und gedämpft sagte er: »Tun Sie bitte alles, um diesen Kerl zu schnappen! Er hätte mich auch fast auf dem Gewissen gehabt. Gehen Sie nur und sagen Sie Bescheid.«

Im Büro war eine besondere Stimmung zu spüren, doch Paola musste sie durchbrechen, denn es war höchste Zeit, Dottore Mantova zur Strecke zu bringen…

25

Er wachte auf und musste sich erst einmal sammeln. Langsam versuchte er aufzustehen, doch es drehte sich alles, um ihn. Er schaute auf seinen Körper und keuchte.
Was war passiert?
Die Erinnerung setzte wieder ein.
Der Überfall auf Annalisa Razzauti lief aus dem Ruder. Warum hatte Matteo Razzauti ihm nicht gesagt, dass sie Kampfsport ausübte. Dann hätte er sich für eine Schusswaffe entschieden. Die gottverdammte, dumme Schlampe wäre tot!
Wie sollte er jetzt weitermachen?
Clarissa Angelo lebte, Annalisa Razzauti ebenfalls. Das Resümee fiel nicht gut aus.

Der Stuhl stand etwas von ihm entfernt, er tastete sich langsam an ihn heran. Dann nahm er seine gesamte Kraft zusammen und hangelte sich an ihm hoch. Es dauerte eine ganze Weile, bis es ihm schließlich gelang. Er setzte sich hin, die Anstrengung ließ ihn schnaufen. Sein Arm schmerzte, er wollte sich die Wunde anschauen, die Annalisa Razzauti ihm zugefügt hatte. Wieder fing er an zu fluchen! Nachdem er sich beruhigt hatte, tastete er mit der anderen Hand nach dem Regal.

Er knipste die Lampe an, denn die Dunkelheit umhüllte den Raum. Jetzt konnte er erst das Ausmaß der Stichwunde, erkennen. Geschickt fing er an, die Wunde zu säubern. Es fiel ihm schwer, denn er musste immer wieder keuchen und eine Pause einlegen. Doch nach und nach schaffte er es. Dann griff er zu einer Flasche Whisky und trank einen Schluck. Er musste die Wunde vernähen. Erst trank er einen kleinen Schluck, doch dann, immer mehr. Die Flasche war fast leer, als er sie absetzte.

Dann nahm er eine Nadel und einen Faden und fing Stich für Stich, die Wunde zu vernähen an. Endlich, hatte er es geschafft, dann nahm er einen Verband und wickelte ihn gekonnt um die Wunde.
Geschafft!
Er trank den Rest aus der Whiskyflasche. So verharrte er für eine Weile. Sein Gehirn fing an zu arbeiten.
Wie sollte er jetzt weiter vorgehen?
Was sollte sein nächster Schritt sein?
Er dachte an seine Opfer … ein zaghaftes Grinsen, huschte über seine Mundwinkel. Die Furcht, die er in ihren Augen sah, trieb ihn erneut an. Dann fasste er einen ultimativen Plan.
Eine Person hatte er noch in seinem Visier. Diese musste er töten, der Gedanke daran versetzte ihn für einen kurzen Augenblick in ein wohliges Gefühl. Er versuchte aufzustehen, doch torkelte und fiel auf den Stuhl zurück. Erneut bewegte er ganz langsam seine

Füße, übergab all seine Kraft, in seine Oberschenkel und versuchte noch einmal aufzustehen.
Es gelang, er stand!
Ganz sachte hob er einen Fuß, dann den anderen und lief ganz behutsam los. Als er die Treppe erreichte, drohte er nochmals einzuknicken. Er nahm einen tiefen Atemzug. Hob langsam den Fuß und setzte ihn auf die erste Treppenstufe, mit der Hand zog er sich hoch. Die erste Stufe war erreicht. Diese Prozedur führte er weiter, bis er oben am Flur ankam.

Seine Hände tasteten sich an der Wand und dadurch gelang es ihm bis zu seinem Büro zu laufen. Er setzte sich auf seinen Stuhl und schaltete den Computer an. Mit der Maus klickte er, bis er zu dem entsprechenden Eintrag, gelang.

Die Ermittlungen betreut die hiesige Questura in Verona.

Er klickte weiter und sah auf das Bild, der leitenden Beamtin in diesem Fall: Commissario Paola Rossi!

Du hast dich in meine Angelegenheiten eingemischt! Dafür wirst du büßen!

Mit diesem Gefühl der Wut, schoss neue Energie in seinen Körper, es dauerte nicht lange, bis er wusste, was er nun tun musste…

26

Die letzten Strahlen der untergehenden Sonne tänzelten verspielt auf dem verchromten Fußende des Krankenbettes und warfen einen Schatten an die Wand. Clarissa verfolgte diese Schatten und als erneut ein Sonnenstrahl auf das Chromstück traf, blitzte es auf. Plötzlich fing Clarissa zu zittern an. Ein leises Stöhnen, fast wie ein Quieken, war zu hören. Angst schwoll in ihr auf, Kurzatmigkeit setzte ein. Ihre Zimmergenossin bemerkte sofort, dass etwas nicht stimmte.

Mit leiser Stimme sagte sie: »Clarissa, was ist los? Hast du Angst?«

Der Beamte, der mit ihnen im Zimmer saß, schaute hoch und stand von seinem Stuhl auf.

»Signorina Angelo! Geht es Ihnen nicht gut?«

Clarissas Augen füllten sich mit Tränen.

Der Beamte drückte auf den Notrufknopf.

Oberschwester Maria machte schwungvoll die Tür zum Krankenzimmer auf und schaute in die besorgten Gesichter. Sie lief zu Clarissa und sah sofort, dass es ihr nicht gut ging.

»Haben Sie Schmerzen?«

Wimmernd kam: »Kann Dottore Rossi kommen?«

Oberschwester Maria holte ihr *telefonino* aus der Kitteltasche und rief bei Dottore Rossi an.

»Dottore sind Sie noch im Hause?«, dann drehte sie sich zur Seite und sprach leise in den Hörer: »Clarissa Angelo geht es nicht gut. Können Sie kommen…«
Er fragte etwas, Oberschwester Maria antwortete:

»Nein…ich glaube, sie hat Angst… «
Dottore Rossi machte sich auf den Weg.
Nach etwa fünf Minuten kam er im Krankenzimmer an.

»*Buonasera*, Signorina Angelo! Wie kann ich Ihnen helfen?«
Clarissa schaute ihn mit weit aufgerissenen Augen an und sagte: »Ich kann mich wieder an den Überfall erinnern. Ich habe so große Angst. Diese eiskalten Augen…ich sehe immer diese eiskalten Augen vor mir. Dottore…«, sie weinte los.

Francesco nahm sich einen Stuhl, setzte sich an ihr Krankenbett, nahm ihre Hand und sagte mit ruhiger Stimme: »Signorina, haben Sie keine Angst. Sie sind hier sicher. Wir haben alle Vorkehrungen für Ihre Sicherheit getroffen. Nur Oberschwester Maria, Dottore Manzoni und ich wissen Bescheid. Der Täter kann Sie nicht finden.«
Clarissa Angelo schaute ihn an.

»Diese Augen, sie lassen mich einfach nicht mehr los! Als er mir sagte, dass einzig ich allein schuld am Leid der Familie Marini sei. Seine Augen sahen so wütend aus, als würden sie jeden Moment herausfallen. So etwas habe ich nie zuvor gesehen. Es ging alles so schnell. Ich habe noch überlegt, was er damit meinte: Schuld … und Familie Marini, doch bevor ich einen Zusammenhang erkennen konnte, spürte ich nur noch diesen entsetzlichen Schmerz und dann verschwand alles um mich herum.«

Erneut füllten sich ihre Augen mit Tränen und sie fing zu zittern an.

Dottore Rossi schaute sie besorgt an, streichelte über ihren Handrücken und sagte dann. »Wir geben Ihnen ein leichtes Beruhigungsmittel, das wird Ihnen helfen. Versuchen Sie ein wenig zu schlafen. Ich bleibe hier auf der Station und komme in einer halben Stunde wieder und schaue nach Ihnen. Wollen wir das so machen?«

Clarissa Angelo nickte ihm zaghaft zu.

»Etwas Wichtiges habe ich Ihnen noch nicht erzählt. An dem Tag, als mich Andrea Marini so entgeistert angeschaut hat, da habe ich im Internet recherchiert. Ich wusste, dass Professore Marini einen schlimmen Schicksalsschlag erlitten hatte. Ich habe einfach drauflos gesucht und nach drei Stunden, fand ich einen Artikel über die Unfallgegnerin. Eine junge Frau. Sie hatte sich später das Leben genommen, da sie mit den Unfallfolgen nicht zurechtkam.«

Sie sprach auf einmal ganz hastig und ihre Stimme überschlug sich.

»Jedenfalls, Sie glauben nicht, was ich gefunden habe?«

Francesco schaute sie neugierig an.

»Sagen Sie das bitte sofort Ihrer Frau!«
Jetzt atmete Francesco ganz schwer, würde Clarissa Angelo den Namen des Täters kennen.

»Von der Unfallgegnerin gab es ein Foto. Sie sieht mir zum Verwechseln ähnlich. Sagen Sie das bitte Commissario Rossi! Vielleicht ist das von großer Bedeutung!«
Francesco nickte der jungen Frau zu, stand vom Stuhl auf und holte Oberschwester Maria zu sich heran. Sie ging aus dem Zimmer und holte ein Beruhigungsmittel. Nach weiteren fünf Minuten bekam Clarissa es verabreicht. Oberschwester Maria blieb am Krankenbett stehen und sprach mit beruhigender Stimme zu Clarissa: »Gleich geht es Ihnen besser. Ich bleibe noch einen Moment an ihrem Bett sitzen.«
Clarissa schaute sie mit einem dankbaren Blick an. Das Beruhigungsmittel löste in ihrem Körper Entspannung aus, erst wurde sie ruhig und dann schläfrig. Sie legte sich auf die Seite und die Augen fielen ihr zu. Ein leichter Schlaf umhüllte sie und ließ sie friedlich aussehen. Oberschwester Maria hatte schon längst Feierabend, doch das Schicksal dieser jungen Patientin ging ihr nah. Als sie die ruhigen Atemzüge von Clarissa Angelo sah, stand sie ganz vorsichtig von ihrem Stuhl auf. Der Beamte erhob sich auch, denn Oberschwester Maria winkte ihn zu sich.

»Sobald die Patientin unruhig wird, klingeln Sie bitte sofort. Ich komme dann zu ihr.«
Der Beamte nickte ihr stumm zu.
Oberschwester Maria ging leise aus dem Krankenzimmer.

Annalisa Razzauti bemerkte wie Angst sie erfüllte. Sie drehte sich zum Fenster und schaute in die Dunkelheit hinaus.
Es stimmte, dachte sie: *Diese eiskalten Augen verfolgen mich auch.*
Sie drehte sich erneut um und sah den Polizisten auf seinem Posten sitzen.
Der Sergente lief leise zu ihr hin und flüsterte: »Geht es Ihnen auch nicht gut?«
Sie nickte ihm zu.

»Diese eiskalten Augen machen auch mir noch immer Angst. Sie waren so durchdringend«, wisperte sie ihm zu, »als hätte man den leibhaftigen Teufel gesehen!«

»Soll ich die Schwester rufen?«, fragte der Polizist sie.

»Können Sie einfach etwas bei mir am Bett sitzen und bleiben. Ich versuche zu schlafen.«

»Natürlich, aber quälen Sie sich nicht. Ich kann auch die Schwester holen, Sie müssen zur Ruhe kommen.«
Sie winkte ab und zog ihre Bettdecke noch etwas höher und schloss die Augen. Nach ein paar Minuten

hörte der Sergente ihr ruhiges Atmen und war froh, dass sie eingeschlafen war.
Er setzte sich wieder auf seinen Posten und beobachtete die beiden schlafenden Patientinnen.

In der Zwischenzeit versuchte Francesco seine Frau zu erreichen, um ihr mitzuteilen, dass Clarissa Angelo sich wieder an die Ereignisse des Überfalls erinnerte. Nach dem vierten Klingelton nahm sie ab.

»*Ciao*, Paola. Du hörst dich gestresst an!«

»Das bin ich auch. Hier laufen die Ermittlungen auf Hochtouren. Ich muss auch gleich weitermachen.«
Francesco räusperte sich, »Ich wollte dir nur sagen, Clarissa Angelo kann sich wieder an den Überfall erinnern. Eine Täterbeschreibung hat sie uns nicht geben können, sie war viel zu aufgewühlt, aber… «, Paola entgegnete, »Aber?«

»Sie sagte: diese eiskalten Augen lassen sie nicht mehr los! Und dann noch etwas…Sie hat etwas ganz Sonderbares erzählt.«
Paolas Neugier war geweckt.

»Hat sie den Täter erkannt?«

»Nein, aber vielleicht eine Spur, nach der du suchen solltest. Sie sagte…«
Francesco erzählte ihr das soeben Gehörte von Clarissa Angelo.

»Sie hat zweimal eindringlich gesagt, dass ich dir das sofort sagen soll? Kannst du damit etwas anfangen?«

Paola antwortete: »Und ob! Die Spur habe ich auch entdeckt. Es stimmt! Die Ähnlichkeit der Unfallgegnerin von damals und Clarissa Angelo ist frappierend. Pass bitte auf Sie auf! Wir haben jetzt eine Spur und sind uns sicher, dass der Täter der Psychiater ist. Er steht im indirekten Zusammenhang mit den Opfern. Sag dem Sergente, höchste Aufmerksamkeit ist jetzt wichtig. Wir wissen nicht, was der Täter plant. Wir haben einen konkreten Hinweis auf seinen derzeitigen Aufenthaltsort und setzen gerade Himmel und Hölle in Bewegung, um ihn aufzuspüren. Ich melde mich bei dir, sobald ich…«, weiter kam sie nicht.

Ispettore Nero klopfte an ihre Tür und trat hinein.

»Paola! Salvatore Torri ist am Telefon. Es ist wichtig!«

»Ich muss Schluss machen, Francesco. Ich melde mich später. *Ciao!*«

Sie legte hastig auf.

»Stell durch… «, sagte sie zu Maria.

Paolas Telefon klingelte erneut.

»*Pronto!*«

»*Ciao*, Paola! Unsere IT-Techniker haben etwas.«

»Wenn du mir jetzt den Standort des Täters gibst, wäre das ein Vorstoß!«

»Die Vermutung liegt nahe. Der PC hat sich vorhin erneut eingewählt. Laut deren Angaben erfolgte die Eingabe in Moniga del Garda.«

Paola überlegte blitzschnell, »Das könnte tatsächlich passen. Wir haben einen Zeugen, der von einem Haus auf dem Land sprach. Salvatore, das grenzt die Suche vielleicht schon ein. *Perfetto!*«
Geschwind sagte Salvatore: »Leg noch nicht auf! Bei den Vergleichsproben haben wir einen Abgleich vorgenommen. Die DNA vom Tatort Clarissa Angelos und Annalisa Razzautis stimmt überein. Wir können mit Bestimmtheit sagen, dass es sich um ein und denselben Täter handelt.«
Paola fühlte sich bestätigt.

»Salvatore, nur eins noch, ich will absolut sicher gehen. Ich schick dir gleich noch eine Probe zum Abgleich. Ich will nichts übersehen.«

»Hast du Zweifel…«

»Der Fall hat bereits drei Opfer gekostet und ich will einfach alles ausschließen.«

»Gut, wann kommt die Probe?«

»Kommt gleich bei dir an. Ich muss los, sag den Technikern meinen Dank und bis später.«

»*Ciao*, Paola! «
Sie rannte aus dem Zimmer und lief zu Ispettore Nero.

»Maria, Salvatore hat eine Spur. Die Techniker haben eine Ortung des Computers!«
Maria Nero ließ alles stehen und liegen und schaute Paola an.
Paola ging an die Wandtafel und schrieb:
Moniga del Garda!

Sie räusperte sich und rief in die Runde. »Darf ich kurz ihre Aufmerksamkeit haben! Wir haben eine neue Spur…«

Nachdem sie die Mitarbeiter auf Stand gebracht hatte, fragte sie Assistente Mazzola.

»Haben Sie die Vergleichsprobe von Andrea Marini zum Labor gebracht?«

»Ja! Ich habe meinen Kollegen sofort nach der Entnahme zum Labor geschickt, da ich am recherchieren des Hauses, der Tante von Dottore Mantova, beschäftigt war.«

Kurz sagte Paola: »Gut! Salvatore Torri wartet schon. Ich möchte einfach nichts übersehen, ich bin sicher, dass die Probe von Andrea Marini keine Übereinstimmung bringt, aber sicher ist sicher. Die Indizien sprechen dafür. Er hatte keine Verletzungen und seine Ausführungen hörten sich schlüssig an. Danke Carlo.«

Assistente Mazzola begann sofort wieder die Recherche aufzunehmen. Mit dem Hinweis *Moniga del Garda* sollte die Suche Erfolg bringen.

Paola nahm einen Umweg über den Flur, holte sich einen *caffè* und wählte mit ihrem *telefonino* noch einmal Salvatores Nummer.

»*Ciao*, Salvatore! Hier ist noch einmal Paola. Die Probe zum Abgleich der DNA müsste dir jetzt vorliegen.«

»Ist angekommen! Der Massenspektrometer läuft bereits. Ich sage dir gleich Bescheid.«

»*Perfetto!* Ich wollte nur sicher gehen, dass du die Probe hast. Gut, dann bis später.«

Paola legte auf, nahm den Becher aus dem Automaten und trank einen Schluck.

»Brr…, was für eine Plörre«, sie schüttelte sich, der *caffè* aus dem Automaten schmeckte eher wie Abwaschwasser, aber sie hatte jetzt keine Zeit, um in die Bar zu laufen. Mit dem halbvollen Becher lief sie schnellstens zurück in ihr Büro. Sie setzte sich hin und tippte in ihren Computer einige Suchbegriffe ein. Sie war völlig versunken, da klopfte es energisch an ihre Tür.

»Herein!«

Assistente Mazzola stand in der Tür.

»Commissario, ich glaube wir haben eine Spur…«

Paola griff zu ihrem *telefonino* und ging mit ihm raus. Carlo Mazzola schrieb eine Straße an die Tafel: *Via Rossera.*

Augenblicklich weiteten sich Paolas Augen.

»Wie sind Sie auf diese Adresse gekommen?«

Carlo Mazzola machte eine Handbewegung.

»Wie Sie gesagt haben, ich habe gewühlt. Laut Einwohnermeldeamt gehört dieses Haus einer gewissen Giuseppina Laurenti.«

Paola hörte gebannt zu.

»Ihr Geburtsname war: Mantova!«, platzte er heraus.

Paolas Blick wurde augenblicklich starr.
Der Hinweis bringt uns weiter, dachte sie.

»Gute Arbeit! Assistente Mazzola!«

Sie drehte sich erneut in die Runde der emsig arbeitenden Kollegen und sprach laut:

»Wir haben eine Spur! Ihr Kollege Assistente Mazzola hat wahrscheinlich die Adresse von Dottore Mantova herausgefunden.«

Alle Blicke hefteten sich an Paola.

Sie stand an der Tafel und erklärte die weitere Vorgehensweise. Ein Trupp von fünf Beamten machte sich auf den Weg zum Landhaus in Moniga del Garda. Zusätzlich holte sie sich Verstärkung vor Ort. Dann informierte sie Salvatore. Er beauftragte seine Kollegen der Spurensicherung und schickte einen IT-Techniker mit. Außerdem konnte er ihr bereits das Ergebnis des Abgleichs der Vergleichsprobe sagen: Negativ! Sie hatte sich nicht geirrt, Andrea Marini war lediglich in die Sache verstrickt, doch nicht der Täter. Sie war froh, dass sie recht behielt.

Paola verkrampfte sich, hoffentlich hatte Dottore Mantova sich nicht bereits abgesetzt. Die Flughäfen und die Grenze waren informiert, die Fahndung nach ihm lief bereits. Sie musste dringend Francesco Bescheid geben und zusätzliches Personal zur Klinik schicken. Jetzt war es ziemlich eindeutig, dass Dottore Mantova der schuldige Täter ist. Francesco war nicht an seinem Platz, sie versuchte es auf seinem *telefonino.*

Nichts! Panik stieg in ihr auf. Was, wenn der Täter bereits in der Klinik war. In ihrem Kopf wirbelte es. Sie rief bei Pierluigi an, er nahm ab.

»*Ciao*, Pierluigi, ich kann Francesco nicht erreichen? Weißt du, wo er ist?«

Er konnte ihr nicht weiterhelfen, versprach ihr aber, nach Francesco zu suchen. Sie wurde zusehends unruhig. Die Wanduhr in ihrem Büro tickte und dieses Geräusch machte sie kribbelig. Unzählige Gedanken schossen ihr in den Kopf. Kurzentschlossen rief sie beim Sergente, der die Bewachung der Patientin innehatte an und fragte, ob alles bei ihm in Ordnung sei. Er sprach ganz leise, um die beiden Frauen nicht im Schlaf zu stören. Er sagte ihr, dass ihr Mann noch vor circa einer halben Stunde nach den beiden Patientinnen geschaut hatte. Es sei alles ruhig ringsum und es gab keine Vorkommnisse. Paola teilte ihm mit, dass zwei weitere Beamte auf dem Weg zu ihm sind, da der dringende Verdacht besteht, dass der Täter erneut in die Klinik kommt. Der Sergente schluckte, als er dies hörte.

Er nahm seine Pistole aus seinem Halfter, entsicherte sie und stellte sich an die Wandseite der Tür. Sein Atem schnellte hoch. Jetzt musste er ruhig bleiben und konzentriert. Möglicherweise könnte der Täter plötzlich zur Tür hereinkommen. Die Anspannung ließ ihn schwitzen, kleine Schweißtropfen bildeten sich auf seiner Stirn.

Angespannt stand er dort und wartete.

Derweil versuchte Paola in der Questura zum wiederholten Male ihren Mann ans Telefon zu bekommen.
Noch immer erfolglos.
Was sollte sie jetzt machen?
Hatte dieser Dottore Durchgeknallt schon zugeschlagen. Sie musste handeln. Sie zog aus ihrer Schublade ihre Waffe heraus, nahm ihre Tasche und lief zu Ispettore Nero.

»*Madonna*! Paola, was ist los?«
Paola erzählte ihr von ihrer Vermutung.

»Nein, Paola, das macht dieser Psychiater nicht, der geht nicht ins Krankenhaus. Bestimmt ist Francesco in der Klinik unterwegs. Es gibt bestimmt eine Erklärung dafür.«
Panisch antwortete sie: »Und was, wenn nicht? Was, wenn der Verrückte bereits in der Klinik ist?«

»Paola, das glaube ich einfach nicht. Die beiden zusätzlichen Beamten müssten sich gleich aus der Klinik melden und dann wissen wir mehr.«
Maria Nero sagte dies ganz besonnen und Paolas panische Angst wich langsam aus ihrem Gesicht.

»Wie lange dauert es denn noch, bis wir endlich Gewissheit haben«, murmelte sie leise vor sich hin.
Paola, die ansonsten stets in heiklen Situationen ihre Nerven behielt, war selber über ihren derzeitigen Gefühlsausbruch überrascht. Ihr Bauchgefühl sagte ihr, dass der Täter etwas ganz Perfides plante, doch sie konnte dieses Gefühl nicht weiter eingrenzen. Sie

ermahnte sich zur Ruhe, alles war in die Wege geleitet. Gleich sollten sich die Beamten aus dem Krankenhaus melden und dann wüsste sie Bescheid. Sie lief auf und ab.
Irgendetwas hatten sie übersehen, aber was?
Sie schaute sich die Tafel mit den Informationen der Ermittlungen an.
Assistente Mazzola kam zu ihr und brachte ein weiteres Foto und klebte es neben dem Bild des Dottore Mantova.
Paola erschrak.
»Commissario, das ist das Bild von Beatrice Mantova. Fällt Ihnen etwas auf?«
Allerdings fiel es ihr auf.
Die Ähnlichkeit mit Clarissa Angelo und der von Elena Pausini war frappierend. Das musste der Auslöser gewesen sein.
»Haben Sie etwas zu den genauen Todesumständen von Signora Mantova herausgefunden?«
Assistente Mazzola schaute sie an und sprach.
»Laut Obduktion hat sie sich erhängt. Der damalige Gerichtsmediziner gab als Todesursache Suizid an. Ich bin da aber weiter dran.«
Paola durchzuckte es.
Egal, ob es ein Suizid oder gar eine Tötung war, dies war der Schlüssel für den Auslöser, das ahnte sie tief in ihrem Innern.
Es klingelte am Telefon von Ispettore Nero.
»Ispettore Nero am Apparat! Ja…«,

Paola hörte nur Wortfetzen und konnte sich noch keinen Reim darauf machen, wer am anderen Ende der Leitung sprach. Nach einer gefühlten Ewigkeit legte Maria Nero auf und sagte zu Paola: »So! Die beiden Beamten sind in der Klinik. Einer ist jetzt unterwegs und sucht deinen Mann. Alles ist soweit in Ordnung in der Klinik. Sie haben alles unter Kontrolle.«
Paola war froh dies zu hören, doch ihre innere Stimme kam nicht zur Ruhe. Was auch immer der Täter plante, sie hatten es noch nicht auf dem Schirm.

Paola ging zur Toilette, stellte sich vor das Waschbecken und ließ das Wasser laufen. Sie breitete ihre Hände darunter aus und befeuchtete ihr Gesicht. Sie schaute in den Spiegel. Ihre Augen wirkten müde und ausgelaugt. Ihr Blick schien leer. Mit einem Tuch tupfte sie das Wasser aus ihrem Gesicht und ging zurück in das Büro.

Maria Nero telefonierte und wirkte sehr angespannt. Immer wieder schaute Maria Nero während sie telefonierte auf Paola. Völlig irritiert blieb Paola wie angewurzelt vor ihr stehen. Sie machte immer wieder eine fragende Handbewegung zu Maria Nero, doch die hörte aufmerksam zu, was der Anrufer ihr sagte. Nach einer Weile, sagte sie:

»Ich stelle auf laut, Commissario Rossi steht neben mir. Sagen Sie bitte, was Sie vorgefunden haben.«

»Das Haus in Moniga del Garda scheint tatsächlich das Versteck von Dottore Mantova zu sein. Wir haben das Haus, den Keller und eine Scheune durchsucht. Er ist nicht da. Die IT – Techniker haben eben seinen Computer hochgefahren und etwas entdeckt. Die letzten Suchanfragen, die Signor Mantova gesucht hat, stehen noch im Verlauf. Es handelt sich um: Commissario Rossi und ihre Familie.«

Kreidebleich stand Paola vor dem Schreibtisch und sie fing zu zittern an.

»Meine Kinder! Oh Gott, meine Kinder!«

Ihre Stimme war schrill als sie fragte: »Was meinen Sie damit? Meine Familie?«

Nervös sagte der Beamte an der Leitung: »Er hat herausgefunden, dass ihr Mann Francesco am hiesigen Krankenhaus arbeitet, doch die letzten beiden Suchanfragen, betrafen ihre Kinder und ihre private Adresse.«

Paola musste sich setzen, ihr wurde plötzlich schwarz vor Augen. Ihre Kinder waren allein Zuhause, was wenn Dottore … Sie atmete tief durch, nein, das musste sie verhindern. Sie musste sofort los. Nichts und niemand würde sie aufhalten.

27

Dottore Mantova hatte ein hochwirksames Schmerzmittel eingenommen.
Sein Plan war perfekt!
Er wartete, bis das Mittel seine Wirkung entfaltete und nahm eine Karte zur Hand. Schnell zog er sich etwas Frisches an und setzte sich in seinen Wagen. Diese beiden Morde, die er im Kopf bereits verübt hatte, würden ihm den meisten Spaß bereiten. Egal, ob er dann gefasst werden würde oder er es sogar schaffte zu fliehen. Das bevorstehende Szenario bereitete ihm große Zufriedenheit.
Er war wie von Sinnen.
Als er im Auto saß, tippte er die Adresse in sein Navigationsgerät ein. In zwanzig Minuten, vielleicht auch schneller, würde er am Ziel sein. Genüsslich dachte er über seinen perfiden Plan nach. Dann fuhr er los. Er konnte nicht die Hauptverkehrswege nehmen, da er befürchtete, dass die Polizei bereits nach ihm fahndete. Akribisch hatte er in der letzten Stunde alles ausgearbeitet, er würde heute noch morden, das spürte er.
Sein Körper geriet in Wallung, als er daran dachte.
Er wich den großen Zufahrtsstraßen aus und kam nach dreiundzwanzig Minuten am Ortsschild von Desenzano an. Er fuhr langsam weiter. Kurz bevor er an seinem Ziel ankam, sah er wie ein Wagen mit

einem Affenzahn von der Ausfahrt des Hauses der Rossis wegfuhr.
Er hatte sie verfehlt!
Anstatt umzudrehen, heftete er sich an den Wagen, um zu schauen, wer diesen steuerte. An einer Ampel musste der Wagen halten. Er schaute mit starrem Blick nach vorne, hinter dem Lenkrad saß Francesco Rossi. Schnell bewegte sich sein Blick auf den Beifahrersitz, er war leer! Im Fond sah er zwei Köpfe, das mussten die Kinder sein. In seinem Kopf ratterte es unaufhörlich. Es ergab keinen Sinn weiter hinter dem Wagen herzufahren, womöglich endete die Fahrt an der Questura. Unauffällig fuhr er noch einen kurzen Moment hinter dem Fahrzeug hinterher. Als er auf der rechten Seite eine Tankstelle sah, setzte er den Blinker und fuhr ab. Von weitem beobachtete er, ob Francesco Rossi bemerkt hatte, dass er verfolgt wurde. Es sah nicht danach aus. Auf der Tankstelle drehte er den Wagen, machte eine Kehrtwendung und fuhr zurück zum Haus der Rossis.

Als er ankam, zappelte er hinter dem Steuer seines Wagens und schrie los. Seine Nerven waren zum Zerreißen gespannt.
Dieses Ende wollte er nicht!
Er fuhr mit seinem Wagen in eine kleine Seitenstraße und versuchte sich zu beruhigen. Die unterschiedlichsten Bilder schossen ihm durch seinen Kopf.

Plötzlich grinste er.
Vielleicht war das die zündende Idee. Die Baseball-Cap zog er sich tief ins Gesicht, schaute noch einmal nach links und rechts, bevor er aus dem Wagen stieg. Er huschte über den Zaun und verschaffte sich über die Terrasse Zugang zum Haus der Rossis. Ein Versteck war schnell gefunden und so lag er auf der Lauer und starrte aus dem kleinen Kellerfenster.

28

Paola stürzte nach dem Anruf der Kollegen in ihr Zimmer, versuchte abermals das *telefonino* ihres Mannes zu erreichen, doch sobald es klingelte, sprang sofort die Mailbox an. Nochmal wollte sie nicht bei Pierluigi anrufen. Wahrscheinlich war er bereits durch ihre letzten beiden Anrufe entnervt. Bestimmt gab es eine harmlose Erklärung, versuchte sie sich einzureden. Sie lief zu ihrem Spind, öffnete die Tür und sah das Foto ihrer Familie an. Nach wenigen Minuten war sie fertig und machte sich auf den Weg zu ihrer Kollegin Ispettore Nero.

Als Paola in das Büro kam, sah sie, wie Maria die Kollegen auf den bevorstehenden Einsatz vorbereitete.

»Seid ihr soweit?«, fragte Paola sichtlich nervös.

Maria nickte ihr zu.

Die Polizisten prüften ihre Dienstwaffen.

Der Tross der Beamten setzte sich in Bewegung.

Paola und Maria fuhren zusammen. Die Übrigen teilten sich auf zwei weitere Fahrzeuge auf. Paola wollte sich ans Steuer setzen, doch Maria schüttelte den Kopf.

Widerwillig stieg Paola auf den Beifahrersitz! Natürlich war das die klügere Entscheidung, doch innerlich dauerte ihr alles viel zu lange. Doch

Ispettore Nero ließ sich nicht beirren. Setzte das Blaulicht auf das Dach des Wagens, zeitgleich startete sie den Motor und fuhr mit quietschenden Reifen los. Paola bekam von der Fahrt kaum etwas mit, zu sehr war sie im Gedanken an ihre Kinder versunken. Hoffentlich kamen sie nicht zu spät!

Zum wiederholten Male versuchte sie Francesco anzurufen. Erfolglos!

Ispettore Nero peitschte mit hoher Geschwindigkeit die Autobahn herunter. Immer wieder musste sie ausweichen, mal, weil ein Laster plötzlich von rechts auf die linke Fahrbahn ausscherte oder aber die Verkehrsteilnehmer zu spät erkannten, dass ein Polizeiwagen im Einsatz fuhr.
Endlich sahen sie das Schild: Ausfahrt Desenzano!
Unruhig rutschte Paola auf ihrem Sitz hin und her. Sie schaute auf die Uhr! Maria fuhr wie von Gottes Hand. Üblicherweise hätte die Fahrt bis zur Ausfahrt fast dreißig Minuten gedauert, Maria hatte es in noch nicht einmal zwanzig Minuten vollbracht. Sicherlich fuhr sie schnell, doch nicht riskant. Als sie am üblichen Kreisverkehr ankamen, setzte Maria erneut die Sirene ein und konnte sich schnell einfädeln. Danach jagte sie den Rest der Landstraße und kam knapp fünf Minuten später mit einer Vollbremsung am Haus der Familie Rossi an.

Sie besprachen sich und stiegen kurze Zeit später aus dem Wagen. Mit gezogenen Dienstpistolen liefen sie zum Haus. Von weitem sah Maria bereits ihre Kollegen. Gleich würden sie vor Ort sein.
Maria und Paola tauschten Handzeichen mit den ankommenden Kollegen aus.
Sie teilten sich auf!
Paola wollte gerade die Haustür aufschließen, als ihr *telefonino* in der Gesäßtasche vibrierte. Schnell deutete sie per Handzeichen einen Moment zu warten. Vorsichtig zog sie das *telefonino* hervor.
Auf dem Display leuchtete der Name: *Francesco* auf.
Hastig drückte sie auf die Annehmen-Taste und lief zurück zum Wagen.

»Francesco?«, stammelte sie keuchend in den Hörer. »Wo bist du? Alles ok?«
Sie konnte die Antwort nicht mehr verstehen.

Ein Schuss peitschte durch die Stille und traf sie.

Plötzlich wurde alles schwarz vor ihren Augen. Das *telefonino* knallte aus ihrer Hand, flog auf den Boden und zerschmetterte in viele Einzelteile. Dann versank alles um sie herum.

Ispettore Nero rannte sofort zu ihrer Kollegin und achtete nicht auf ihre Deckung!
Ein weiterer Schuss löste sich!
Man hörte einen kurzen Aufschrei!

Ein Poltern!
Stille!
Ispettore Nero schaute sich um.
Der Schuss kam aus dem Haus.
Ihre Kollegen öffneten von außen vorsichtig die Haustür, der Schlüssel steckte. Paola hatte ihn bereits in den Zylinder gesteckt.

Ispettore Nero beugte sich über Paola und schaute nach ihr.
Paola lag bewusstlos am Boden.
Sie hatte eine kleine Platzwunde am Kopf. Offenbar hatte sie sich diese zugezogen, als sie auf den Boden knallte.
Vorsichtig sprach Maria Nero zu Paola.
Sie rührte sich nicht.
Ispettore Nero fühlte ihren Puls und schaute nach der Atmung. Erleichtert stellte sie fest, dass Paola lebte.
Behutsam öffnete sie die Bluse von Paola und sah zu ihrer Erleichterung: Ihre Kollegin hatte eine durchschusshemmende Weste an.
Maria sah das Projektil der Kugel.
Sofort nahm sie ihr *telefonino* zur Hand, stand auf und rief einen Rettungswagen. Während sie sich dabei umdrehte, sah sie ihren Kollegen Assistente Mazzola.
Er wankte mit hochrotem Kopf aus der Haustür.
Völlig mitgenommen torkelte Carlo Mazzola auf Maria Nero zu.

»Ich habe ihn im letzten Moment stellen können«, stammelte er. »Wir waren schon im Haus. Die Terrassentür stand offen! Als wir im Flur standen, hörten wir einen Schuss. Er kam aus dem Keller! Sofort sind wir hin und da sah ich Dottore Mantova, wie er erneut mit seiner Pistole zielte, diesmal auf dich! Ich habe noch gerufen: *Waffe runter, Polizei!* Doch er ließ sich davon nicht beirren. Sein Finger bewegte sich am Abzug der Waffe. Ich habe abgedrückt. Dann schrie er los und sackte zusammen. Mein Kollege gab mir Deckung und ich bin zu ihm hin. Er lebt! Den Krankenwagen habe ich schon gerufen.«

Carlo Mazzola zitterte am ganzen Körper.

Er umarmte Maria Nero. »Wie geht es Commissario Rossi? Lebt sie?«, fragte er mit wispernder Stimme.

Maria war nicht mehr imstande zu sprechen, zu sehr steckte die Anspannung des eben Erlebten in ihren Knochen.

Sie bejahte mit einem Nicken.

Maria drückte Carlo Mazzola ganz fest an sich und hauchte ihm einen Kuss auf den Mund. Mit leiser Stimme sagte sie: »Danke!«

Sie lösten sich aus der Umarmung und Maria beugte sich erneut über Paola.

»Alles wird gut! Gleich kommt der Krankenwagen. Halte durch.«

Paola konnte sie nicht hören!

Der Aufprall des Projektils ließ sie in die Bewusstlosigkeit fallen.
Ihr *telefonino* vibrierte.
Ispettore Nero musste sich erst einmal sammeln, denn auf dem Display stand der Name: Francesco.

»*Ciao*, Francesco, alles ist gut!«
Hektisch fiel Francesco ihr ins Wort: »Was ist mit Paola? Ist ihr etwas passiert?«
Maria Nero stammelte.
Francesco rang nach Luft.

»Frag den Rettungssanitäter, wo Sie Paola hinbringen! Rufe mich dann sofort zurück.«

»Mach ich, nur eine Frage, wo sind die Kinder? Luca und Giulia?«

»Sie sind bei einer Schulveranstaltung. Sie sind in Sicherheit, ich wollte es gerade Paola sagen, als die Verbindung abbrach…«, er stammelte nur noch, »prüfe noch einmal ihre Atmung und ihren Puls, bitte…«
Maria Nero beugte sich erneut zu ihrer Kollegin und sah, dass die Augenlider von Paola zuckten.
Maria erschrak!
Just in dem Moment heulte die Sirene des Krankenwagens los und bog mit quietschenden Reifen in die Auffahrt ein.

»Francesco, ich muss Schluss machen. Der Rettungswagen ist da. Ich rufe gleich zurück.«

Die Rettungssanitäter eilten zu Paola, die noch immer bewusstlos am Boden lag und sich nicht rührte.
Carlo Mazzola lief auf die Sanitäter zu.

»Commissario Rossi wurde angeschossen. Sie trägt eine durchschusshemmende Weste. Das Projektil steckt in der Weste. Puls und Atmung sind da. Sie ist aber nicht ansprechbar, sie scheint bewusstlos zu sein.«
Maria Nero warf in seine Ausführungen ein: »Eben haben sich kurz ihre Augenlider bewegt. In welche Klinik bringen Sie sie? Ihr Mann will sich sofort auf den Weg machen.«

»Wir bringen sie in das Ospedale Desenzano. Wir sollten keine Zeit verlieren.«
Die Sanitäter beugten sich über Paola, prüften abermals ihre Vitalwerte und hoben sie vorsichtig auf die Tragbahre.

Innerhalb kürzester Zeit sauste der Rettungswagen in das naheliegende Ospedale los.
Ispettore Nero rief Francesco zurück und gab ihm Bescheid.

In der Zwischenzeit war ein weiterer Rettungswagen vor dem Haus eingetroffen. Die Sanitäter luden den schwerverletzten Dottore Mantova in den Rettungswagen.
Carlo Mazzola stand traumatisiert vor dem Haus und schaute den Sanitätern zu.

Ispettore Nero legte ihren Arm um ihn. Mittlerweile war sie beruhigter und gefasster. Ihre Kollegin war auf dem Weg in das Krankenhaus.

»Alles gut bei dir?«, fragte sie mit feinfühliger Stimme.

»Es ist das erste Mal, dass ich im Einsatz auf einen Menschen geschossen habe. Wenn er stirbt... Ich hoffe, ich komme damit klar! Obwohl er so ein Monster ist, so ist er doch ein Mensch!«

»Du weißt, dass es eine psychologische Betreuung für solche Ereignisse gibt?«

Er nickte, »ich weiß. Als ich ihn dort stehen sah und sein Blick so fokussierend auf dich... «, er konnte den Satz nicht beenden.

»Auf einmal habe ich völlig automatisch funktioniert. Erst nach dem Schuss habe ich realisiert, was gerade passiert ist. Ich bin so froh, dass du nicht verletzt bist!«

Carlo schaute Maria Nero bedrückt an.

»Ich bin so froh!«, wiederholte er noch wie in Trance.

29

Francesco saß am Bett seiner Frau und schaute sie liebevoll an.

Sie schlief.

Seine Gedanken kreisten unaufhörlich über die Ereignisse der letzten Stunden. Als er durch Maria Nero erfuhr, dass seine Frau angeschossen wurde … es durchzuckte ihn noch immer. Er hatte so große Angst um sie!

Erst, als er dann im Krankenhaus ankam und mit dem behandelnden Arzt seiner Frau sprechen konnte, wich seine Angst und seine Anspannung löste sich auf. Das Projektil steckte in der durchschusshemmenden Weste. Durch den Aufprall hatte sich Paola zwei Rippen angebrochen. Wie durch ein Wunder wurden keine inneren Organe verletzt. Die Platzwunde am Kopf war nur oberflächlich und hatte keine Auswirkungen auf das Gehirn ausgelöst. Weder Quetschungen noch Blutungen, sagte der behandelnde Arzt.

Sie hatte wirklich Glück gehabt.

Francesco schaute sie versonnen an.

Er liebte sie wie am ersten Tag! Ein Leben ohne Paola war für ihn unvorstellbar! Sie war die Liebe seines Lebens! Als er die Einzelheiten des gestrigen Einsatzes durch Maria erfuhr, fühlte er sich schuldig

Es lief gestern alles schief, dachte Francesco.

Abermals ging er den gestrigen Tag in seinem Kopf durch.

Es begann damit, dass er entschied, länger im Krankenhaus zu bleiben, um nach Clarissa Angelo zu sehen. Die Schulveranstaltung der Kinder hatte er völlig aus den Augen verloren. Plötzlich konnte sich Clarissa Angelo wieder an den Überfall erinnern. Das Schicksal der jungen Frau nahm seine ganze Aufmerksamkeit ein.
Er verständigte Paola.
Sie stand sehr unter Stress und erneut war er so mit dem Fall Angelo beschäftigt, dass er die Zeit vergaß. Als die Nachricht von Luca auf seinem Telefonino ankam:
Du denkst daran, dass wir gleich losmüssen! Du hast es versprochen! Luca
Da lief zeitlich alles aus dem Ruder. Er lief einfach los, meldete sich in der Klinik nicht ab. Stattdessen rannte er Hals über Kopf zum Auto. Im Wagen wollte er Paola informieren, doch sein Akku war leer. Das Ladekabel war nicht im Handschuhfach. Zuhause angekommen standen die Kinder schon nervös und warteten. Er griff schnell zum Ladekabel, er hatte es - auf dem Küchentisch - liegenlassen. Flugs fuhr er die Kinder zur Schule.
Und erst von dort aus rief er bei Paola an.
Da war es schon zu spät!
Er machte sich solche Vorwürfe!

Wenn Paola gewusst hätte, dass die Kinder wohlbehalten in der Schule sind, wäre sie bestimmt nicht nach Hause gefahren, aber…was wäre dann passiert?

Wie Francesco durch Maria erfuhr, hielt sich dieser Verrückte im Keller ihres Hauses auf. Er wollte sich gar nicht vorstellen, was noch alles hätte passieren können.

Mitten in seine Überlegungen sah er, wie Paola ihre Augen öffnete. »*Mia cara* …«, rief er ergriffen und nahm ihre Hand.

»Francesco«, sagte sie mit schwacher Stimme, »wo bin ich? Was ist passiert?«

Paola versuchte sich aufzusetzen.

Die plötzlich auftretenden Schmerzen ließen Tränen in ihre Augen aufsteigen.

»Bleib ruhig liegen. Alles ist gut. Du bist im Krankenhaus. Kannst du dich erinnern, was passiert ist?«, fragte Francesco mit einfühlsamer Stimme.

Francesco taxierte das Gesicht seiner Frau.

Paola hob ihren Kopf und schaute nachdenklich an die Zimmerdecke. Bröckchenweise stiegen Bilder in Paolas Erinnerung. Nach einer Weile schaute sie ihren Mann an, und sagte: »Ich war mit meinen Kollegen im Einsatz. Mein *telefonino* hat geklingelt, du warst am

Telefon, und dann…«, ein tiefer Seufzer entglitt ihr, »dann wurde alles schwarz um mich.«
Francesco beugte sich über Paola und drückte ihr einen Kuss auf die Stirn.
Paolas Blick verfinsterte sich plötzlich, als sie fragte:
»Francesco, was ist mit unseren Kindern…«
Behutsam klärte Francesco sie auf.
Mehrmals stiegen Paola Tränen auf, als sie seinen Ausführungen zuhörte.
»Dottore Mantova ist wirklich außer Gefecht?«, fragte Paola ihren Mann.
»*Sì! Amore*! Du hast den Fall gelöst!«
Paola atmete auf.
»Wo sind die Kinder jetzt?«
»Giulia hat bei ihrer Freundin Valeria geschlafen!«
Aufgeregt fragte Paola: »Und Luca!«
»Unser Luca ist ins Krankenhaus gekommen.«
»Wo ist er jetzt?«
Beschwichtigend sagte er: »Er ist unten in der Cafeteria und holt einen *caffè*!«
Ergriffen fragte Paola: »Er war die ganze Nacht hier?«
»*Sì!* Er saß gemeinsam mit mir an deinem Bett. Unser Luca ist erwachsen geworden. Giulia war so aufgelöst, dass ich entschied, es sei besser, wenn sie bei Valeria die Nacht überbleibt. Die Eltern kommen in der nächsten halben Stunde und bringen sie hierher.«
»Ach Francesco! Wie froh ich bin, dass es dir und den Kindern gut geht. Als ich gestern durch meine

Kollegen erfuhr, dass Dottore Mantova über mich und unsere Familie recherchiert hat, da habe ich nur noch rotgesehen…ich hatte solche Angst um euch!«

»Alles ist gut!«

Francesco beugte sich ganz vorsichtig zu seiner Frau und hauchte ihr einen Kuss auf die Lippen.

Die Tür zum Krankenzimmer ging auf. Das erste, was beide sahen, war ein großer bunter wunderschöner Strauß Blumen.

Dann sah Paola ihren Sohn Luca.

Als dieser sah, dass seine Mutter wach war, legte er schnell die Blumen auf den Tisch und eilte zu seiner Mutter.

»*Mamma!*«, er schlang seine Arme etwas unbeholfen um seine Mutter. Er hatte Angst, ihr weh zu tun.

»Mein lieber Luca! Ich habe schon gehört, du warst mit Papa die ganze Zeit bei mir.«

Tränen kullerten über die Wange ihres Sohnes.

»Du hast uns einen ganz schönen Schrecken eingejagt, *Mamma!*«

»Ich weiß! Ich verspreche euch, ich passe künftig besser auf mich auf!«

Nach einer Weile fragte Paola: »So ein wunderschöner Blumenstrauß!«

»*Scusa!* Den hat mir eben die Krankenschwester für dich in die Hand gedrückt. Schau mal, da ist eine Karte«, sagte Luca.

»Kannst du sie mir bitte vorlesen? Ich fühle mich noch nicht in der Lage. «
Luca nahm die Karte aus dem Umschlag und las vor:

Liebe Commissario Rossi,
wir wünschen Ihnen gute Besserung!
Werden Sie schnell wieder gesund, ich vermisse meine beste Ermittlerin.

Vice Questore Dal Molin

»Nicht schlecht! *Mamma!* Siehst du! Er weiß doch, wie gut du bist!«

»Hört sich danach an«, sagte Paola sichtlich gerührt.
Erneut ging die Tür auf.
Ihre Tochter Giulia kam herein. Die Freude im Gesicht ihrer Tochter war nicht zu übersehen,

»*Mamma!*«
Sie eilte sofort an das Bett ihrer Mutter und schlang ihre Arme um sie.

30

Mittlerweile waren drei Wochen vergangen. Paola erholte sich gut.
Bereits nach zwei Tagen konnte sie das Krankenhaus verlassen und ihr Mann und die Kinder kümmerten sich rührend um sie.

Heute stand sie wieder in der Questura und sie fertigten den Abschlussbericht im Fall Dottore Mantova an. Das Labor konnte die DNA im Fall Angelo und Razzauti eindeutig Dottore Mantova zuordnen.

Er war in allen drei Fällen schuldig. Ispettore Nero hatte während der Abwesenheit von Paola die Exhumierung Signora Beatrice Mantovas angeordnet. Die forensischen Möglichkeiten, die es heute gab, ließen den Schluss zu, dass Signora Mantova damals ermordet wurde!

Als Ispettore Nero den Beschuldigten Dottore Mantova damit konfrontierte, lachte er sie hämisch an. »Diese Ehebrecherin hat es nicht anders verdient!« Maria Nero war geneigt, ihre Dienstwaffe zu zücken, um diesem Monster ein Ende zu setzen. Zum Glück war sie zu besonnen und ließ es bleiben. Sie recherchierte weiter.

Als sie endlich mit ihren Nachforschungen fertig waren, konnten sie Dottore Mantova zwei weitere Morde nachweisen.
Es war unfassbar!
Ein schizophrener Mensch, das stand völlig außer Frage, doch gleichzeitig gepaart mit Intelligenz und genau überlegtem Vorgehen. Dieser Mensch hatte jahrelang als zugelassener praktizierender Psychiater sein Unwesen getrieben. Allein diese Tatsache machte Ispettore Nero wütend und ohnmächtig zugleich. Sie vermochte nicht darüber nachzudenken, wie vielen Hilfe suchenden Patienten er womöglich durch seine grenzwertigen Therapien geschadet hatte.

Selbst alle wissenschaftlichen Ausführungen, die ihr forensischer Kriminologe Dottore Edizioni zu Dottore Tizian Mantova vorbrachte, um ihr und den Kollegen ein Bild über den Krankenverlauf des Täters zu erklären, stießen bei Maria auf ›Unverständnis!‹ Emotional war sie nicht unbefangen, es fiel ihr schwer ›Dottore Mantova‹ aus einem objektiven Blickwinkel zu sehen. Um ein Haar hätte es Paola und sie erwischt. Sie kam zu dem Schluss: Er ist ein Monster!

Dottore Mantova wuchs mit seiner Mutter auf. Einen Vater gab es nicht, zumindest lernte er ihn nicht kennen. Die Mutter hatte ein intensives Liebesleben und jedes Mal, wenn ein Liebhaber bei ihr war, sperrte sie ihren Sohn Tizian in eine Besenkammer, um ungestört zu sein.

Sie dachte niemals darüber nach, dass sie durch ihre Handlungen die Seele ihres Sohnes zerstörte. Sie war viel zu egoistisch. Schließlich hatte der Vater des Kindes sie einfach im Stich gelassen. Ihre Eltern zwangen sie dazu, das Kind zu bekommen, obwohl sie erst 17 Jahre alt war. Durch das viel zu frühe Muttersein fühlte sie sich vom Leben betrogen. Sie übernahm keine Verantwortung.
Ihr Sohn war zwar da, doch lebte er mehr oder weniger sich selbst überlassen neben ihr her.

Der kleine Tizian hätte gerettet werden können!
Doch niemand wusste, wie es ihm erging.

Seine Mutter interessierte sich nicht für ihn, ansonsten wäre ihr aufgefallen, dass an seinem Verhalten einiges im Argen lag. Vielleicht hätten die Großeltern von Tizian helfen können? Doch seine Mutter brach den Kontakt zu ihnen ab, als er noch ein Baby war.

So verging die Zeit!

Der kleine Junge lebte bis zu seiner Einschulung abgeschottet in der Wohnung. Seine Mutter war die einzige Bezugsperson, die er hatte.

Es schnürte ihm jedes Mal die Kehle zu und er durchlebte große Angst, wenn er in der immer enger werdenden Besenkammer ausharren musste. Zu Beginn konnte er die Lustschreie der Mutter noch nicht deuten, wenn er mal wieder in der Kammer saß.

Doch im Laufe der Zeit änderte sich das.

Anfangs saß er noch mit dem Gefühl der Angst in der Kammer. Aus Angst wurde Wut, dann Zorn. Seine Seele veränderte sich!
Seine Psyche geriet ins Wanken!
Als Tizian zwölf war, sah es für einen kurzen Moment so aus, als würde sich sein Schicksal noch zum Guten wenden. Seine Mutter stürzte von der Leiter und musste für eine längere Zeit ins Krankenhaus. Da er nicht allein in der Wohnung bleiben konnte, schaltete sich das Jugendamt ein und suchte nach Verwandten. Sie hatten Glück. Die ältere Schwester der Mutter bot sich an, den kleinen Tizian bei sich aufzunehmen. Doch als die Mutter wieder aus der Klinik kam, fuhr sie schnurstracks zu ihrer Schwester und holte den Jungen von dort ab. Sie ertrug es nicht, dass es Tizian bei ihrer Schwester gut ging. Für Tizian brach erneut eine Welt zusammen. Seine Tante flehte ihre Schwester an den Jungen doch bei ihr zu lassen, doch das wehrte seine Mutter vehement ab. Die Tante versuchte Kontakt zu Tizian zu halten, aber als seine

Mutter das mitbekam, unterband sie auch das ein für alle Mal.

Mit diesem gestörten Bild von Frauen wurde er erwachsen. Als er seine Frau kennenlernte, sah es so aus, als würde seine Seele zur Ruhe kommen. Die ersten Jahre schien er glücklich zu sein. Doch im Laufe der Zeit geriet seine Seele erneut in eine tiefe Krise.

Seine Frau kam manches Mal später als verabredet nach Hause. Er glaubte, sie würde ihn betrügen. Die Bilder seiner Kindheit und Jugend überfluteten sein Gehirn. Als seine Frau eines Tages etwas später von der Arbeit nach Hause kam, brannten seine Sicherungen durch. Er stürzte sich auf sie, legte die Hände um ihren Hals und drückte voll unbändiger Wut ihre Kehle zu. An dem langsam sterbenden Blick seiner Frau konnte er sich kaum satt sehen. Er genoss es nicht nur, es stimulierte ihn. Ein Gefühl der Ekstase machte sich in ihm breit. Macht und Lust durchzuckten seinen Körper. Er hatte die Angst von damals besiegt…

Mit diesem zerstörerischen Blick auf die Welt begann sein zweites Leben: Er wurde vom einstigen Opfer zum Täter!

In seinem Kopf durchlebte er den Mord an seiner Frau immer und immer wieder, doch eines Tages reichten ihm die gedanklichen Reize und die alleinige Vorstellung daran nicht mehr aus. Die Hemmschwelle andere Menschen zu verletzen oder gar zu töten, war übertreten.
Sein Wunsch zu Morden wuchs.

Das nächste Opfer hatte er schon im Visier: Seine Mutter! Sie war an allem schuld! Er lauerte ihr eines Abends auf und erstach sie mit fünfzehn Messerstichen. Die Polizei ermittelte schlampig in diesem Fall. Den Beamten fiel nicht auf, dass der Sohn ein mögliches Motiv für diese Tat hatte. Die Ermittlungen verliefen im Sande und nach einer Weile wurde die Akte geschlossen.

Nach dem Mord an seiner Mutter schien Tizian zur Ruhe zu kommen. Seine Mordgedanken und Gelüste nahmen ab. Er widmete sich seiner Arbeit und führte ein scheinbar normales Leben. Offenbar hatte der Mord an seiner Mutter den Teufel aus seiner Seele gekehrt.

Zwei Jahre vergingen.

Eine neue Patientin kündigte sich an. Er öffnete die Tür. Völlig versteinert schaute er die Patientin an. Erneut stürzte sein Leben in eine Krise! Diese frappierende Ähnlichkeit mit seiner Mutter und seiner Frau ließ ihn erstarren. Allmählich zogen dunkle Gedanken in ihm auf. Erst versuchte er sie noch zu unterdrücken, doch nach einer Weile überfluteten Gefühle von Macht, Lust und Mord erneut seinen Körper.

Immer öfter zog es ihn in den Keller seines Hauses, dort plante er akribisch seine nächsten Züge. Er wartete die Behandlung seiner Patientin ab und vier Monate später war es dann soweit. Aus ihren Erzählungen wusste er, dass sie ans Meer fahren wollte. Er fuhr ihr nach und beobachtete sie aus sicherer Entfernung. An einem Sommermorgen, der Strand war noch menschenleer, ging sie ins Wasser, um sich zu erfrischen und zu schwimmen. Auf den einsamen Strandläufer achtete sie erst nicht, der sich plötzlich in die Wellen stürzte. Als sie bemerkte, dass etwas nicht stimmte, war es bereits zu spät. Sie ertrank und wurde erst Tage später am Strand angespült. Die Polizei ging von einem tragischen Badeunfall aus.

Doch durch seine Taten in Verona drehte sich das Schicksalsrad und er wurde überführt.

Anhand von akribischen Aufzeichnungen, die die Beamten bei der Durchsuchung seines Hauses fanden, wurden auch diese Morde aufgedeckt.

Er würde nie mehr aus dem Gefängnis freikommen!

Als er aus dem Krankenhaus in die Strafvollzugsanstalt entlassen werden sollte, bäumte er sich ein allerletztes Mal auf. Kaum, dass er im Transporter verfrachtet war, versuchte er den begleitenden Beamten mit einem selbstgefertigten Messer zu attackieren.
Der Beamte wehrte sich!
Dottore Mantova stürzte im Wagen unglücklich mit dem Kopf auf ein Metallstück und erlitt eine Gehirnblutung. Die Sanitäter, die ihn erstversorgen wollten, konnten nur noch seinen Tod feststellen.

Das Kapitel Mantova hatte ein endgültiges Ende bekommen.

Ispettore Nero drehte sich zu ihrer Kollegin um.
»Paola, ich bin so froh, dass es dir gut geht!«
Paola schaute Maria sichtlich gerührt an.
»Und ich bin so froh, dass ich in der letzten Minute noch meine Weste angezogen habe. Ich war derart verängstigt und in Sorge um die Kinder. Zum Glück ist doch noch die professionelle Beamtin in mir erwacht und ich bin nicht Hals über Kopf losgerannt. Ich muss dir gar nicht sagen, wie froh ich bin, dass dieser Dottore Mantova tot ist und wir ihn nicht auf Staatskosten durchfüttern müssen. So ein Monster! Solch sinnlose Morde. Natürlich verstehe ich, was

Dottore Edizioni gesagt hat. Ich glaube nicht, dass er jemals seine Taten bereut hätte, dazu war er viel zu krank! Glaubst du im Ernst, Läuterung wäre ihm widerfahren?«
Maria Nero schüttelte ihren Kopf.

Sie waren beide in ihre Arbeit vertieft und sahen nicht, dass jemand ins Büro kam.
Signor Angelo stand vor ihnen.

»Signor Angelo! Schön Sie zu sehen. Wie geht es Ihnen? Was macht Clarissa?«, fragte Paola mit freudiger Stimme.

»Sehr gut! Es geht ihr von Tag zu Tag besser. Da komme ich auch gleich auf mein Anliegen zu sprechen.«
Paola und Maria schauten ihn neugierig an.
Signor Angelo holte zwei Umschläge aus seiner Jackentasche. Einen Umschlag übergab er Paola, den anderen Ispettore Nero.

»Wir möchten Sie einladen. Mein Freund Enrico hat ein schönes Hotel in Sirmione«, bei dem Namen Sirmione musste Paola lächeln. Ihr absoluter Lieblingsort am Lago di Garda.

»Machen Sie uns die Freude und seien Sie unsere Gäste.«
Paola und Maria öffneten die Umschläge. Sie zogen eine Karte aus zartgelbem Karton heraus.

Wir laden Sie herzlich ein, am 01. Juli 2018 um 18.00h mit uns das zweite geschenkte Leben unserer Tochter Clarissa zu feiern. Die Feier findet auf der Dachterrasse des Hotels Olivi in Sirmione statt.
Famiglia Angelo

»Wir kommen gerne! Aber das wäre doch nicht…«, doch Signor Angelo fiel Paola ins Wort.

»Und ob! Sie, Ihre Kollegin und Ihr Mann Dottore Rossi, haben meiner Clarissa ein neues Leben geschenkt. Sie beide«, dabei zeigte er auf Commissario Rossi und Ispettore Nero, »haben meiner Tochter Gerechtigkeit zukommen lassen. Wir sind Ihnen so zu Dank verpflichtet. Commissario, bringen Sie Ihren Mann und Ihre Kinder mit. Wir wollen alle zusammensitzen und fröhlich sein. Mein Freund Enrico überlässt mir seine Küche und ich zaubere uns ein Festmenü.«
Er wandte sich an Ispettore Nero, »Das Gleiche gilt für Sie, bringen Sie Ihren Mann, Ihre Familie mit.«
Maria wurde ganz rot, verlegen nickte sie.

Am Sonntag, den 1. Juli, saß eine fröhliche Gesellschaft auf der Dachterrasse des Hotels Olivi. Es wurde geredet, gelacht und gut gegessen. Signor Angelo hatte Andrea Marini eingeladen, der sich ganz rührend um seine Tochter im Krankenhaus gekümmert hatte. Als die Gefahr nach der Festnahme

des Dottore Mantova gebannt war, durfte Clarissa wieder Besuch empfangen.
Andrea Marini hatte bei Maria Nero nachgefragt, ob er die Eltern von Clarissa Angelo kontaktieren könne.
Maria Nero fragte erstaunt: »Warum?«
Er erklärte ihr, dass er sie gerne besuchen würde. Er fühlte sich in gewisser Weise: Schuldig am Überfall und wollte sich bei Clarissa entschuldigen; und ihr Genesungswünsche aussprechen.
Signor Angelo brauchte erst einmal zwei Tage Bedenkzeit, doch dann gab er grünes Licht.
Andrea Marini durfte Clarissa besuchen. Die beiden verstanden sich auf Anhieb sehr gut. Aus diesem einmalig angedachten Genesungsbesuch wurde nach und nach eine Freundschaft. Mittlerweile hatten sie sich ineinander verliebt und saßen immer wieder händchenhaltend am Tisch.
Signor Angelo war ein exzellenter Gastgeber und wie Paola im Laufe des Abends rausschmecken konnte ein herausragender Koch.
Signor Angelo hatte ebenfalls Annalisa Razzauti und ihren Ehemann, mit dem sie sich nach dem Überfall versöhnt hatte, eingeladen und auch Professore Marini. Die große Runde saß an diesem Abend noch lange beisammen und neue Freundschaften entstanden.

Paola erhob ihr Glas und prostete allen zu.

»Ich möchte mich im Namen der Questura und im Namen meiner Familie ganz herzlich für diese Einladung an diesen wunderschönen Abend bei Ihnen Signora und Signor Angelo bedanken. Clarissa! Wir wünschen Ihnen alles Gute auf ihrem weiteren Lebensweg. Es ist eine Freude zu sehen, dass sie diesen Überfall so gut überstanden haben und wie mir scheint, haben Sie Signor Marini ebenfalls dazu beigetragen.«
Andrea Marini schaute sie glücklich nickend an.

»Signora Razzauti auch Ihnen und Ihrem Mann«, dabei zwinkerte sie ihr zu, »wünsche ich das Allerbeste! Etwas muss ich noch loswerden, dann höre ich auf«, lächelnd, drehte sie sich zu Assistente Carlo Mazzola, der mit Maria Nero gekommen war.

»Lieber Carlo, Ihnen haben wir es zu verdanken, dass der Täter gestellt werden konnte. Sie haben sofort gehandelt und durch Ihren tatkräftigen Einsatz verhindert, dass weitere Opfer zu Schaden gekommen sind. Ein Hoch auf Sie! «
Carlo Mazzola schaute verlegen und sein Gesicht bekam eine langsam aufsteigende Röte.
Er winkte ab.
Maria Nero suchte seine Hand unter dem Tisch und flüsterte ihm ins Ohr: »Ich liebe dich! Carlo! «

Cinzia G. Agostini • Seelenstreich

Commissario Paola Rossi wird durch einen Mörder in der schönen Stadt Verona an ihre Grenzen gebracht. Eine junge Frau wird brutal überfallen. Die Ärzte bangen um ihr Leben. Bei ihren Ermittlungen im Fall Clarissa Angelo, gibt es weder ein Motiv noch einen Täter. Warum wurde die junge Frau überfallen? Nach kurzer Zeit stellt sie fest, es handelt sich nicht um eine Zufallstat. Ein zwielichtiger junger Mann gerät in ihr Täterprofil. Mitten in der Aufklärung des Falles geschieht ein weiterer brutaler Überfall auf eine Frau. Doch diesmal stirbt das Opfer noch am Tatort. Die Ereignisse spitzen sich zu und ehe Commissario Rossi sich versieht, steht sie im Fokus des Täters.

Die Autorin Cinzia G. Agostini entführt uns im Auftakt ihrer Krimireihe um Commissario Paola Rossi in die wunderschöne italienische Stadt Verona. Mit ihrer sympathischen Hauptfigur Paola Rossi hat sie eine ebenso kluge als auch empathische Ermittlerin erschaffen.

Bereits erschienen…

Cinzia G. Agostini
CHIARA
GEHT IHREN WEG
Roman
488 Seiten
Taschenbuch
ISBN:978-3-748586-79-1
E-Book
ISBN:978-3-7485-5939-9

Chiara Schönfeld reicht es! Schon wieder hat ihr Mann Peter eine Affäre. Von wegen Ausrutscher! Sie denkt an ihre fünfjährige Tochter Carlotta, die ihren Vater vergöttert und kommt ins Grübeln. Beruflich ist Chiara die toughe Geschäftsfrau, die mit Weitsicht und Klarheit agiert. Und privat? Als sie eines Abends nach Hause fährt, trifft sie ihren Nachbarn Maurice und geht spontan mit ihm essen. Dieses Treffen fühlt sich so unbeschwert und leicht an. Jetzt weiß sie, was sie will. Sie trennt sich von Peter, fährt nach Italien und ihre schlummernden Lebensgeister kehren zurück. Doch …? Maurice geht ihr nicht mehr aus dem Kopf! Bevor sie weiter nachdenken kann, reist ihr Mann Peter hinter ihr her und will sie zurück…

Temporeich, frech, humorvoll, dramatisch und nachdenklich nimmt uns die Autorin Cinzia G. Agostini in ihrem Debütroman mit auf die spannende Reise des Lebens ihrer Protagonistin Chiara Schönfeld.

Cinzia G. Agostini
CHIARA
SCHATTEN DER VERGANGENHEIT
Roman
338 Seiten
Taschenbuch
ISBN:978-3-7529-8127-8
E-Book
ISBN:978-3-7529-1057-5

Chiara Schönfeld ist glücklich! Sie heiratet ihre große Liebe Maurice. Endlich hat sie die Schatten der Vergangenheit hinter sich gelassen. Von ihrem Ex-Mann Peter hat sie nichts mehr zu befürchten. Gerade als Chiara vor dem Standesamt ihren Brautstrauß werfen will, schießt ein Auto – wie aus dem Nichts – auf sie zu. Zum Glück erfasst der Wagen Chiara nicht, doch dieser Zwischenfall löst Angst in ihr aus. War es wirklich nur ein unvorsichtiger Autofahrer? Hat Peter etwas damit zu tun? Sie fährt mit Maurice in die Flitterwochen und ihre Ängste und Zweifel lösen sich auf. Ihr Glück scheint perfekt! Doch der Schein trügt! Bevor Chiara und Maurice begreifen um was es geht, ist es fast schon zu spät…

Die Autorin Cinzia G. Agostini nimmt uns erneut mit auf den Weg ihrer Protagonistin Chiara Schönfeld. Sie führt uns mit diesem fesselnden und temporeichen Thriller in die Vergangenheit von Chiara und in die verwobenen Untiefen der menschlichen Psyche.

FSC
www.fsc.org
MIX
Papier | Fördert
gute Waldnutzung
FSC® C083411